FLORET

READING

小花阅读

我们只写有爱的故事

青春阅读　幸得相见

大鱼

有爱的青春陪伴者

Lianai De
Renjian

恋爱的人间

Lianai De
Renjian

闻人可轻　晚乔　野桐　南风北至　著

中国致公出版社
China Zhigong Press

闻人可轻

WENRENKEQING

小花阅读签约作者

爱音乐、爱电影、爱动漫，男神是二次元里的夏目。

写故事是终生梦想，同时希望可以做一个温暖、虔诚的讲述者。

已出版作品：《等我嫁给你》《春江水暖》《时光好又暖》《我无法学会与你告别》《再靠近一点点》《弄糖》《愿为西南风》《他来时惊涛骇浪》《北纬三十三度春》

晚乔

WANQIAO

小花阅读签约作者

热衷于美食、画画和文字，汉服日常党，永远在刷游戏追新番。

时刻都有奇怪的想法，习惯用意念和人交流。

已出版作品：《妖骨》《顾盼而歌》《云深结海楼》《烟雨斋》《原来他也喜欢我》《你好，牵手向前走》《春风吹散小眉弯》

野桐
YELV

小花阅读签约作者

一棵来自四川南充的南方植物。白羊座，
属性刚烈火热。
梦想很大，先实现个小的。

已出版作品：《花道之光》《刺槐》《桑枝》
《你心上的雪化了吗》《摘下星星给你》

南风北至
NANFENGBEIZHI

小花阅读签约作者

内心喜欢刺激冒险，但偏偏本尊是死宅的
别扭星人。
我会玩命地写更多的故事，把岁月里遇到
的所有美好都给你们。

已出版作品：《嫁给小爱情》《浓雾里的
我和你》《嘿！今天也要全力以赴》《因
为是你才喜欢》《糟糕！是心动的感觉》

云梦江牧城郊，开了一间古董铺子，名曰 "浮生梦"。
铺子一百年开张一次，传说里面有无数珍宝，珍宝还会自己寻主。
铺子老板姓楼，很多人都知道他，
却没人知道他长什么样子……

等一个有缘人，守一个圆满。

"欢迎光临，等候多时。"

红扶是一件上古神器青冥镜，一件为了铲除他而存在的神器。
可是她却爱上了他，九天的战神风无阴。

"相公，"她说，"红扶不是青冥镜。"
"青冥镜要杀你，但红扶会保护你。"
"青冥镜是天帝的，红扶是你的。"

他无法欺骗自己，他，也是爱她的。

——第一世——

李轻河为了霁月成为了大将军，可她却一夕之间成了和亲的公主。

"霁月，跟我走吧。"
"李轻河，我不能走，你也不能。"
"你现在可是将军。"

将军，成了束缚。

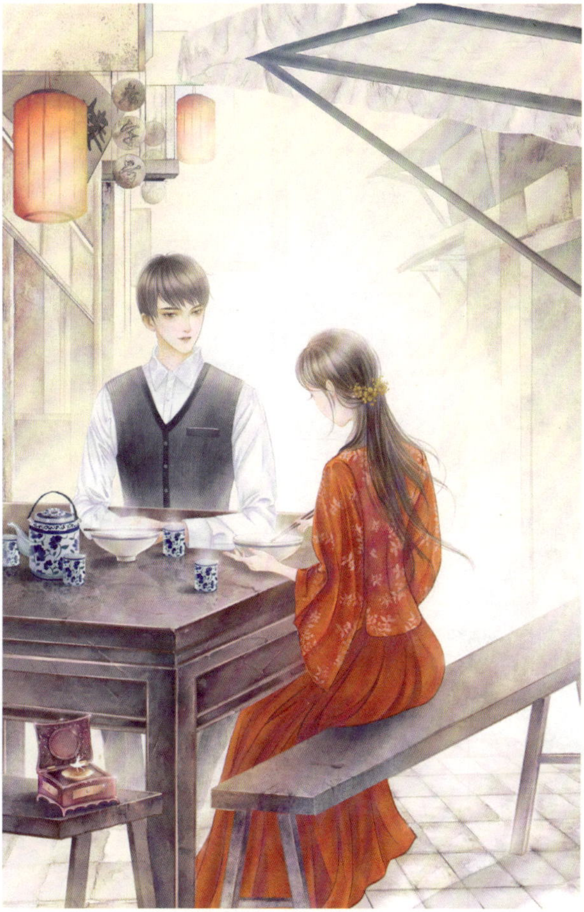

第三世

八年前，北风边，两人错过。
八年后，他是杜家公子，她摇身一变成了索家二小姐。

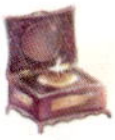

“你不饿吗？”
“刚才在楼里吃了不少糕点，不算太饿，要是嘴馋了，吃你碗里的就好。”

杜君良说得轻描淡写，却叫索琴红了耳根子。
如果能一直这样，该多好啊。

"这颗珠子，是我的！"
"它上面有写你的名字吗？"

爱是贪心，是见一面想见第二面，是有了一世便想生生世世。
你看，他们终于还是遇见了……

目录

目录

第一卷·青冥镜

初遇——他是九天战神，却娶了一个无心的傻子

引子
扶风山上有神君

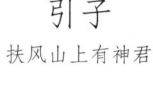

　　昨日里闹得太凶，白露醒来的时候，为霜还趴在前殿溜光的地砖上，手中琉璃壶里的千年雪梅酿只剩了个底。

　　看着满地的狼藉和殿外金灿翻洒的太阳，白露一个惊醒，飞身到为霜跟前，摇晃："姑奶奶，快醒醒，都什么时辰了！"

　　为霜哼唧着睁眼，翻身过程中手中的琉璃壶滑落，"砰"的一声，落地成渣。

　　脆声穿耳，为霜浑身一颤，睡意全无，一骨碌爬起来，惊慌失措道："怎么办，怎么办，这可是神君平日里顶喜欢的酒壶，还是那西海三公主敖青送的，神君要是怪罪下来，我大概是要被剥仙根了吧？"

　　白露手指一点，碎片归拢，叹气："你呀，扮戏还扮上瘾了？咱家神君什么时候对哪个女仙子送的东西上过心了！快收拾吧你！"

　　为霜伸了伸懒腰："哎呀，神君反正也不在。"

　　"谁知道神君什么时候就从凡间回来了，等他看到咱们把他这大殿折腾成这样，那才是要剥你仙根呢！"

　　为霜泄了气："好吧好吧……哎！门口那位是哪个？"

　　顺着为霜手指的方向看过去，一位身着烟青色流仙裙的女子正朝她们缓缓走来。白露瞥见她腰间的七彩羽扇，瘪了瘪嘴"你没睡醒啊？还能有哪位，广寒宫那位相好的表妹呗！"

　　为霜嘟囔一句："她怎么又来了？"

　　白露来不及回她，慌忙丢下手中的东西迎了上去，堵在门口："止月仙子，我家神君这会子不在。"

止月轻飘飘地看了她一眼，不理会，跨步进大殿，边朝后殿走边喊道："风无阴，你给我出来。"

眼瞅着她就要进后殿了，白露和为霜慌忙跑过去，"扑通"一声齐齐跪在她面前。白露边叩首边说："止月仙子息怒，不知道我家神君哪里惹到仙子了，但这后面是我家神君的寝殿，平日里不允许任何人进出，请仙子不要为难我们。再者说，我家神君前阵子大宴众仙，因贪了几杯佳酿，丢了天帝所赐的青冥镜，这会子已经下凡去寻了，这是众所周知的事情啊。"

止月收了目光，将腰间羽扇取下拿在手中，轻摇："大半月过去了，还没回来吗？"

白露摇头："还没。"

"罢了。"止月将手中七彩羽扇递给为霜，颐指气使地说，"这是西王母坐下凰羽所制，前段时间他说想要，我可是好不容易才得到手的，等他回来让他来找我。"

白露和为霜恭恭敬敬地将止月送走，眼看她驾着云远去，为霜才将那七彩羽扇往案桌上随便一扔，道："不就个破凰羽嘛，咱家要多少没有，还值得她发通脾气，要我家神君去找她？开什么玩笑，我家神君那是来者不拒，去者不追的，她以为她是谁啊！那寡淡模样跟前些日子厌火城城主桑柔有得比吗？"

白露将羽扇收起来："你可管好你那张嘴吧。别尽给神君惹事，不知道止月仙子是天帝嫡系玄孙吗？"

"天帝怎么了？论实力，我家神君是九天战神，放眼整个三界，谁人能及？就算是天帝，也从来没直呼过神君名讳吧！"

为霜越说越委屈："要不是咱家神君，那妖王孽还早就翻天了。赐块破镜子，丢了就丢了呗，还收回神君的仙力把他赶到凡间去找。我家神君那是仙胎仙骨，喝琼浆玉露长大的，哪受得了凡间五谷轮回的苦。"

白露叹了口气："好妹妹，我知道你是心疼神君。但神君有神君的命数，不是我们该过问的。可别再瞎说了，赶紧收拾吧。"

为霜冷哼一声，端着银盆跨出大殿。

晨风拂面而来，扶风仙山枫火荻花绯红成片，绵延千里不绝。

这仙山的主人便是那九天战神逐闻神君风无阴，原本在九重天上是有府邸的，但他风流自在惯了，硬是在那东荒无极之地辟了山头，无数散仙拜在门下，近来可谓是昌盛至极。

想那风无阴自身就是极爱艳丽奢华，偏偏又冷情至极的人，生得一副丰神俊朗的好相貌，三界之内举世无双，再加上那让人望而生畏的显赫战功……也不难怪一个小小的仙婢都不把天帝玄孙放在眼里了，当真是婢凭主贵。

第一章

他明媒正娶，娶了一个傻子

（一）

日出。

窗边一排翠柳摇曳，枝上两只黄鹂吟唱。

光从窗口流进来，燃了一夜的红烛残烟未尽，芙蓉帐里一对新人红装在身。清风拂过窗台，吹起了纱帐一角，榻上闭眼未醒的人，乌黑长发如瀑流泻在殷红喜被上，潇劲修长的手臂垂在床下，指尖点地。

阿婵叩门，无人应答。

跟在她身后的小泉抿嘴一笑："咱家小姐，傻是傻了点，但架不住命好。"

前厅传来道喜庆贺的声音，不外乎是远来茶商讨价还价之前的客套话。

阿婵没多听，继续叩门。

榻上沉醉的人微微睁眼，动了一下，发现右臂麻到没有知觉，口中"嘶"了一声，扭头便看到了抱着他胳膊睡得正香的红扶。

不知道她是梦到了什么，还在咂嘴，嘴角淌着口水，尽数流进他的衣袖，凉凉的，有些粘黏。

厌恶情绪翻江倒海地冒出来，他眉头一皱正欲发火，就听到房门被推开，接着阿婵来到了帐前，轻声轻语地说："无阴公子，今天是您和我家小姐新婚头天，按道理说是需要您……"

一句话未说完，风无阴掀开床帐，露出了脸。

耳边长发被早起的风掀起又落下，眉眼展开如同泼墨山水画里缥缈出尘的绝笔，带着与生俱来的冷傲和孤清，仿若那绝笔当中点睛的一画。

阿婵没读过书，不知道该怎么形容他的长相，只是惊得连话都说不出来了。

风无阴偏头看了一眼还抱着他胳膊不肯撒手的人，忍着极大的不适，淡淡地回了句："知道了。"

阿婵这才回过神，双颊一热，恼羞低头，快步退出新房。

房门被关上之后，风无阴用力一挥胳膊，毫不温柔地将红扶给甩开，对方脑袋"咣当"一声撞在了墙壁上。

饶是这样，她都没醒。

风无阴没耐心，上前单手将她从床上拎起，用力摇了摇，末了伸出手拍了拍她温软的脸："醒醒。"

被扰了清梦，身着红装的姑娘这才慢慢睁开眼，睫毛根处沾着困顿的水汽，一张萎靡的脸在眼里落进风无阴的样貌后立马光彩起来，含混不清地叫了一声"相公"。

风无阴松开她，语气不善，带着点警告的意味："若不是昨天情急，我不可能娶你这样的女子为妻。但既然已经娶了，名义上你是我的妻，但除此之外，你是你，我是我，懂吗？"

红扶怔怔地看着他，末了咧嘴嘿嘿一笑，再次试图上前抓住他的衣袖却被他用力挥开，他扭身，头也不回地出了房门。

一夜暖帐，戛然而凉。

（二）

风无阴被红扶抓着袖子，两人一前一后跟在阿婵身后，按入赘的规矩给红景天敬茶。

风无阴跪下，红扶也跟着跪下。

阿婵递来两盏茶，风无阴接过正准备敬给红老板的时候，就听到身边"哧溜"一声，待他投去目光，竟看到红扶已经一口气将孝敬红景天的茶给喝了个底朝天，完了还不忘咂巴了几下嘴。

接着，她咧嘴嘿嘿一笑，把他手中的茶也抢了去，又是"哧溜"一声。

红景天叹了口气，最后没喝成一杯新人茶，倒是对这个姑爷充满了愧疚。

礼罢，红景天特意把他喊过去，屏退了下人们，才开口说："看你的样子也知道不是穷苦出身，想来如果不是你昨天被逼上了绝路，断然是不会认这门亲事的。虽说娶我家红扶的确是委屈了你，但今后这江牧里我名下的茶庄茶园都将交给你，也不算亏待你了，希望你能好好待她一世。"

风无阴负手而立，不为所动。

庭前柳树新绿，阿婵跟在红扶身后，拿着洗脸帕子追着，一声声哄着："小姐，别闹了，来洗洗脸。"

红景天叹了口气，没敢看风无阴的表情，转身离开。

而那廊下挺立的人，目光穿过院中痴傻嬉闹的声音想到了昨日黄昏的尽头，脑子里一闪而过的是东市街上，王员外怒气冲冲带人砸翻他谋生摊子的光景。

其他的，一概模糊，好像自他出生以来，从未有过以前。他是谁，为什么会在这里？答案像清晨的风，掠过窗棂上经年累月风蚀的斑驳后，什么也没留下。

院子里，红扶手里拿着小竹竿跟在一只蝴蝶后面，嘴里咯咯大笑，跑得满头大汗还乐此不疲，嘴里含混不清地叫着风无阴的名字。他偏头正欲离开，却见她一跟头扎到了泥地里，瞬间哭得撕心裂肺。

风无阴并不想搭理她，回屋拿了书来看，想着她哭够了自然就会起来，但没想到她足足哭了一个多时辰，还一点想要停下来的意思都没有。

他厌烦极了，只能丢下书踱步过去，蹲在她身边，不耐烦地向她伸出手。

看到那双修长的手，红扶当下就不哭了，抹了抹鼻涕眼泪，胡乱在身上擦了擦，就着濡湿滑进了他的掌心。

风无阴下意识地想推开，但对上红扶那双泛着点点泪光的眼睛，顿时生出了恻隐。

罢了，还是认了，明媒正娶，纵然心中有厌弃，纵然她是个傻子。

她都是他的娘子。

第二章

只要相公高兴，她也会是高兴的

（一）

清明节后，春茶上市，往年与晋中合作的茶商因去年来云梦的途中遭了山贼，今年死活不愿意南下。

眼瞅着新茶已经熬不起了，而红景天需坐镇江牧抽不开身，只好硬着头皮请风无阴去一趟。

作为上门姑爷，为红家出力本是分内事，但最近红扶黏他黏得紧，一会儿看不到就又哭又闹不得安宁。

最后，红景天拍板："不然，你带着她一同前去。"

风无阴如遭雷劈，英眉深皱，却忍着没把不情愿的情绪表现得太明显，婉转着说："不妥吧，万一在途中遇到什么事，我怕腾不开手照顾她。"

"不碍事的。"红景天丝毫没听出对方话语中的深层意思，"我叫阿婵和小泉跟着你们，再派十个家丁一同前往。"

风无阴腹诽，十个只会打杂的家丁搭上两个端茶倒水的下人，还要带上个傻子，红景天这莫不是想让他们有去无回吧。

但他自觉现在人微言轻，又寄人篱下，还对过往一无所知，不好再推辞。

收拾妥当后，一行人出发，红景天站在朱红大门前挥着手。

阿婵哄红扶跟她上车，红扶却一手拿着甜糕，一手紧紧地抓着风无阴的袖子不放："不要，红扶要跟相公坐一个车车。"

当着红景天的面，风无阴不好发作，耐着性子说："你和阿婵一起，她能照顾你。"

"不要，红扶要和相公坐一个车车。"

反正来来回回就那么一句，风无阴无奈了，只好先带她上车，准备离开江牧后再把她赶下去。

一上车，红扶就凑到风无阴身边抱着他的胳膊不撒手，还把自己吃过的甜糕递过去，献殷勤："相公，吃。"

风无阴嫌弃地推开："你自己吃。"

红扶很执着："相公，吃。"

风无阴算是发现了，红扶不仅傻还一根筋，自己认定的东西，不达目的不罢休。

红扶见他不张口，就伸出另一只空着的手夹住他的下巴，教他张口："啊！"

白嫩嫩的脸蛋上浮着两片粉红，眼睛水灵灵的，要不是嘴唇周围粘着糖糕屑子，也能是个可心的人了。

风无阴叹了口气，抬起袖子帮她擦了擦，然后假装咬了一口就别过头去不想再有第二次。

而被擦了嘴巴的红扶却举着糖糕，呆呆愣愣地看着风无阴，半天之后才开口，道："相公，香香。"

"什么？"风无阴扭头。

红扶呆呆地重复："相公，香香。"

风无阴抬手闻了闻自己的衣袖，带着清风明月，百花仙露的味道。他苦笑一声，心里揣测，要说他的以往，许是过得相当不错。

不等风无阴开口，她就指着他腰封上挂着的玉佩说："花花，想要。"

风无阴低头看了一眼腰间的玉佩，莹白通透，玉润天成，正面雕刻成百花之王牡丹的样子，花叶相接栩栩如生，反面刻着他的大名风无阴，笔锋婉转，流畅洒逸。

想来，若不是哪个与他心意相通的姑娘送的，那至少也是能代表他身份的物件，而红扶，不过一个傻子。送？不可能！

于是，他狠着心拒绝了。

红扶不恼也不急，只是执着地指着那玉佩，不断地用软软的声音重复："花花，想要。"

这一念叨就从江牧念叨到了云梦城中，风无阴被她给念叨得头昏眼花，实在受不了了才将玉佩取下塞到她手上。

拿了玉佩的红扶高高兴兴地跟着阿婵去了客栈。

好不容易摆脱了红扶，风无阴想一个人转转，小泉便留下来跟着。

眼瞅着他在云梦城中已经转了大半圈也没有想去的地方，小泉便大着胆子提议道："无阴公子之前可是去过烟花之地？"

风无阴摇头："烟花之地？"

小泉看他有兴趣，解释道："就是供男人们寻欢作乐的地方，以前我跟老爷一起来的时候，他都要去前面的翠云楼住上两天。不过无阴公子若是想去的话，我们可不能去翠云楼，那里的妈妈和老爷都是老相识了，要是让老爷知道您背着我家小姐去那种地方，只怕不好。不如您去拐角的青云楼，虽说那里的姑娘们比不上翠云楼的，但……"

"好了，"风无阴打断他，"你先回客栈吧。"

笑话，去那种地方？还要退而求其次挑别人不去的？把他风无阴当什么了！

小泉自己也知道可能说错话了，不敢多留，得了令，转身就往客栈跑。

这边刚回到客栈，就听到自家小姐在那里闹。

"我要相公。"

阿婵急得一脑门汗："小姐您先吃东西，然后洗个澡，躺床上，等您睡着之后，无阴公子就回来了。"

红扶哭得伤心欲绝："不要，我要相公。"

阿婵叹了口气，也不知道是谁教她的，说风无阴是她相公，可怜红扶连相公是什么意思都不知道，就那么整天挂在嘴边喊。来来往往的人都当热闹围在那里看。

阿婵哄着也不行，劝着也不听，正百般无奈时，小泉出现了。

"你可算是回来了，"阿婵一把拉住他，"姑爷呢？"

小泉冲她眨了眨眼睛："去男人都会去的地方了呗！"

阿婵脸一红，但随即恼道："怎么能这样呢，就这么把小姐丢下，他自己一个快活去了？"

"不然呢，无阴公子长得那么俊朗，自然不可能守着咱们这样的小姐。"

"咱们小姐哪样了？"阿婵气恼不过，"要我说，咱们小姐是全天下最好的小姐。"然后走过去把红扶拉起来，"走，我带你去找你相公。"

（二）

红扶抓着阿婵的衣袖，抽抽搭搭地问："相公是不是又被打打了？"

阿婵叹了口气，早知道当初看到风无阴被揍就不要去管了，这么个狼心狗肺的东西，想来也是不可能对自家小姐好的，招进门来糟心事倒是一件接着一件来。

见阿婵不回，红扶自己抬起袖子擦了擦鼻涕："相公要是被打打的话，会痛痛。"

"痛就痛吧，又不是你痛。"阿婵咬牙说道。

"不要，"红扶"哇"的一声哭了出来，"我不要相公痛痛。"

"好了好了，"阿婵简直怕了她了，"咱们这不是去找他了嘛。"

云梦本就是水城，又拥有非常繁华的街市，南来北往商客云集，烟花柳巷自然是不会少，一到晚上接客的姑娘们更是跑到街上拉人。

看着街头上穿着暴露的拉客姑娘，阿婵想不通，无阴公子那样冷清的人怎么也会来这种地方。自家小姐虽说是傻了点，但相貌可嘉，也不知道他是眼瞎还是心盲。

正百思不解的时候，红扶突然松开了自己。阿婵回过神来，发现红扶已经朝不远处的荷花池跑了过去。

"小姐，你别跑，当心摔倒。"

红扶听到阿婵的声音便停了下来，指着湖心的亭子，笑呵呵地说："看，相公。"

阿婵眯了眼睛，果然看到了风无阴，以及跟他面对面坐着喝酒调笑的姑娘。一幅良辰美景佳人相伴、逍遥快活的模样，当真是恼人。

"不管他了，咱们回去。"阿婵气不打一处来。

"我不，"红扶一把推开她，朝湖心跑去，边跑边喊，"相公，相公。"

阿婵无奈，只好跟过去。

红扶原本只是小跑，但就在她即将靠近湖心的时候，突然惊叫了起来："不要，你要打我相公，相公会痛痛。"

阿婵抬眼，哪里有什么人打他，分明只是那个女人要往风无阴的怀里靠而他不打算拒绝罢了。

可是红扶却越叫越凶："你不要，你不要打我相公，会痛痛。"

那边听到声音的两人猛然回头，那女人瞬间远离风无阴，下一秒在阿婵眼都没眨一下的情况下扭身跳进湖里消失了。

而红扶则"扑通"一声也随之跳进湖里，做了一个抓抱的动作，然后又叫又打又咬的，跟疯了一样。

风无阴这才看到自己白色外衫胸口处染着一只黑色的爪印，再看红扶怪异的动作，惊得定在原地不知道该作何举止。

"小姐。"阿婵很快回神，跟着跳进湖里一把抱住红扶，想把她往岸上拖。

红扶却指着一处空气，哭得上气不接下气："敢打我相公。"

阿婵回头求助风无阴："无阴公子，我家小姐估计犯病了，你……"

风无阴不等阿婵说完，便也跳进湖里，哄着："乖，放手，我们回去。"

红扶听到他的声音，紧握的两只拳头才松开。风无阴拦腰将她抱起来，一句话没说直奔客栈。

等阿婵伺候红扶洗了澡，又哄着她上床，从房间出来后，风无阴才问她："你家小姐，以前有过今天这种情况吗？"

阿婵心里还在怪风无阴背着红扶拈花惹草，不冷不淡地回了句："她犯病的话，就会。"

"犯病？"

"是啊，犯病，动不动就对着空气说话，有时候还会拿东西给空气吃，说要跟空气一起玩。"阿婵说着就心塞起来，指着自己的脑袋，"我家小姐是这儿不好，但她心地可善良了，连只蚂蚁都不舍得伤害。小时候没人跟她玩，她才跟空气玩的。现在好不容易有姑爷了，她还是孤孤单单的。无阴公子，你答应过老爷，会对我家小姐好……"

风无阴立在那里，没吭声，听到房间里红扶又在叫他，就随便把阿婵给打发走了。

红扶还肿着一双眼睛，白皙的脖子上有一道明显的爪痕，和自己换掉的那件外衫上的爪印吻合。他便对晚上偶遇的那个邀请自己与她小酌一杯，还有点姿色的女人的真实身份了然。

他走过去，红扶自然而然地伸出手求抱。看她干干净净的模样，风无阴这次没拒绝。

他搂住她后，问："你刚才看到什么了，嗯？"

"有只狗狗要打相公。"

"狗狗吗？什么样的狗狗？"

红扶便详细地给他描述一遍，末了还摸着自己的脖子喊痛，要吹吹。

不觉得她是在胡言乱语，可又说不出这其中的怪异。风无阴是从来没这么耐心过，还真就俯身对着她脖子上的爪痕吹了吹。

那里皮肤细细白白的，青青血管隐隐可见，凑近了还能闻到皂角淡淡的香味，于是吹着吹着，风无阴鬼使神差地低下头在上面绵密地亲吻起来。

红扶没经历过这种事情，只觉得浑身一麻，接着软声软语地哼哼着。

随着红扶哼唧的声音越来越挠人，风无阴的亲吻变得粗暴起来，这让红扶感到了害怕，于是在他双手滑进她衣衫里抚摸脊背的时候，她生生给吓哭了。

"怎么了？"风无阴停下动作，抬头看着她，轻轻地问。

红扶揉了揉眼睛："好奇怪。"

风无阴苦笑一声："我是你什么？"

"相公。"

"那相公对你做这种事情，就不奇怪。"

红扶拼命地摇头："只要吹吹，只要抱抱。"

眼角还染着煽情灼红的风无阴就此作罢，所有风云残卷般的激情荡然无存，剩下的只是深不可测的追悔。

他居然被一个傻子撩拨到了控制不住的境地。

（三）

第二天一早，从云梦出发到下一站，庄渡。

这段只能走水路，要坐船。

车马都租了大船运载，剩下的小船每条只能坐六人。阿婵心里对风无阴产生了芥蒂，说什么也不愿意让红扶跟他同船，甚至恨不得以后离他越远越好，于是就用甜糕哄着红扶与自己还有其他四个家丁一起坐了一条船。

风无阴见红扶没了自己也乖乖地上船离开，心里居然产生了细小的失落感，好在很快恢复了。

风无阴和小泉两个人乘坐一条船，小泉顾忌着昨天晚上的事，没脸接近他，只好躲到船舱里不敢出来。

风无阴一个人站在船头，江风吹过，把他腰间佩饰吹得叮当作响。

不一会儿，船头一沉，他一个趔趄差点栽进水里，正欲开口责难，水面上就冒出了个尖尖的脑袋。

"逐闻神君，是我呀。我听到您的玉珠响动，便来此问候，神君此番来我这界可有什么指示？"

风无阴垂目，看到的是一个尖脑长耳青皮肤的东西，心中一震，他叫自己什么？

逐闻神君？

不等风无阴回神，那东西又开口，自报家门一般："小神乃这方水域的河神。前阵子听闻神君下界寻一器物，不料竟来了云梦，可是找着了？"

神君？器物？

风无阴双脚微微一颤，背在身后的双手紧握，一时间竟找不到合适的话来回复。那日在江牧城中东市发生的事再次在脑海中浮现。

有张牙舞爪的喧嚣和远处天空静谧的沉默，除了王员外那一棒子砸在脑袋上的闷疼，其他的再无印象。甚至连必须要娶红扶的理由他都想不起来，可心底却有一个声音，像是被蛊惑了一般告诉他，这一切合情合理。

那句"逐闻神君"的出现，让他即便什么都想不起来，也有了必须要想起来的执着。

这一切并不合情合理。

他故作淡定地开口："你出来得正好，帮我查查，大概一个月前，有什么东西和我在江牧城中交过手。"

"这个不难，神君还有什么别的吩咐吗？"

本来就心虚，他于是挥了挥手道："就这个了，待我返程路经此地，你把查得的结果告知于我便可。"

河神领命潜走。

小泉吸了吸唇边口水，一个激灵醒了过来。

透过竹编的帘子，他看到那船头挺立而站的风无阴，一袭雪白外衫，金线钩边，腰封绣着金色的云。黑发用金色发带束于脑后，站在风中衣袂翩然，风流俊洒。

他不禁暗自感叹，这么个人娶了自家小姐，当真是可惜，很可惜。

那边等红扶把手中甜糕吃完后发现船中没有风无阴的影子，马上就不干了。

隔着两条船，她那委屈又不敢放肆的哭声嘤嘤传来。立在船头的风无阴心里有了估摸，嘴角一勾，没来由地觉得心情好了大半。

红扶蹲在船角，鼓着腮帮，眼睛睁得圆圆的，眼泪哗哗地流，样子委屈得阿婵都不忍心看了，最后只能妥协，让小泉跟红扶换了过来。

无风宁静的江面，水光流泻铺陈千里，两岸高山猿声啼响不绝于耳。

红扶抱着风无阴的脖子，还在小幅度抽泣，凉凉的泪水沿着下巴滴进风无阴的脖子，渗进他的衣领。

他叹了口气，伸手搂住她的腰把她抱在怀里，道："你这傻子，怎么这么喜欢撒娇？"

红扶自然是听不懂，只是把他脖子搂得更紧了，好像一撒手他就会消失一样。

"你这样，我快呼吸不了了。"风无阴轻轻地拍着她的背。

红扶这才松了手。

风无阴笑："也不是完全听不懂嘛！"端详着她的脸，"你果真，只是个傻子吗？"

"我只喜欢相公。"红扶眨着眼，脸颊上还湿漉漉的。

好听的话，像是以前听得太多似的，所以那痴痴傻傻的表白，在他看来，的确没有什么意义。

只是帘外清风吹进来，拂过他年岁悠长却英挺俊逸的面庞时，他隐隐约约地觉得以往岁月是风光无限的。

因为他的梦中都是彩云缭绕的仙山，就连火枫枝头上的鸟都是七彩云雀，那是华丽极奢的地方。所以醒来这单调的青山万重、碧水千里，在他眼中自然是毫无波澜的。

怀里已经呼呼睡去的人，嘴里还在念叨着"相公"，他一手揽着那人，一手支着自己的额头，心里是不曾有过的平静。

（四）

五天后，酉时抵达庄渡。

作为中原最大的码头，庄渡的繁华和云梦不同。

云梦是三月的烟花，满城青柳飞霞。

而庄渡城里，是铜尊铁马应接不暇。

南来北往，形色各异的人匆匆而来，慌忙而去，烟尘都还没落定，面孔就换了一副又一副。

一看就是是非之地。

为了少生事端，风无阴本来是想连夜赶路的，但五日连续水上行路，不说人，马匹早就疲软不堪，无奈只好找了客栈住下。

一切安排妥当后，已到戌时，红扶抱着风无阴的胳膊喊饿。

风无阴还在盘查送往晋中的新茶，随口说了句："让阿婵带你去吃东西，回来的时候，别忘了给相公也带点好吃的，嗯？"

没承想，这句话却被她听进心里，她扭身就去找阿婵，拉着阿婵的手就往集市上跑，边跑边说："要给相公带好吃的。"

阿婵一路都在抱怨："说你是个傻子吧，有时候跟个人精似的。说你精吧，你却傻得不能再傻了。他都那样对你了，你还管他吃不吃干吗？"

红扶也不理会她，只顾自己一个劲地往前走，嘴里嘟囔着："要给相公带好吃的。"

亮起了灯笼的庄渡城里，没了白日里的张牙舞爪，多了几分柔和，也安静不少。阿婵跟在红扶身后，见她看到什么都买，不禁有些生气："小姐，不用买那么多，他吃不了的。"

红扶摇头："要给相公带好吃的。"

阿婵叹气："你呢，你自己要吃什么？"

红扶还是那句："要给相公带好吃的。"

一旁卖烧鸡的老板摊子上还有被挑剩的最后一只，正愁着卖不出去，没办法收摊回家，就碰上了这么个傻子，眼睛一转来了主意。

在阿婵和红扶经过的时候，老板大声吆喝："来哦，好吃的烧鸡，外酥里嫩，香滑可口，错过等三年。"

红扶听到"好吃"二字，立马就停了下来，但阿婵又不傻，一看就是卖不出去的，拉着红扶就准备走。

但红扶这会儿哪里会走，指着烧鸡就对老板说："好吃的，给相公。"

阿婵说："小姐，这个不好吃。"

老板一瞅红扶的轴样，计上心来，大喝一声："你个姑娘怎么说话呢。你也不去打听打听，我这赵二烧鸡，外酥里嫩，远近闻名。你不买就不买，毁我名声可就不对了。"

阿婵这些天本就气不顺，想找人吵架发泄也不是一时半会儿了，这老板给她遇上算他倒霉，于是她叉着腰就上前跟他开始理论了。

那边吵得热火朝天，红扶自然不知道他们在做什么。她的眼睛盯着那只烧鸡不放，似乎已经透过那烤焦的荷叶看到了里面金黄灿灿的鸡肉，不用撕开就知道一定是味美汁多的。

她想着想着，口水就从嘴角溢了出来。

红扶拿袖子擦了擦，然后趁着老板和阿婵互相吵得不可开交之际将烧鸡抱在怀里就走，边走边想象着风无阴吃到烧鸡时的样子。

想到他会高兴，她就也很高兴。

她那构造简单的脑袋里，容纳不下太多东西，风无阴好看的脸算一样，好听的声音算一样，还有抱着她的温暖怀抱也算一样。

所以，回程变得轻快又令人期待。

阿婵终于泄了气，往老板摊子上丢了几枚铜钱，用施舍的口气说："来，姑奶奶赏你的，赶紧回去抱着你家娘子的腿交差吧。"

"你……"

"哎，我家小姐呢？"

"哎，我的烧鸡呢？"

两人同时发问。

阿婵这才意识到情况不对，扭头拔腿就往客栈跑。

风无阴盘点好新茶的数量，正准备跟着小泉去客栈老板推荐的酒楼小酌几杯，就看到阿婵风风火火地跑回来，人都没站稳，就问："小姐回来了吗？"

小泉说："小姐不是跟你一起吗？"

"我……我中途跟一个不良商贩理论来着，他欺人太甚，看咱家小姐人傻非要……"

风无阴眉头一皱，发问："所以，你把红扶弄丢了？"

不等阿婵回答，风无阴已经拂袖出门，大步跨进黑夜里。

他也不知道为什么会这样焦急，只是一想到红扶现在可能正在某个角落，因找不到他而委屈哭泣的样子，他就有点受不了。

更何况，在这南来北往、人杂事多的码头城镇，万一遇到坏人，红扶那么好骗，随便一下就给骗走了。

无法给红景天交差是小事，关键那是他风无阴明媒正娶的娘子，就算痴傻了点，可要是没能保护好她，那会显得他很无能。

他这么说服着自己，好像很有道理的样子，根本没有发现，其实内心深处，只是不想她有事而已。

夜已过半，大半个庄渡城也已经叫他给翻了一遍，但红扶还是连个影子都没有。最后有个打更人，指着城郊的方向，说在那里看到有个女子和他形容得很像。

风无阴匆忙往那里赶，在近城郊的一处荒岭看到了红扶。

她头发散乱，像是走了很长的路，风尘仆仆的模样，粉色罩衫上沾满了泥土。

她蹲在地上，手中抱着烧鸡，在对空气说话，边说边把怀里的烧鸡小心翼翼地撕下一片递过去，吸溜着口水说："这，好吃的，我相公的，给你一点点。"

风无阴站在她身后没走上前，但悬在空气里的烧鸡却突然掉到了地上。

红扶喊了一声："你……你别跑，烧鸡，吃。"

风无阴一震，心中有了估摸，定定地站在原地没动，果然没多久，红扶就不再喊了。

他这才走上前去，但还没等他开口说一句话，红扶便"扑通"一声晕倒了，手中撕去近半的烧鸡滚到了远处。

风无阴弯腰将红扶抱起，约莫走了十步的样子，再回头，那烧鸡竟然不见了。

第三章

戌时，看烟花

～

（一）

近来，风无阴时常会做一个梦，梦里成片耀眼的灼红，和一场开始了就停不下来的庆功宴。

千年雪梅酿是白仓山的种归赠予他的，他二位相识已有数百万年。从洪荒开始，一同拜师在昆仑门下，种归没有野心，经天雷飞升上神后便回了白仓，种起了冰山雪梅。

每年往各个仙门府邸送那取用不完的佳酿，长久以来，新飞升的神仙竟把种归当成了酒神。

那日的扶风，种归最为得意。

从梦中惊醒，风无阴身上已大汗淋漓。

别的都已忘却，独独记下一个名字——

种归。

那河神唤他神君，说他来凡间是为了寻一器物，他不记得了，想必这中间一定是出了什么事，他无可求助，只有那个梦中的名字，至少梦里他们是相识已久的朋友。

他想试试。

离开庄渡前，风无阴将自己的玉珠放在昨晚找到红扶的地方，并朝红扶投喂烧鸡的方向说道："你既认得我，我也便不跟你绕弯子，你拿着我的玉珠去白仓山找种归神君。我不管你用什么方法，若是在本君抵达汝遥时还没见到种归神君的话，我一定会让你灰飞烟灭。"

话说得很有底气，其实心里虚得紧。要不是那河神说听到他的玉珠响动，他也想不到这里，加上昨晚的烧鸡，他不过是在赌。

说完，他便转身，十步之后回头，那玉珠果然不见了。

至少，目前来看，他算是有了三分把握。

再说这边，红扶睡了整整三日，三日后醒来，第一反应便是问风无阴："烧鸡，好吃？"

风无阴冲她点了点头："嗯，好吃。"

红扶大笑，扑到他怀里："给相公带了好吃的。"

"嗯，相公很喜欢，红扶做得很好。"风无阴低头，看着她，跟着笑。

阿婵知道自己做错了事，自从风无阴把红扶带回来后，她对他的偏见就少了很多，甚至还主动跟风无阴说起红扶小时候的事。

说她对着空气说话，其实是看到了邪祟的东西。算命先生说她三魂不全，七魄缺失，天眼没闭，所以能看到常人看不到的东西。

但每当她开一次天眼，阳寿便会折损一些。近些年更是一跟空气说话，就会昏睡，时间由短变长。

阿婵抽搭着说："我家小姐是个很好的人，老天爷太不长眼了。"

风无阴蹙眉，端起一碗晾温的水喂给红扶，并未回阿婵的话。

到了汝遥再过安远，就离晋中不远了。

按照他们目前的速度，大概不出十日就可以抵达晋中。

但不巧的是，他们来到汝遥的这天，正好赶上了县太爷嫁女儿。说是要封城连庆三天，外面的不能进，里面的出不去。

若是绕过汝遥继续往前走，路程会增加不说，途中能不能找到歇脚的地方谁也不敢保证。再者说，风无阴还惦记与种归的见面，最后一合计，大家决定在汝遥住上三天。

住店的时候，店小二多了一句嘴，道："我们县太爷嫁女儿，城中戌时放烟花，连放三天，咱家客栈房顶是整个汝遥城里的最佳观赏点。您几位可别错过了。"

"戌时，看烟花。"唯一把店小二的话听进耳朵里的就只有红扶，去房间的一路，重复啰唆个不停。

风无阴被她缠烦了，便随口应道："好，戌时，看烟花。"

第一天晚上，一直念叨要看烟花的红扶戌时还不到就睡着了，于是没看成。

第二天晚上，汝遥城里下了一场雨，虽然红扶支棱着眼睛撑到戌时，但依旧没能看成。

到了第三天，众人都发现红扶有点不对劲了，饭也不吃，水也不喝，连话都不说了。

风无阴屏退了阿婵几人，坐到她身边问："怎么了？"

红扶委委屈屈地说："戌时看烟花。"

她低着头，早起的太阳从窗口照进来，洒在她的脸上，长长的睫毛在鼻梁上投下一排整齐的影子，殷红小嘴一抽一抽的。

虽然是个傻子，但风无阴不得不承认，她有时候看起来，是可爱极了。

"你乖乖吃饭，戌时，我们看烟花。"

红扶抬起头，看着风无阴，伸出了自己的小拇指，做拉钩状："戌时看烟花。"

他伸出自己的手指，钩住了她的。

红扶嘿嘿一笑，拿自己的大拇指在他的大拇指上印了一下。

红扶眼中盈盈清澈的目光，让他有些不知所措。

（二）

来汝遥的第三天，风无阴已经不抱希望的时候，种归在申时出现了。

一袭艳红雪里梅，赭石色的头发被雪白发带束于脑后，面目清俊，仙姿飘逸。

一进门千年雪梅酿的味道便洒满房间，他还带着未醒的醉意，扑到风无阴的身上，肆无忌惮地嗅来嗅去。

风无阴负手而立靠在窗前，按兵不动，只是略略后退，与他保持距离。

种归哈哈一笑，退开坐到椅子上："我的战神逐闻神君啊。我说，你这都离开扶风大半月了，一块破镜子，竟还没找到？"

"镜子？"风无阴准备套话。

种归打了个酒嗝，看了一眼在客栈后院追蝴蝶的红扶，说："你不要告诉我，你来人间一趟，沉迷美色忘了正经事啊。那你都乐不思归了，找我来干啥？你可真有意思，知不知道你把那传话的小鬼给吓成什么样子了。"

风无阴将酒放到桌子上："正经事？我下凡？"

"嗝！"种归晃晃悠悠地站起来，"你半月前酒喝多了，丢了那天帝老儿给你的青冥镜，为了惩罚你，他封了你的仙力让你下凡来找呢！真没找着？"

"看来，我果然是遇到了什么。"风无阴放下心来，跟种归交底，"我不记得了，不记得我是谁，我来这里做什么。"

"不记得了？"种归大吃一惊。

风无阴顺着他的话接下去："既然我下凡是为了找青冥镜，那趁我没有仙力消除我记忆的，肯定也是觊觎青冥镜的。这青冥镜长什么样？有什么用？三界当中，除了我，谁最想要？"

"我的天帝老儿呀，"种归难以置信，"那个消除你记忆的，功力得是有多强，才让你忘得这么彻底。"

他感叹完了才道："青冥镜乃上古神器，平日里看上去就一坨黑铁。一旦遇到妖魔邪祟便会通体发光，妖魔功力越强，它的光就越强，据说是里面有颗珠子的功劳。至于那铁是什么铁，珠是什么珠，谁也没见过就被你这败家玩意儿给弄丢了。它拥有无上法力，能吞纳万物，毁天灭地，但只能用一次，之后镜毁珠碎。三界当中除了你，我觉得谁都想要。"

"既然如此，那你帮我恢复记忆吧。"

"你说得倒容易，谁知道你这一番下来是不是天帝老儿在考验你，万一我给弄巧成拙了呢？再者说，就算是帮你，也不能这么明目张胆吧。虽说本神君不惧怕那天帝老儿，但整天被念叨着总归不是什么好事。这样，你随我回趟白仓山，我给你试试。"

风无阴看了一眼日头："现在？"

"本神君也是忙得很，我那酒糟还没来得及收，你就别挑三拣四的了。择日不如撞日，走吧！"

风无阴又低头看了一眼窗外的红扶，而后才道："现在去也不是不行，就是必须要赶在戌时回来。"

"戌时？你行房的时间？掐得这么准？"

"无聊。"

说着，他就往后走。

种归追上去，嬉笑着说："就是因为无聊，所以才叫你给我说说嘛。这人间的和那天上的，有什么区别吗？"

风无阴："……"

白仓山常年积雪，寒气逼人，宁静无声。如果非要说与那扶风有什么相似之处，可能就是漫山遍野绯红成霞的颜色了。

只是那雪梅即便花红满山，却依旧是安静的，和他那扶风终年摇曳的枫火荻花，不同就是不同。

种归探入风无阴的记忆虚镜，却被反噬了回来，再度尝试解开虚镜里那个封印时竟整个被缠了进去。

随着种归在他记忆虚镜里挣扎的过程，风无阴感受到了极大的痛苦。明灭互换的片段犹如过境风暴，本来就记不起的东西，现在似乎又被撕成了碎片。

扶风仙山摇曳不止的枫火荻花，和红扶拜堂成亲的喜烛红装，还有在那之前似乎过于兵荒马乱的打斗场面，等等。

他越是想要看清那个对手，虚镜里的挣扎就越是厉害，所有的暴戾最终在种归拼死冲破那片桎梏时戛然而止，被替代的是一种扎根深土的钻磨之痛。

之后，风无阴痛苦倒地，口中鲜血喷涌。

他知道了他的扶风仙山和自己是逐闻这件事。

可记忆依旧是空白的。

（三）

戌时，在回汝遥的途中，过了。

种归将他放在客栈的院子里，他连声道谢都来不及说，就匆忙上楼，喘着粗气推开了房门。

红扶坐在床沿上，两只眼睛已经哭成了核桃。

"对不起，"他走过去，蹲在她面前，"我……我有点事给耽误了。"

红扶鼓着腮帮，两眼泛光："戌时要看烟花的。"

风无阴居然想着跟她解释："对，戌时看烟花，但……"

红扶只是重复："戌时看烟花。"

风无阴换了思路："以后，以后再看，等我们回了江牧……"

红扶突然提高音调："戌时要看烟花的。"甚至接了一句，"相公是骗子，大骗子，戌时要看烟花的。"

风无阴本来就没有多少好脾气，到这里就给磨完了，但他忍住，继续好声好气地说："对不起，以后我一定补一场给你，更大的好不好？"

哪想到红扶根本不听，只说："相公说戌时看烟花的，是相公说的。"

也是，本来就是个傻子，能指望她通情达理才怪了。只会吵闹一根筋，明明就是无理取闹，却非要仗着自己傻表现得委委屈屈。

如果面前的人不是她就好了，随便换一个正常的女子，可能都会温顺地说没关系，下次再看也行，或许还会关心着问一句，你脸色不好，是不是哪里不舒服。即便是这样，他可能都不会领情。

可是红扶，她什么都不懂，却会对他撒娇，跟他使小性子，还学会了发脾气。最可怕的是，他不仅无力招架，居然还想去哄她。

种归听说后，哈哈一笑，笑风无阴曾临风御剑纵九霄，千杯不倒柔指绕是何等的肆意潇洒，现在居然能为了一个女人来求他，求他帮忙放一场烟花。

果然是变了呢！

倚在客栈的房顶上，手边是千年雪梅酿，身边坐着的是红扶，天边有正在绽放的烟花。

风从他身后吹来，吹散了红扶披在肩上的长发，那块他挂在腰间的牡丹花被红扶换了条绳子挂在了脖子上，月光下泛着盈盈的光。

他伸手去拿，红扶便倾身过来，也是眉目如画的一张脸，看得人心头一颤，手变换了方向，将人拉入怀中。

红扶便乖乖地让他抱着。

不是他扶风仙山招摇炫目的温座云榻，也不是那仙界名门里的出尘英娥。

不过是人间一处枯清荒凉之地，看着一场并不盛大的烟花，抱着的人还有点痴傻。

可那股岁月宁静的满足感，即便不记得了，也知道是他从未有过的。那些风云际会、叱咤天地的日子，尽管让他风光，却从不向往。

于是借着酒劲，他没头没尾地问了句："想不想跟相公回扶风？"

红扶问："扶风是什么？"

"扶风是相公的家。红扶的扶，风无阴的风。"

"好呀。"

风无阴伸手抚开挡在她脸颊上的头发，捏了捏她的脸。

天边正好有朵烟花绽开，一切好像都刚刚好，于是他喝了一口佳酿，俯身过去堵住了她的嘴喂给了她。

那千年梅花酿甘洌入喉，酒香在唇齿间回荡，好像不够，红扶便主动向他索要，探入他的口中想要吸取更多。

温软香甜的触碰，风无阴没了理智，低头加深了那个不是吻的吻。

手中酒罐滑落，从屋顶沿着瓦片空隙掉到客栈院子里，"啪"的一声碎了，酒香瞬间溢满整个客栈上空。

醉就醉了，傻就傻吧！

（四）

阿婵推开马车窗棂，从那里望过去，能看到林子里正午的太阳和风吹来时树梢不经意的晃动，以及前头坐在马背上的两个人。

马车坐得久了，红扶指着马表示想骑，风无阴也就顺着她。两人一前一后，他在后面搂着她。

"蝴、蝴蝶！"红扶指着路边花丛扭过头对风无阴说。

风无阴笑："喜欢？"

"喜欢。"

"那等我们回了扶风，我让好多蝴蝶都围着你，然后我每天都陪你看，好不好？"

红扶不知道那是什么意思，只是重复着说："蝴蝶。"

风无阴低头，目光定在她脸上，怎么也舍不得移开，好像以往岁月再多风光也比不上眼前半点温情。

一行人从汝遥出发，到定远的这段路都在山中。过了晌午，头顶上的太阳开始往西移，林子里的树荫便和他们朝反方向去了。

大片黑色的阴影投在地上，红扶指着其中的一片，扯了扯风无阴的衣袖，道："仙女。"

"嗯？什么？"风无阴当她是说笑，再抬头便看到一女子已经来到了跟前。

那发髻上的青月簪子还是当年他去朔下，捣毁妖王孽还老巢时，见那朔下晶石颇有灵气，便采撷回去赠予种归。原本只是想喝他那么多年酒，还个人情给他，没想到被那种归曲解了意图。

他非常狗腿地按照风无阴平时来往甚密的女仙子们的喜好将那晶石做成了不同的物件，还以风无阴的名义逐个送了出去。

可他不记得了。

如今止月突然出现，戴着那簪子，站在风无阴的面前，眼睛盯着他怀里的红扶，旖旎眼尾半阖半张，清艳的脸上是说不出的悲绝。

红扶回头把风无阴的脖子搂紧了，蹭着他的颈窝说："仙女。"

"嗯，不怕，"风无阴拍了拍她的背，然后抬起头，"你是谁？"

"呵！"止月冷笑一声，"九重天上的逐闻神君，来这凡间一趟，果然连心性都变了。"

"问你话呢！"

"止月。"她不甘心，"难道你真是看上了一个凡间的傻子，像种归说的，乐不思归了？"

风无阴回头看了一眼阿婵和小泉还有那些家丁，见他们已经被止月封入幻境，便扭头，厉声道："与你何干？"

"何干？"止月取下发髻上的簪子，"当日你送我这簪子的时候，可不是这么说的。"

"我不记得了。如果真是我送的，你丢了就是。"

"不记得了？"止月冷笑，"风无阴，三万年前你从朔下回来，天帝已经把我赐婚给你，即便你不记得了，这种事情也不会变。"

风无阴紧了紧缰绳："姑娘还是请回吧，现如今我已娶妻，不管与你是否有婚约，都没意义了。"

止月的眼神叫红扶感到害怕，红扶不自觉地抓紧了风无阴胸前的衣服。说完那些话，耳边恢复了细碎的风声。

红扶小声说道："仙女，走了。"

风无阴俯首亲了亲她的额头："嗯，不怕，相公在。"

自那日起，止月就开始光明正大地出现。

风无阴虽然能撇清自己与她的关系，却管不了她的行踪。

去往定远的路上莫名出现了那么一位风姿出尘的女子，要不引人注意也是不可能的。

小泉更是没出息地几次对着止月流哈喇子。阿婵气恼不过，刻意与小泉划清了界限。

在定远城外的一处茶棚，一群人停下歇脚。隔了好几张桌子，止月看到风无阴小心翼翼地将桌子上茶壶里的茶倒进碗里，然后耐心吹凉了才喂给红扶喝。

散在肩上的黑发以及他看着红扶时的眼神都和逐闻不一样，逐闻从来不散发，眼神里有悲悯却无温柔。

止月第一次见到他，是在十万年前的那场天地之殇中，妖王孽还倾覆三界。天帝派战神逐闻出征，出征前在凌霄宝殿率众仙为他壮行。

那个时候的止月也不过才两万岁，藏在金碧辉煌的大殿玉石天柱后，看到那殿中最为光彩夺目的人，身披战时金铠甲，眉眼灼灼，风华难挡。

看着他转身过来，止月总觉得眼前平生出了一片皎白的光，掩映着他那隆重而又深沉的出行。他走近时，止月慌乱得连双手都要抠进石柱当中去了。

他看到了她，却未做丝毫停留，腰间牡丹玉佩和那代表身份的玉珠相撞发出清脆的当啷声。手中拿着的是他的佩剑无至，银月色的剑鞘，幽碧色的剑身，如同他本人一样，浑身上下散发着冷冽的光，高高在上，远不可观近不可望。

止月看着他背影，总觉得那时候九重天上的五彩光华都齐齐地流泻在他身上，让她从那个时候开始就再也移不开眼。

就像现在一样，即便眼前的风无阴只是一个凡人体质，混在这俗世当中，依旧风华无双。

红扶就着他递过来的碗不好好喝水，反而咕嘟咕嘟地吹着气泡，他也不恼，反而觉得很有趣，只是捏了捏她的鼻子，轻声训："快喝，到客栈之前，可再没水给你了。"

红扶努了努嘴，将碗推给他："相公喝。"

风无阴便低头就着她刚喝过的地方将剩下的水给喝完了。

止月手中的杯子"咔嚓"一声，裂开了无数道细小的缝。

她冷眼看过来，发现除了小泉再没有其他人关注自己，于是敛了怒意，纤长手指在水壶上略略施法，那仙界才有的茶香瞬间溢满四周。

风无阴抬头，止月嘴角一勾，送过去一壶茶："扶风的惊雨，我记得，你以前最喜欢。"

仙界一天，凡间一年，风无阴离开扶风虽然只有大半个月，可来人间已经十八年了。快慢纵然有所不同，但对时间的感受，都是一样的。

扶风的味道就是他故乡的味道，不记得，却想尝尝。

止月心头畅快，便擅自做主坐了下去，道："我此番来寻你，其实只是想帮你，尽快找到青冥镜，你也好早点回扶风。别人怕天帝，我可不怕他。你就让我留下来吧。"

"不必。"风无阴放下杯子，"青冥镜我自己会找，你要是神仙的话，还是早点回到天界的好。"

"你自己找？你怎么找？你现在不仅没有仙力，甚至连法眼和青冥镜的记忆都没有了。"

"那是我的事。"

"逐闻，"止月起身，"你不记得了没关系，但你要知道孽还是不可消灭的，只能被封印，你不在扶风，他又能被封印多久呢？我知道你是不想欠我，可你想想天下苍生。"

天下苍生！

不得不说，这丫头很厉害。

如果是以前有人拿苍生威胁他的时候，他还能回一句"苍生跟我有什么关系，我又不是那苍生的造物主"，可是现在，苍生里有了红扶，红扶是他的娘子，他娶了她，就不能不管她。

于是，剩下那段去晋中的路，止月便同行了。

（五）

月尾的夜间，亏月如钩挂在天边，红扶坐在定远城的客栈窗前，用双手将眼皮使劲往上扒拉着。

阿婵看不下去了就说："小姐，不然先去睡，姑爷等下就回来了。"

红扶摇头："不，要等相公回来。"

想到晚饭的时候，那止月不过是拿了一壶酒就把风无阴的魂给招走了到现在都没回来，阿婵就郁闷到不行，再看看自家这痴傻的小姐，上上下下、里里外外，哪里有一点能跟人竞争的地方？

"唉！"阿婵叹气，蹲下，"小姐，你喜欢无阴公子吗？"

红扶点了点头："喜欢相公。"

"那你看啊，人家止月姑娘先天那么好了，还知道努力迎合无阴公子的喜好去讨好他。你也要学着去取悦自己的相公才行，知道吗？"

红扶眨了眨眼："取悦，相公？"

"对啊，"看到她听出了重点，阿婵兴奋不已，"你看啊，比如，止月姑娘给无阴公子送酒，那你就可以给无阴公子做饭，对不对？"

"嗯，给相公做饭。"

"真好。"阿婵甚感欣慰，"咱们明天早上早点起来，借客栈的厨房给无阴公子煮个粥什么的，你觉得怎么样？"

红扶便乖乖地点头："嗯，煮粥。"

"好，那现在就去睡觉，这样明天才能早早地起床，悄悄地煮粥。"

红扶脑袋简单，经阿婵这么一哄，马上就上道，欢欢快快地上床，盖上被子打了个哈欠就睡着了。

阿婵摇了摇头，心想自家这小姐只怕是无论如何也不可能学会取悦风无阴了。

红扶三魂不全七魄缺失，脑子里没有真我，自然不可能成为聪慧之人。但也因为她心思简单，想不了复杂的事，所以一旦认准了什么就会一根筋到底。

天光还没亮的时候，风无阴只感觉怀里一空，平日里红扶睡觉就不老实，喜欢滚来滚去，昨天他与止月商量寻找青冥镜的计策到深夜，这时太困也就没睁眼，随她去了。

而当窗外隐约能听到车马人声时，他才发现床上早就没了红扶的影子。

他惊坐而起，慌张得连鞋都顾不上穿，门口遇到刚起床来找红扶的阿婵，问了句："你家小姐呢？"

阿婵困意未消，打着哈欠："小姐？小姐不是……"

忽然想到昨天晚上哄她上床时说的那些话，阿婵才意识到事情的不对劲，话都不说了扭身下楼。

很有年代的木质楼梯七拐八拐地走不到尽头，楼下堂内人声阵阵，其中略浑厚的声音特别突出："看你长得还不错，卖到送仙楼兴许还能补回一点损失。"

有人笑："算了吧刘掌柜的，你看她这痴样，哪会取悦人啊。"

听到"取悦"，红扶就不管不顾地又要往厨房冲，被店小二一把揪住衣领，猛地往地上一扔，"咣当"一声给磕到了八仙桌腿上。额头原本已经被打起肿块的地方这下子又拉出了一道口子，鲜血顺着白皙的脸流进脖子，在洁白的里衣领子处洇成一摊。

眼瞅着刘掌柜一脚就要踹上去，红扶也不躲让，睁着一双无辜的大眼睛看着刘掌柜背后黑着一张脸的风无阴，咧嘴一笑，喊道："相公。"

这边刘掌柜刚一扭头，就被风无阴掐住了脖子，平日里那双绝尘冷冽的眼睛，只一瞬就充满了杀伐和暴戾，另一只劲长手臂往空中一挥，凭身体本能张手，做出了唤无至的动作。

尽管作为凡人的他唤不出无至，可那已然将自己切换到杀戮模式的状态还是让站在人群之外的止月觉得心惊肉跳——他居然，为了这么个傻女人，露出了那样果决残忍的表情。

刘掌柜瞪着即将爆裂出来的眼睛，面无血色地扑腾着。店小二见势不对，赶紧上前，道："小公子一场误会，有话好说啊。"

阿婵怕闹出人命，也跟着说："无阴公子，小姐要紧。"

风无阴手指一颤，这才意识到自己的火似乎是发过头了。那一瞬间灭顶一般的怒意来得气势汹汹，根本没有给他思考的时间，若换成逐闻，只怕面前这个人早就没了性命。

手里松了力道，那掌柜"扑通"一声倒地，风无阴越过人群走到红扶面前。

红扶略有惊悸地抓住他，指着厨房，道："煮粥给相公。"

风无阴看着她满脸的烟灰和血迹，还有手上明显的切伤，扭过头去，一眨不眨地盯着阿婵。

阿婵一慌，哭了起来："无阴公子都是我不好，是我教小姐早起给您做早饭的，可我没想到，小姐真的会起来。"

店小二也跟着诉苦："这位公子，我们掌柜也是这十里八村鼎鼎有名的大善人了。可你家小姐今早天不亮就把咱家厨房给烧了个精光，咱们以后怎么做生意啊。我家掌柜不过是略略惩罚了……"

风无阴偏过头，目光阴狠："略略惩罚？"

店小二刚见识了他的凶暴，不由得吞咽起了口水："我的意思是说，我们其……"

风无阴打断："阿婵，赔他们一百两。"见店小二和掌柜的并没有什么表情，接着说，"黄金。"

刘掌柜听到"黄金"就两眼放光，恨不得让红扶把他整个客栈都烧了，刚想说两句谄媚的话，就听到那风无阴接着说："但是，谁打了我家娘子，打了哪里，都得给我打回去。"

众人闻声，心肝一揪。

止月冷哼一声，心道，风无阴，你果然有债必偿、有仇必报。

可是，看到那傻乎乎的红扶，她突然觉得，接下来的行程，会变得很有趣。

（六）

日上正空，云淡风轻。

红扶睡了一觉醒来，发现风无阴不在身边，便起身去找。

曲折的回廊里，挂满了白色的纱幔，柳枝在回廊两旁摇曳。早已不是初春时模糊的鹅黄，庭院里是姹紫嫣红的一片繁盛景象。

回廊尽头的亭子里传来了笑声。

隔着一段不算远的距离，红扶拨开纱幔，看到那亭子中央的两人正在逗弄一只狐狸。

穿烟青色衣衫的女人说："白仓山上的雪狐，果然是千年一遇，有灵性不说，还漂亮成这个样子。难怪当初问种归要，他死活不愿意。"

风无阴伸出手顺了顺那雪狐的皮毛："给别人不愿意，给你不见得吧。"

止月抿嘴一笑："你说这话可是冤枉我了，他送我这雪狐的时候，可是看在你的面子上。"

风无阴勾嘴笑着，手边琉璃壶里的千年雪梅酿还剩了一半。潋滟光华透过纱幔照进去，洒在他侧脸上，红扶觉得这样的相公看起来真是太好看了，比当初在江牧第一次看到他时还好看。

止月抱着那雪狐，余光瞟到了纱幔后面那人的身上，于是借口起身离开。

红扶正四处寻那只可爱的动物，止月便拍了拍她的肩膀，道："你在找我吗？"

红扶的眼睛落在雪狐身上，想伸手摸摸，止月便将雪狐递过去，问："喜欢吗？"

红扶点点头。

止月说："我也喜欢呢。不过，你相公就不喜欢。"

"相公喜欢。"红扶摇头，否了止月的话。

止月凑到她耳边，小声说："因为它不乖，咬了你相公，可疼了。"

"疼，相公疼。"

"对啊，可疼了，还流了好多血。那红扶要怎么做呢？"

于是，抱着雪狐的那双手开始慢慢收紧。止月手一挥，在那雪狐挣扎嘶叫之前封了它的喉。

阿婵做好午膳送上来的时候，止月正掩面哭泣，风无阴面无表情地站在一旁。

只听那止月说："我不知道我这雪狐是哪里惹到红扶姑娘了，要是红扶姑娘看我不顺眼大可以直接说出来，大不了我在你需要的时候再出现便是。"

阿婵低头看了一眼那惨死的雪狐，面目狰狞不说，本来柔顺雪白的皮毛上被淋淋鲜血沾满，简直不忍直视。

再看自家那痴傻的小姐似乎一点都不知道事情的严重性，还指着那雪狐嬉笑着对风无阴说："死了。"

阿婵放下手中东西，赶紧跑过去解释："不会的，我家小姐很善良，不可能做出这种事，是不是有什么误会。"

看着那梨花带雨的止月，小泉的心都碎了，胳膊肘也就拐了出去，指责道："小姐手中还有带血的雪狐毛呢。"

"所以呢？"阿婵厉声问。

小泉闭上了嘴。

风无阴开口："红扶，是你做的吗？"

大家都吊着一口气，红扶却邀功一般点着头："死了。"

"为什么？"风无阴问。

"它，讨厌。"

止月哭得更凶了："我看，不然我还是走好了，免得惹红扶姑娘不高兴。"

小泉正义感爆发："怎么能让你走呢，明明就是我家小姐的错。姑爷，你倒是说句话啊。"

阿婵气得恨不得上去给小泉一脚，但她也知道这事不管是不是自家小姐做的，红扶都不可能解释清楚，而风无阴的立场又很微妙，只好自己硬着头皮出来解释："我家小姐脑子的确不好使，如果这真的是她做的，我代我家小姐跟止月姑娘道歉。"说完就领着红扶准备走。

风无阴推开阿婵，怒声道："你代表？你有什么立场代表？你知不知道这雪狐是什么来历？"

阿婵不服，却不能明目张胆地辩驳，只好低下头。

风无阴扭身安抚止月："这件事，我会给你一个交代。"然后对红扶说，"做错了事，就要承担相应的惩罚，雪狐是一条命，你杀了不能一句道歉就完事。我知道你听不懂，但它是白仓山的精灵，不同于一般畜生，修炼百年是可以成仙的。所以，你要为它祭灵七日。"

止月擦了擦泪："会不会不好？红扶也不是有心的，为精灵祭灵可是要……"

风无阴打断："你带她去吧。"

白仓山万年冰封的雪地里，红梅妍妍，红扶一跪就是凡间七天的时间，每过一天，身上就会多一道冰锥的刺伤，满够七日，血流够了方才休止。

痛楚的梦寐中，也是绯红成片迎风招摇的模样。

一场盛大华丽的宴会中，她贴着一人温暖的皮肤，影像里看到了那鎏金烫光的案桌上堆满了琼浆玉露，丝竹声声迎风飘扬的云衫广袖。

痛，很痛，被天雷劈在身上的时候，她只听到了碎裂和剥离的声音，接着她便没了意识。

就如现在这般没有意识，她睁开眼，尽管流了一脸的泪，可她也不知道为什么会流泪，是难受吗？可是相公说了，做错了事就要接受惩罚，谁都一样。

寒冰入骨，四周是漫长无尽的黑夜，还有发着绿光随时会冲过来将她吞噬的野兽。

她害怕，想喊相公救她，可她发现自己叫不出来，只有那碎不成片的梦一阵一阵地侵袭着她。

一片缭绕无形的烟雾绕着她，向她承诺："最多三年，三年内我定会回来，到那时就算风无阴记起来，也伤不得你了。"

定远郊外，凭空起的一座府邸，回廊尽头，止月掩面："可我总觉得她不像你说的那样傻，你没看到她掐死雪狐的时候，脸上的表情有多可怕。"

风无阴握紧了藏在袖子里的拳头："你一个神仙，难道阻止不了她？"

"我赶到的时候，已经来不及了。再说她是你娘子，我能对她做什么。你那般维护她，我……"

"你这是在怪我？"

"我没有。但是逐闻，你爱她吗？"

那整整七日的分离，漫长黑夜里无尽的辗转如果不代表爱的话，那应该就是不爱，可是不代表吗？

他不知道。

于是，止月便替他说了："她不过是你在人间娶的一个姑娘，你娶了她，对她好是自然的。"

对于这个说法，风无阴默认了。

止月清艳的脸上浮出些笑意："何况，那只是一个傻子。不值得你花费那么多心思。"

"这和她是傻子没关系。"

"有关系。"止月道，"谁对她好，她就会管谁叫相公，她甚至，根本不知道相公是什么意思吧？逐闻，你处处维护她，不过是觉得她纯良无害，又乖巧可人，甚至你觉得她对你的喜欢是一心一意的。但真的是这样吗？"

"你管多了。"

风无阴起身，刚走到院子，种归便带着祭完灵回来的红扶出现在门口。

她看到了他，却不像往日那样笑着扑到他身上，她站在那里，眼睛里映着他，只是目光叫他觉得陌生。

还有那雪白的流云素裙上血迹斑斑，好像经历了一场恶斗的模样让风无阴浑身一颤，他抓住种归便质问："人怎么成这样了？"

种归拂开他的手："我才想问你，你这娘子是个什么怪物，把我白仓山上一半雪梅都毁了，我不过是放了几只灵兽吓唬吓唬她，她居然大开杀戒。"

风无阴眉头一皱，摇了摇红扶："红扶，你看看我，我是相公啊。"

红扶这才回神，苍白的脸回暖，眼睛里又有了光彩："相公？"

语音未变，可风无阴总觉得意思不一样了，他将她拉进怀里，安抚："没事了。"

风中纱幔里的止月，眉眼一弯，缓缓摇动着羽扇，一个凡人对白仓山的灵兽大开杀戒而不死?

说不过去吧。

(七)

近来，红扶经常重复在白仓山祭灵时做的那个梦，甚至，越来越清晰。

她能看到，枫火荻花满山摇曳，也能看到金碧辉煌的某处大殿后坐落在一片红枫当中的小殿。

夜风不止的时候，有人在院中舞剑，那人经常穿着一袭雪白云锦缎袍，漆黑如墨的头发用金色的发带束在脑后。她看不清他的样子，却很喜欢静静地看着他。

就像现在，她一睁眼，就能看到自己的相公，避尘出世、风华无双的样子。

感觉枕边人不安地乱动，风无阴睁开眼，抵着她的额头："怎么了?"

"喜欢。"

"喜欢我?"

"喜欢。"

风无阴捏了捏她的脸，又拿自己鼻尖去蹭她："那就乖乖地跟着我，好不好?"

"好。"

"好乖。"风无阴问，"你不会恨相公吧? 那止月到底是神仙，雪狐是种归的灵兽，你杀了它，不让她出口气，我怕今后她还会变着法为难你。算了，跟你说这些，你又听不懂。"

红扶便重复："听不懂。"

风无阴呵呵一笑，将人搂得更紧了。

西厢里，银月如瀑流泻在地上，房顶上的两人，对酒言说。

种归摇了摇头："风无阴不会是动了凡心吧。"

止月冷哼一声："他现在只是不记得自己是谁，忘记了当一个上神的感觉，有凡心也不奇怪，只是，对着一个傻子……"

"傻子？"种归摇了摇头，"我看啊，她不可能是普通的傻子。"

"可是，我看不到她身上有丝毫的灵根。"止月道。

种归摇了摇头："我也看不到，不过我觉得江牧肯定有问题。哎，你既闲来无事，跟在他身边还不如去打探打探。"

止月说："我也正有此意。"

翌日。

在去往晋中的最后一段路上。

红扶被风无阴哄着和阿婵坐在马车里，但阿婵因为一路过于疲劳染了风寒，又不能让小泉去照顾她。所以在止月说自己可以跟红扶同车时，风无阴没有选择，只好同意。

路过晋水，月上树梢，马车在十字路上滚过，发出吱呀响声。沉默久了，止月便开口问："红扶姑娘前些日子在客栈可是想给你相公做早饭？"

红扶点头如捣蒜，并想到了阿婵告诉她，那样是为了取悦风无阴，于是就不羞不臊地来了句："取悦相公，相公高兴。"

止月闻声干咳了两声，那傻子一点事没有，自己倒是先红了脸"取悦？呵，你个傻子居然知道这个。那你跟我说说，你还知道些什么？"

红扶摇头。

止月来了注意："那姐姐教你，你要不要学？"

红扶瞪大了眼睛。

止月说："这取悦男子，可不像你想的那么容易，不是做做饭、洗洗衣服就可以的。再说你相公乃九天战神，根本不需要你做这些，你需要做的，是别的。你要是想学，就告诉我，你想学。你想学吗？"

"想学。"

　　止月没想到一个傻子还这么执着，不过既然是她自己想学的，那可就不关她的事了。

　　两天后。

　　时隔一月有余，风无阴带着红景天的商队终于来到了晋中。

　　这晋中乃是中原腹地，离京城又近，当真是除了江南以外最为风光繁华的地方了。

　　晋水穿城而过，城中街道熙熙攘攘，建筑鳞次栉比，还有那大大小小不计其数的商铺，世风也异常开化，皆不是云梦江牧能比的。

　　乔离和红景天也是很多年的商友了，见他们不辞劳苦来一趟晋中，早早备下偏府给他们。

　　这边风无阴带着茶叶去乔离茶庄交货的时候，那边止月便带着红扶去了晋中街市上有名的青倌小楼，找了个看起来模样不错的男子，交代："我这妹妹想学侍夫之道，傻是傻了点，但好好教，也是能教会的，"说着给了他鼓鼓一袋银子，"带到乔家茶庄旁边的客栈，记住，要说是她看你长得好，主动找你的，明白吗？"

　　那小倌拿了银子自然是唯命是从。

　　止月心情大好，转身便去和风无阴告辞，说有事要离开几天，并且有意无意地告诉他，红扶出门了，阿婵没跟着。

　　看着风无阴相貌堂堂、举止得体，并且对红扶关心有加的样子，乔离笑着说："红老板这个人有福气啊，娶不到老婆就捡个女儿。女儿傻成那样，还能找到你这样的姑爷。"

　　风无阴道："乔老板过奖了。红扶很好。"

　　"哈哈，是是。这边货物大概要清点几天，你们一路也辛苦了，不如你先去街上找红扶，带她好好逛逛，日后再来清点，不急这一时。"

　　风无阴谢过乔离后，便转身出门。

　　五月晋中，海棠花开得繁盛，街头卖艺的江湖儿女们敲锣打鼓喧声夺势，还有那打着花伞羞答答走在街头的深闺小姐们，被丫头拥着，如同易碎品一样不给人看。

这晋中城说大不大，说小不小，找人谈何容易，不知道那阿婵是做什么吃的，竟然不跟着。

风无阴心里有气，但眼下找到红扶才是最重要的事，也就不想过多计较，知道自己是逐闻，便用玉珠唤出了晋中土地。

再说红扶跟着小倌去了客栈后，睁着一双无辜的眼睛，别人让她干吗她就干吗。

小倌瞧她乖巧可爱，便生了爱意，原本只是想在言语上教教她怎么履行夫妻之道，但没过多久就开始动手动脚。

一开始也觉得自己乘人之危有些不厚道，但想到止月给他银子时说得那些暧昧模糊的话，心想应该是可以的吧，不然也不会放心把一个傻子交到他手上。

于是，他哄着红扶上了床。

初衷是想既教会她夫妻之道，又占一下她的便宜，可等伸手抚摸到了红扶光滑细腻的脸颊后，初衷就被他抛到了九霄云外，甚至失去了一路以来的温柔，粗鲁地伸手去解她的衣衫。

红扶反应慢，还没开始反抗和闪躲就被剥了小罩衫，褪了中衣，露出了小巧的肩膀。

那小倌两眼都直了，正欲扑上去。客栈门被人从外面一脚踹开，接着有人便以雷霆之势移到了他面前，没给他反应的时间，一把将他从床上捞起。

小倌想到止月交代的话，便急着解释："是她看我长得好看，硬要拉我来……"

一句话还没说完，只觉得身体一悬空，接着那黑着脸的男人就那么把他举着从窗口扔了出去。

小倌两眼一花，都还来不及喊叫，"扑通"一声便落在了楼下卖豆腐的摊子上。

只听楼下哇啦哇啦一片喧哗，风无阴"嘭"的一声将窗子关上，回头看到红扶居然衣衫不整就那么光着脚走过来，指着窗子说："相公，高兴。"

风无阴气火攻心："你觉得你这么做，是为了让我高兴？"

红扶点了点头。

"所以，"风无阴马上就明白了过来，"是在让别人教你，怎么取悦我？"

红扶眼睛一亮，点头如捣蒜。

本来已经被褪到肩膀的衣服，经她那么一扑腾现在全部滑落，只剩了一件薄薄的里衣，关了窗，光线昏暗的房间里，能透过那层衣服看到她身体的大概曲线，大体来说符合男人审美。

风无阴走上前去，将她搂在怀里，本来也没打算做什么，她却突然哭了起来。

她黝黑的瞳孔一缩，水汪汪的眼睛都兜不住眼泪，滚过脸颊落在殷红的嘴唇上，一抽一抽的。

"怎么了？"

"红扶，笨。"

"谁说的？"

"相公，不高兴。"

风无阴心被烫了一下，低头将她脸上的眼泪亲掉，一路从眼皮亲到了嘴唇。

那里触感柔软温暖，不知不觉就动了情，上一次吻她还是在半醉的状态下。可眼下，他是清醒的，清醒地感受着自己心跳加快，呼吸变重，清醒着想要她。

红扶也不再像之前那样抗拒，软软地任他抱给他亲。

行至迷醉，风无阴缠着她，在她耳边低低地说："这种事，只能让相公来做，只能由相公来教，知道吗？"

　　红扶意识凌乱，已经不知道该怎么回答。

　　风无阴更是初尝人事，食髓知味，红纱暖帐内把人要了一遍又一遍。

　　而红扶眼角的泪，自始至终，没干过。

第四章

逐闻神君恢复记忆

（一）

今年云梦的雨季来得比往年早。

一到这种季节，来往云梦的渡船就供不应求。河岸渡口边几个书生被一队客商插了队，正满口之乎地跟人辩驳。

止月拂开船舱的珠帘往外看了一眼，还没说话便把那一方河神给看了出来。

河神冒出个尖尖的脑袋，拱了拱手："不知止月仙子前来，小神多有怠慢。止月仙子可是来找逐闻神君的？"

止月扫过一眼，垂下珠帘，道："你见过逐闻？"

"一月有余前，小神在这里见过，那个时候神君还吩咐小神替他办了件事。"

止月忽然抬头，又将那珠帘挑起，探出头，问："叫你办的是什么事，可办妥了？"觉得自己有些唐突，轻笑一声，"我路经此地，也是为逐闻神君办事的，你大可放心地告诉我。"

那河神连连作揖："小神没有怀疑止月仙子企图的意思。"而后一一道来，"小神问了那江牧的土地，逐闻神君大概是三个月前来的云梦，一直待在江牧城里。两个月前，曾在江牧城中与一员外发生冲突，被江牧茶商红景天傻女红扶所救。江牧本是有灵气之地，盘旋此地的精怪数量种类繁多，小神能力有限，查不出那日和逐闻神君交手的精怪，不过……"

"不过什么？"

"不过那红景天的女儿红扶，小神探得，她并不在六道轮回当中，也就是说，说……"

"说什么？"

那河神却突然谢起罪来："小神不敢妄自揣测，毕竟那是逐闻神君在人间娶的妻子。止月仙子若想知道，可以将那阎王唤来问一问。"

止月哪里等得到将阎王唤来，当下打发了河神便转头亲自去往阴曹地府。

忘川路上，彼岸花开到荼蘼，浸染了那轮回之苦，成就了一片望不到尽头的弱水三千。

一众没有眼力见的小鬼见有人闯进大殿，还没出手阻拦便被止月挥手拂去，撞到狰狞恐怖的墙壁上，幽暗的大殿里瞬间便哀叫不止。

"后耳！"止月唤。

阎王后耳闻声丢下手中生死簿，大步上前，还未行礼，便被止月夺了声："按照人间的时间来算，十八年前，云梦江牧出生过一个女婴，叫红扶。我且问你，那红扶，是个什么东西？"

听到"红扶"两个字，后耳"扑通"一声跪下，双腿乱颤，边磕头边回："止月仙子息怒，小仙执掌六道生死轮回，这六道生灵众多，小仙没办法每一个都记在脑中，需要查……"

止月没耐心，一把将他手中的生死簿夺过，朝那大殿幽暗的地砖上扔去，怒道："你不知道？一个不在六道轮回当中的东西，却偏偏有了性命，这样的存在，你一个执掌六道生死秩序的神仙，你跟我说你不知道？后耳你还在侥幸吗？觉得那凡人一生不过数载，眨眼就过去，神不知鬼不觉便能掩盖住你的疏忽，然后万事大吉？但是你想不到吧，差不多的时间，仙界丢了一个东西，叫青冥镜。那青冥镜乃上古神器，法力无边，不仅能吞纳万物，还可以毁天灭地，作为神器，得到便得无上仙力，可若是让神器有了性命，成了精，那你这阎王的仙根，只怕是不够剥的。"

忘川河边通往下一世的渡口前排满了去往六道的灵魂，小鬼打着灯笼进殿，还没进去就听到了"咚咚"磕头的巨响，小鬼止步。

只听那阎王哭诉："小仙知错，还望止月仙子在天帝面前替小仙求情几句，小仙也是一时糊涂，守着这六道生死秩序几万年，没有功劳也有苦劳……"

答案好像呼之欲出，止月准备釜底抽薪："所以，那红扶，的确是青冥镜？"

后耳却说："小仙确实不知那红扶是不是青冥镜。但她的确归属六道之外，当初是有一精怪在受天雷之刑预备飞升，红扶便是替那精怪挡劫时被天雷劈进人道的，小仙当初措手不及才酿下今日之事。"

没得到肯定回答，止月心有不甘，接着问："那精怪是什么，这你总知道吧？"

"那精怪乃是吸收了几万年天地精气的云雾，像这类精怪一般都成不了气候，因为基本上挨不过天雷之刑。但若是挨过了，便能成形，也可无形，最擅长迷惑人的心智和掩盖万物真相。最麻烦的是，无处可寻。"

"如果被那云雾精迷了心智，又如何解除？"

"无法解除，除非到了既定的时间，或者，死后。"

晋中，乔家偏院。

风无阴一手揽着红扶，一手将乔离准备给红景天的礼物放进马车。

乔离见风无阴待红扶的耐心模样，是打心眼里喜欢他，本想多留他们几日，但风无阴表示有要事在身，不好强求只能作罢。

那河神应他的事，他还放在心上，再加上货物已经出干净，风无阴决定带着红扶先走，剩下人马由小泉和阿婵负责送回江牧。

阿婵有些放心不下，追上去，请求道："姑爷带我一起走吧，路上我好照顾小姐。"

风无阴翻身上马又把红扶按在怀中，侧头，冷峻双目泛着严肃的光，淡淡地回了句："不必。"

红扶将头从风无阴的怀里探出来，对着阿婵眨了眨眼，也学着风无阴的语气说了句："不必。"

闻声，风无阴轻笑，将怀里的人紧了紧，扬鞭驾马，绝尘而去。

一路南下的风光和北上晋中时有所不同，山林新绿已然成片，墨色树荫铺天盖地流泻千里。风无阴带着红扶打马而过，身后扬起的尘埃腾起又落下，那是一条回不了头的路。

山口豁然开朗的官道上，车马人烟变得多了起来，风无阴刚想问红扶累不累，她便指着茶棚里的人说道："仙女。"

不等风无阴望过去，那仙女就自己飞身过来，停在马下，抬头，冷艳的眼睛注视着他，连一丝余光都没有给旁人。

"止月？"风无阴勒马，疑问的语气，听不出丝毫关心或者其他情绪。

一趟江牧走下来，辛苦与否，于她而言算不得什么，可他怀中抱着的人却像正午的太阳一般刺眼。

那高高在上的战神逐闻，何时对哪个女子这般过了，别说是精心爱护，就算是目光多留在谁身上一会儿，那个人都算他心头好了。

所以红扶，一个傻子，一个六道之外的东西，凭什么？

止月冷笑一声："几日不见，要赶回江牧了吗？"

风无阴抱着红扶下马："嗯，晋中的事，都处理完了。"

欺他凡人体质，她指着天空说："我刚从南天门经过，听雨神说，未时有雨，红扶姑娘凡人体质，淋雨不好，不如进我房舍休息，等雨过？"

风无阴看了看红扶，赶了一上午路，想她肯定是累了，便点头同意了。

还是那轻纱幔帐的房舍，一杯惊雨下肚，风无阴沉沉睡去。

院中追赶蝴蝶的红扶被止月叫到了亭下，伸手变出蝴蝶万千，翩然起飞萦绕在她身边。

止月问："可喜欢？"

红扶点头："喜欢。"

"这六道三界啊，最好的东西全在扶风，包括蝴蝶。扶风，你相公的家。红扶，你想不想让你相公回去？"

红扶听到扶风便想起了当日风无阴跟她说要带她去扶风的话，于是点了点头："扶风，相公的家。"

翩然起舞的蝴蝶猝然汇聚，在一声惊雷中变成了一道银白的光，止月翻手摊开，一把匕首躺在她的掌心，刀尖对着红扶，问："那，你愿不愿意帮你相公回到扶风去啊？"

红扶手中的糕点从手中滑落，盯着那把匕首怔住了。

止月轻笑："你相公可是很想回去的，红扶一定会帮忙的，对不对？"

红扶接过匕首："帮忙。"

（二）

未时的雨泼天而下，伴着惊雷和闪电劈在了郊外的房舍上、院外山中新绿的树梢上，最后一批花尽数落下，碾作成泥。

刀尖寒凉，握在红扶手中的刀柄也是寒凉，止月说只要把这银白金属插进风无阴的胸膛，他便能回扶风了，便能带着她一起回扶风了。

这么凉的东西插进他的身体会不会很痛，红扶想知道，于是在插他之前先插了自己。同样的地方，刀进刀出，无任何创伤，无任何疼痛。止月抿嘴一笑，在红扶将刀尖对准风无阴的胸膛时，加了一道力。

金属刺破雪白的衣袍，殷红血液翻涌而出，顺着刀身流在红扶的手上，烫的。

记忆里遥远的过去慢慢苏醒，像春天破土而出的竹笋，带着气势汹汹的姿态和不可回头的决绝。

扶风仙山常年摇曳的枫火荻花，枝头吟唱的鸟儿都是五彩云雀，他战神逐闻便是那仙山的主人，一人之下万人之上，无数散仙拜在门下，所到之处受尽恭拜。那面玄铁寒珠的青冥镜，是用来彻底铲除妖王孽还的，日子就定在庆功宴之后。

可它竟然滑落人间。

天帝在凌霄宝殿，当着众仙封他仙力，赶他下凡，初尝五谷令他痛苦不堪，为了活命利用法眼当起了算命先生，不能求助其他神仙，辗转人间悻悻十八年，终于在那个春暖花开的季节让他一眼就看到了他掉在凡间的青冥镜——化成了那痴痴傻傻的女子，还不知死活地指着他说想要他。

他翻身过去一把掐住她的脖子，就如现在这般。

不同的是，那日有一团云雾飘了过来，迷了他的心智。

而今天，床边的红扶，睁着眼，眼角艳红，许是疼了，眼泪顺着脸颊往下流，一句话未有，丝毫不挣扎，她墨黑的瞳孔里映着全是风无阴染了半身红血的白袍。

散在他肩上的头发，全都收拢在了脑后，一张秀润天成的脸上再没此前的半点温柔。

"相公。"她喊了一声。

风无阴冷笑一声："就你？"

之前的朗润声色已悄然换成了冷厉。

她抬手用微凉柔软的手心覆上了风无阴萧劲有力的手背，委屈着说："疼！"

风无阴嗤笑并无所谓："是吗？"

红扶眼白外翻，只是艰难地说："回……扶风。"

"是啊，回扶风。"手中的力气加重。

"看……蝴……蝶。"

覆在他手背上的那只手渐渐没了力量。

他想起那日在去往晋中的路上，他说等他们回了扶风，他让很多蝴蝶围着她，还说每天都会陪她看。

可是，那跟他有什么关系，做出那承诺的人，并不是他逐闻。

何况那红扶是青冥镜，可青冥镜却不是红扶。

是她自己将那把刀插进他胸膛的，神仙被封了仙力拥有凡人体质，死过一次便会恢复仙身，尽管如此，刀尖戳进心脏的时候，疼也是真的疼。

她在他掌心里疼却毫不挣扎，她爆裂而出的瞳孔里，依旧是他英俊的面孔，脖子动脉的跳动接近尾声的时候，他却突然收手。

他翻身下床，飞身出了那郊外的房舍。

止月盈笑而来，话还没说出口，便被风无阴一掌定在了刚落过雨的树干上，扭过来对着她的目光里全是杀气："你居然，敢算计我。"

止月急喘："无阴，我是为你好，那云雾精的手段没有法子解除……"

"我说的是这件事吗？你自己弄死了种归的雪狐，却让她去白仓山受罚；你为了让我嫌弃她，居然敢找小佰去调教她。止月，谁给你的胆子？"

"她不过是……"

"何况，你还让本上神，如此不光彩地死去。止月，你给我听好了，但凡我风无阴在这六道三界一天，你就休想再踏进我扶风山一步，你若敢来，那就试试看，看我会不会顾忌，你是谁的玄孙。"

言罢，抽身而去。

郊外房舍坍塌，阳光破云而出，叶尖最后一滴雨水落下，润进泥土，好似这场雨，从未下过。

（三）

枫树下盈白的水池边，池中金莲已有要绽开的趋势。金莲是逐闻的神冢，花开之时，他需入冢重塑，这期间，仙力归零，待他重塑出关，仙力会较之前有很大幅度的提升。

而金莲自他出生到现在，这将是第一次绽放。

现在，池中碧水里映着风无阴洒逸的身影和为霜出尘的面庞。

"神君，你走了半个多月，可是瞧着我变好看了没？"为霜扭头趴在风无阴的膝头仰着脸问道。

风无阴伸手捏了捏她的下巴，敷衍道："好看了。"

"可是我瞧着你眼神没有以前那样的光彩了。神君，你下凡一趟可是遇到了什么伤情的事？"

风无阴拎起手边的雪梅酿，仰头一饮而尽，末了搂住为霜，眼神轻佻："你觉得，我风无阴是那种会为了哪个女子伤情的神？"

为霜摇头，作势要攀住他的脖子："神君自然是落花有意流水无情。"

风无阴推开了她："知道就好。"

酒香还在为霜的鼻头没有散尽，风无阴却已经踉跄着走向后殿，那金色的发带捆紧了一头浓黑的长发，发尾在风中散乱，似雪的白袍金线钩边，腰间珠玉当啷，就是没了那块他父神留给他的名牌。

他一脚踏进后殿的小院，琉璃壶被他砸到地上，开成了晶莹的花。

房中蜷缩在墙角的人，闻声一颤，抱紧了自己恨不得钻进墙里。

他踢门进来，带来了一身的清风明月，百花仙露。

他疾步过去，将人往怀里一搂，伸出温热的手，抚去她脸颊上未干的眼泪，柔声在她耳边问道："你怕我？"

红扶抖得更厉害了，眼前的人明明是相公，却又不是相公。

"你怕我是应该的，青冥镜是我的，你也是我的。"

红扶抬起脸盯着他看，不清明的一个人，眼睛里的颜色却那样纯净，黑是黑白是白。

胸中澎湃着想要喷涌而出的情绪就在下一瞬，让他不由自主地低头吻住了她，在她身上流连缱绻，转移到罗纱帐里，人影交叠轻晃，看着身下那张无辜的脸，饱含水汽的眼中映着的全是他，他心中满足却又剧烈地绞痛着。

窗外枝头上的两只七彩云雀，交颈而立，扑扇着翅膀，在剧烈颤动的风中一飞冲天，消失得无影无踪。

他喘着粗气，将人抱紧，咬着她的脖子，炙热的鼻息喷洒在耳边，缓缓说道："我给你一世，让你回到人间过完剩下的几十年。我会忘记你，待你百年之后，我便去寻我的青冥镜。"

红扶伸手勾住他的脖子，在他脸上蹭了蹭，道："回扶风。"

他低头软语："这里就是扶风。"

"回相公的家。"

"这里就是相公的家。"

"看蝴蝶。"

"好，看蝴蝶。"语气是不曾有过的温柔。

那日，东荒无极的扶风仙山，出现了千年一遇的奇观，绯红成片的枫火荻花在七彩翩然的蝴蝶丛中黯然失色。

那斑斓的蝴蝶飞过了沉默的高山，穿越了喧嚣的大海，盘旋在碧蓝的晴空上，铺天盖地，经久缠绵。

红扶站在风无阴的后殿小院里被蝴蝶包围，痴痴傻傻地笑着。

风无阴靠在他梦中经常见到的地方，看着她，那一望，竟成了这一世最后的温柔。

（四）

朔下幽闭的宫殿内，月前打斗留下的混乱场面还没收拾，几个苟存的精怪躲在殿中破碎的龙骨座椅后。

一道青色魅影从殿门口飞进来，掠过那暗色玉石地板，不做一步停留飞身蹚进殿后深蓝的湖中。

小精怪从座椅后探出头，见那蓝湖正中水波上涌，擎天一柱，接着那青色魅影便顺着水柱沉入湖底。

再回神，蓝湖便又恢复了往日的宁静，湖面几朵金色莲花已有绽开的趋势。

扶风，正殿中。

风无阴斜靠在鎏金座椅上，右手拿着本金线装封的书，左手修长手指腾出来抵着额头，殿中空空荡荡，只有两排不日不夜烧着的烛火在风中偶尔跳跃。

约莫一炷香后，风无阴将手中书放下，但保持着姿势没变，开口，语调很冷："你既然来了，又不说话，打算就这么看着本上神吗？"

近处的烛火突然开始摇晃，没等对方开口，风无阴便伸出五指，翻手向上，掌心出现一团淡金色的光，接着俊目一挑，金光离开掌心，向殿中飞去，停在正中央，一团云雾便开始现形。

"你……你放开我，放开。"

风无阴冷笑，又勾指一点，那云雾便开始幻化人形，一道金色的袍子自头顶到脚踝包裹得严严实实，打眼一看，其实是有了人的轮廓，却没有具体样貌。

风无阴抬头："你就是当日在江牧迷惑我的云雾精？"

云雾精折腾许久也没挣脱掉那金色衣袍，只好作罢，往地上一瘫："是又怎么样？"

风无阴冷哼："你当日欺我没有仙力，居然敢对我施法。又诓骗我跟那傻子成亲，所以，你今天是来以死谢罪的吗？"

云雾精这才感到害怕，马上卖起乖来："神君你要明察秋毫啊。

我虽然只是一个精怪，但也懂得知恩图报。那青冥镜当日落入凡间时正遇到我飞升渡劫，帮我……其实也不是帮我，就是恰巧，替我挡下了那天雷。机缘巧合，青冥镜被劈进轮回道，因为镜身不完整，所化之人的红扶三魂不全七魄缺失。但她一看到你就喜欢得很，而你却要杀她，我也是为了报恩，才……"

"好，"风无阴由着他解释，"迷了我的心智之后，你去哪儿了？"

"我当然是去找青冥镜散落的极地寒珠了。找到了极地寒珠，红扶才能有正常心智，说不定还会有青冥镜本身的仙力，到时候就不怕你了。"

风无阴觉得有趣："找到了？"

"没有。"

"没有，你来我扶风做什么？"

"我听说，你把红扶弄来这儿了，我当然是来救红扶了。"

风无阴眉头一紧，飞身上前扼住他："你撒谎了，本神君给你最后一次机会，再不从实招来，我定让你灰飞烟灭。"

云雾精一琢磨，虽然红扶有恩于他，但他真不是那种为了报恩就能甘愿自我牺牲的精怪，跟风无阴硬碰硬不值当，马上示弱："我说，我说。因我寻那极地寒珠无果，途遇一仙友，他告诉我，仙界的神器都有灵气，不仅会自己认主，而且即便自身有一部分缺失了，也会寻着同脉仙缘归一。我就想着，兴许，极地寒珠已经、已经……我就是来确认一眼。"

这话还没说完，风无阴猝然松手，然后转身朝后殿奔去。

月落霜天，枫花飞洒，而后殿，空无一人。

第五章

青冥镜在等，等你心甘情愿

（一）

那云雾精说："仙界神器都会认主……缺失的部分会寻着同脉仙缘归一。"

如他的佩剑无至，无论相隔多远，只要他有需要，它就会立刻出现，剑身是，剑鞘也是。

同理，若青冥镜是他的，那只要他需要，它就应该会出现，镜身是，镜身上的极地寒珠也是。

然而，实际情况并非如此。

那只能说明，青冥镜的主人，从一开始就不是他风无阴。

回想那日，凌霄宝殿上，天帝将青冥镜赐予他时说："镜身开，诛灭始。"

开，向谁开？灭，灭何人？

如果不是红扶就这么离开了扶风，到现在他都还以为，那镜子是用来对付妖王孽还的。

而此时，殿外来报，说妖王孽还现世，请战神逐闻速速赶往朔下。

风无阴望着那空荡的大殿，以及殿外迎风招摇的枫火荻花，难免觉得荒唐。他招来云雾精："我此番去朔下，可能凶多吉少，渡你千年修行，赐你名字楼玥，只求你一件事……"

朔下幽闭的妖王宫殿，孽还正大剌剌地坐在他正殿中，玄色衣袍拖地，一半脸藏在金色的面罩中，而露出来的那部分有着和风无阴一样无二的样貌。

无至从殿外飞进，穿过稀薄的空气，擦过耳朵定在脑后的墙上，孽还抬眼，嗤笑一声："天界走狗，你来了？"

"这么叫我，你配？"风无阴现身，收回无至，"谁给你解封的？"

孽还换了个姿势："你猜不到吗？猜不到，你来做什么？"

"终结你。"

孽还大笑："老弟，你在开玩笑吗？你我同是父神的孩子，不老、不死、互相牵制。你拿什么来让我死？"

不老、不死、互相牵制。这也是天帝时常挂在嘴边的话，他还喜欢说的一句，是血浓于水。说到底，天帝不信他，从来都不信。这么一想的话，若非他与孽还一个为神一个为妖，只怕也不可能安然万年无恙。

今日被召来朔下，想必就是打算把局面摊开，要把他灭在此地了。

想他万万年来，为天界鞠躬尽瘁，到了最后，也不过落得个鸟尽弓藏的地步。

只是他想不到，那青冥镜的主人，究竟是谁。

红扶呢？是认主了吗？

再一回神，殿外天兵排成两排，中间劈出一条夹道，缓缓走来的人，一袭艳红雪里梅，千年梅花酿经久飘香。

逆光中高大颀长的轮廓已经不复往日半点温和，浑身上下杀伐腾腾。看到风无阴后，来人缓缓举起右手，中指和食指指尖夹着一颗极地寒珠，发着刺眼的光，呵呵一笑："逐闻。"

风无阴恍然，收回对准孽还的剑："种归神君，蛰伏数万年，下了一手好棋。"

种归勉强笑了笑："谬赞了。"

"天界既然要除我，何必大费周章。当日在我扶风的庆功宴上，种归神君在我酒里下了东西之后，直接动手不就行了？"

种归笑："天界要除的从来都不是你一个。在天界众神心里，你逐闻神功盖世，无人能及。你扶风招摇万年，昌盛至极，不知收敛，可考虑过天帝的颜面？万万年来，你与孽还表面上水火不容，实际上惺惺相惜，天帝忍了这么久已经算是仁慈。可你与孽还是父神仙子，六道当中没有谁能奈何你们。只有上古神器青冥镜能一次将你二位吞灭。"

风无阴冷笑："可是青冥镜除了能吞没我与孽还，还能吞没天地，你们没有把握，不敢擅自使用，所以，你们一直在等一个机会。"

"在等，等你逐闻，心甘情愿。"

等你二位殿前金莲开。

江牧，古双茶园。

小楼一夜风雨，早起屋檐上还挂着些许的雨。

窗外柳树枝丫繁盛，在地上投下大片大片的影子。屋内，红扶在绣蝴蝶，十指被针戳破，伤口好了又开，开了又好。

烟青色一抹影子从遥远的地方飘来，落在那窗台上，捡起一张绣好的锦帕，凑近看了一眼，评价道："和扶风的蝴蝶一般漂亮。"

低头钩线的人抬头，两人目光相撞，止月轻轻一笑："你还要装傻到什么时候？"

红扶后退一步，止月没给她退第二步的机会，上前抓住她的手腕："风无阴就在朔下，你若不出面将孽还给收了，他便会被冠以暗通妖界的罪名，将来被剥仙根，灰飞烟灭，你就再也见不到他了。"

朔下，妖王大殿。

那时，风无阴对楼玥说："我只求你一件事，找到红扶，像当初迷惑我的心智一样，让她忘记我。"

孽还拍案而起，到风无阴身边，用胳膊搡了搡他："哎，天界已经要弃你了，你还跟他们废什么话，斗了这么些年，也该跟老哥合作一把了吧。"

风无阴握紧无至，目光一眨不眨地盯着种归，对孽还说："你是你，我是我。"

言毕，大殿内仙光流洒肆意，一场杀戮揭开了序幕。

万年修为，几经天雷飞升，种归并不是那个看起来混沌不羁的酿酒仙，他有着和风无阴不相上下的仙力。

蛰伏多年，暗中修行，或许远在风无阴之上，可惜，永远没有验证的机会了。

妖王大殿门口，缓缓走来的人，眼睛依旧清澈干净，黑是黑，白是白，换上了艳红流仙裙，散在肩头的长发盘起，目光落在种归身上，而后扭身，对风无阴说了句："逐闻神君，别来无恙。"

（二）

"你好了？"风无阴问。

"当日的白仓山，是你让我去的。"

"你恨我？"

"不恨。"

"那好，你今天来，是做什么的？"

这是明知故问，也是心有余悸。

红扶将种归手中的寒珠拿过来握进掌心："我只是天帝的一个神器，他让我做什么，我便做什么。"

"楼玥没让我失望，你把有些事忘得还真是干净。"

红扶偏头，目光透彻，却没有了往日的辗转："那逐闻神君呢，你还记得？"

"不记得了。"风无阴回。

"那就是了。"

孽还哈哈一笑："风无阴，我的好弟弟，你以为六道三界容不下我，就容得下你吗？"

容不容得下，他已经不在乎了，只是想看看，那传说中能吞纳天地的青冥镜是如何灭了自己的。对上红扶的眼睛，他催促她："既然你是用来对付我的，你还等什么？"

红扶说："等你心甘情愿。逐闻神君，你心甘吗？"

"对天界不甘，对你，你可以试试。"

朔下幽闭的妖王宫殿，霎时，无数凌戾光华萦绕在红扶周身，传说中能毁天灭地的青冥镜终于等到了大显身手的一天。

风无阴甘心，孽还却不甘，也是拥有无限灵力的存在，怎么可能等死，挥手拔剑，刺向红扶。

红扶没躲，种归领着一众仙兵上前与孽还对阵，孽还冲风无阴大喊："风无阴，你活腻了，老子还没呢，你傻愣着干什么，快还手啊。"

风无阴不为所动，盯着红扶胸前的牡丹玉佩："难为你装了这么久。"

红扶说："我没装。"

"是，你没装，我看不出来罢了。"

"所以，该你恨我了？"

"你说呢？"

"这样好了，"红扶往后一退，夺过风无阴手中的无至，"我还你个人情。"

话刚落下，红扶便将无至插进了心脏，接着无至当啷落地，就在众人皆惊的时候，见那红扶将秀手伸进鲜血淋漓的伤口里，面无表情，眉头都没皱一下，当着众人的面将一颗跳动的心脏生生摘掉。

殷红血迹和白皙掌心交错互横，摊开，竟是一块玄铁。

她笑着将手递到风无阴的面前："别恨我。"

说着，不等种归冲过来，也不等风无阴反应过来，红扶便收紧五指，用体内寒珠最后的神力将那本要用来铲除风无阴和孽还的青冥镜身捏了个稀碎。

而此时，孽还殿外和扶风仙山的碧水盈池中的金莲绽开。

霎时，地动山摇，金光万灿，飞禽走兽哀叫四野，连绵不绝。

而同时，红扶猝然倒地，身体开始消失。

她不属于三界六道，没有魂魄，镜毁珠碎，消失，就意味着消失。

只是灼灼滚烫的眼眶里快要流尽最后一滴眼泪的时候，红扶依旧没能在风无阴的眼睛里看到原谅。

他是恨她的吧，恨她早就有了神志却还要装傻，可是不装傻就意味着要和他兵戎相见。

她不过一件上古神器，贴着他袖口温暖的手臂时觉醒，看着他在摇曳枫花中练剑的样子便生了私心。

即便三魂不全，七魄缺失，还是一眼就认出了他，缠着他。她是一件神器，一件为了铲除他而存在的神器，这样的爱，说不出口，存在就是最大的讽刺了。

她向他伸出手，他没回应。

"相公，"她说，"红扶不是青冥镜。"

"青冥镜要杀你，但红扶会保护你。"

"青冥镜是天帝的，红扶是你的。"

她没能闭上眼，灰飞烟灭的最后一刻，还拼尽所有，挣扎着想要把风无阴收进视线。

痴一场，念一场，就那么结束了。

而她没看到的是，早在她倒地之前，白仓山万年玄冰而铸的寒天剑已经趁风无阴分心，法力归零时，从他背后插进了他的心脏。

他的眼中，最后看到的也是她。

（三）

月前，阎王殿里。

后耳双腿颤抖，跪都不知道该怎么跪。不知道为什么这上界的大神们最近扎堆往他这儿跑。

风无阴觉得好笑，提了他的后衣领，让他看着他好好说话。

后耳磕巴着："逐逐逐闻神君，那那那……那红扶当真不是六道中的生灵，没没……没有完整的魂魄，只只……只能活一世，不……不可能再有下世。"

"若是，我给她呢？"

"那那……那要付……付出……"

"用我的仙籍和毕生修为换她下一个转世轮回，够不够？"

后耳惊恐抬头，却发现他好像并不是开玩笑。

朔下一战，孽还彻底失了根基，而那九天战神逐闻更是被种归乘人之危一剑穿心。被孽还从朔下带走时，风无阴吊着最后一口气，手中握着那颗极地寒珠，等来了一路跋涉的楼玥。

楼玥不解："不是忘了吗？"

楼玥记得，那时，风无阴对他说，我只求你一件事，找到红扶，像当初迷惑我的心智一样，让她忘记我，然后像她忘了我那样，让我忘了她。

风无阴笑："你的功力太浅，而我陷得太深。"

楼玥觉得自己很失败，迷惑红扶的时候，红扶说，我没有心智，怎么会被你迷惑，不会被你迷惑，就不可能忘了他。

孽还问他："你爱她？"

风无阴问："爱是什么？"

楼玥："我去过无数山河湖海，看遍了人世间的悲欢，他们说爱是贪心，是见一面想见第二面，是有了一世便想生生世世。"

风无阴释怀："那便是了。"

死生契阔，与子成说，今生是你，来生还是你。

白仓山。

止月揪着种归的衣襟，大声质问："你说什么？他早就没了仙籍是什么意思？"

"因为他死后不是灰飞烟灭，而是奔六道轮回了。"

"所以、所以你为什么要杀他？"

"天帝要我除他我能违抗？止月，倒是你，你跑去解封孽还，是想让天帝再重用逐闻吧？但你根本不知道，天帝只是在等待机会一次性除掉他俩，你那么做无非就是推波助澜，他的死，你也有责任。"

止月悲痛欲绝："不可能，他是战神，他是九天战神，风无阴。"

……

七日后。

天界让种归率兵以通妖谋逆之罪捉拿九天战神风无阴。

而当众神兵抵达扶风仙山的时候，往日蔓延千里的枫火荻花一夜之间尽数凋萎，只剩一座枯凉荒山。

此后，东荒无极，再没有扶风仙山。

尾声

云梦江牧城郊，开了一间铺子，名曰"浮生梦"。

铺子老板很奇怪，没人见过他长什么样，也没人见过他那铺子开张过，只是南来北往的人，都知道那个老板姓楼。

后来，听说书人讲，当然各种版本都有：有的说那铺子百年开一次，有的说那铺子遇到有缘人才会开，有的说那铺子里不买卖实物，只存储情爱。

临河的百年老榆树下，说书人讲完，众人一哄而散，只有一个身着金色衣袍的人，依旧低着头吃吃喝喝。

等四周都静下来了，他才抬头，但金袍里什么都没有。

良久，他从袍子里拿出一颗珠子，通体极寒，夜间发光，他给它取了个名字，叫夜明珠。

无奈一笑，收起来，望着那极东的地方，叹了口气。

已经等了几百年了。

第二卷 · 夜明珠

错过——他为了她成了大将军，
可她却一夕之间成了和亲公主。

第一章

那个小丫头，他好像见过

（一）

梁国七十三年，十一月初九。

这是个晴夜，月辉明明，星河飒飒，不适合杀人，也不适合抢劫。

可干他们这行的，总轮不到自己来选时机。毕竟给钱的是大爷，什么时候行动、如何行动，自然都是雇主说了算。

破落的小庙门窗虚掩，庙里有一只不大干净的水桶，李轻河从外边的河里挑了半桶水，简单冲洗了一下就准备给自己上药。秋末冬初的郊外极冷，丢在一旁的衣袍上染了大片血迹，被凉水冲过的身子微微起了白雾，伤口自左肩直直横到腹部，深得让人心惊。

"嘶……"

被伤药刺激得龇牙咧嘴，李轻河稍微停了停，他望着手里的药，忽然觉得自己或许应该换个活计。刀口饮血的日子，他实在是过不下去了。

太疼了。

而且，作为一个杀手，被人知道他怕疼，也是怪丢人的。

李轻河叹了口气，眼一闭心一横，继续把药上完。

因为经验充足，他上药很快，包扎的手法也极其专业。

带着湿气的木枝很难烧燃，火星噼里啪啦迸个不停。李轻河一边扇着烟，一边开始思考，如果真要转行，他或许可以当个大夫？专门接杀手和刺客生意的那种。

一来能有固定客源，二来，他做这个也还顺手……

这时，边上隐忍的咳嗽声打断了他的思路。

李轻河眼睛一瞥，正巧看见倒在那儿的姑娘一脸憋气的表情。

他微微挑了眉头，还不醒？挺能装。

于是，他有意无意多扇了点儿烟雾过去，大有"我看你能忍到什么时候"的意思。

藏在衣袖里的手紧握成拳，霁月咬着牙憋气，拼命忍着，不让自己咳出声来。也不知过了多久，那个人朝她走来，步子很慢很轻，最后停在她的身边，蹲下。

皎皎月华泉水般流进破庙。

借着微弱的光，李轻河安安静静地看着躺在地上的霁月。他起初只是想来逗逗她，可真过来了，却又生出了几分困惑。

他也想起来，几刻钟之前，自己见到她的样子。

那时，李轻河随许多人一起埋伏在树上，等着这一次的生意自个儿过来。

他是杀手，要说生意，自然是杀人。据雇主说来人是皇城富商，可当那队人马渐渐走近，他却发现了几分异常。

来者仪仗恭谨、四周护卫森严，马车周围垂落的帷帐是明黄一片，那黄色很亮，耀得人眼疼。当下，他微微皱眉。

这队人马不对劲。

他的瞳仁微微放大——

这车马是皇家的？

就在他心下暗忖之时，领头的人已经发了口令。

"杀——"

　　身体比脑子的反应更快，不等他细想，服从指令的本能已经让他跟着队伍一跃而下。而就在跃下之时，他看见了队伍末的一个小丫头。

　　那个小丫头和大家穿着一样的粗布衣裳，但容貌、气质与周边出入明显。也许是为这意外感到惊讶，她抬起头来，几分惊慌、几分无措。

　　月色如纱覆在她的脸上，落落星河流淌在她眼底。

　　李轻河心下一动。

　　说起来也许没人相信，但他总觉得，这个丫头，自己在哪儿见过。

　　电光石火之间，数条黑影从树上蹿下，闪着寒芒的刀刃直直没入队前侍卫喉部，再抽出来便带出血雾一片，山路上顷刻间混乱起来。

　　皇家的护卫当然不是吃素的，可他们这群人干的也是刀口饮血的活儿，加上他们占有先机，两边拼起命来，竟是打了个势均力敌。

　　李轻河举剑格向后方，刀剑相交，擦出刺耳的声音，他的脸上热热的，不知道是溅着了谁的血。挡住之后因为冲力太强连连后退，恰好这时另一个人补上他的空缺，他抽空环顾四周，随之心下一沉。

　　对方训练有素，已经围出了个包围圈，而他们被困在中心，由于打斗中损耗太大，已经渐渐落于下风。这种局势，按道理说，应该撤了。

　　可带头的人并没有下达命令，相反，大家都不要命了似的继续厮杀着，他趁机向身边同伴看了一眼，不料在对方的眼里看见了血色。

　　他心下疑惑，却也快速做了决定。

　　只见他眼睛一扫，很快找到包围圈的薄弱处。他突向东南方，那儿临着石壁，石壁中间有一块凸起，不好站人，于是便空出一小块。那是唯一能够逃生的空缺。

　　找定之后，他直直向那边袭去，一路上不知道踩过了几具尸体，身上也不知道划了几道口子，可他运气不错，终于来到了空缺处。

　　他双眸一凛，斩向前人迅速将其挑开——就是现在！

　　他脚尖一点就要冲出圈子，却也正是这个时候，他鬼使神差回了个头，恰好看见不远处的小姑娘。她的脸侧挂着血珠，满脸满眼的不可置信，而黑衣人的刀锋就横在她脖颈后方，凶险十分。

见状，他像是被一只无形的手紧紧拽住了心脏。他停住脚步，也因此耽误了逃跑的最佳时机。随后，他忍着被侍卫从左肩劈到腹部那狠狠的一刀，硬生生从人群里带走了她。

李轻河不信什么玄乎的东西，与她却有一种冥冥之中说不出来的羁绊似的。

胸前的伤口又开始疼，他微微皱眉，为此奇怪。

怎么会为她跑回去呢？

分明，他只是看了她一眼。

（二）

"咳，咳咳……"

霁月终于再忍不住，她被烟火气呛得咳个不停，在睁眼的那一瞬，她直直对上那个望着她发呆的人。

眼前的人未着上衣，明明暗暗的火光映在他的身上，单是看着都觉得冷。

而他就这么蹲在一边，像是在回忆些什么，几分迷茫、几分不解，却在接触到她的眼神之后挑一挑眉，换了副表情。

"醒了？"李轻河勾出个笑，"你这一觉睡得可够扎实的。"

在江湖里飘飘荡荡，李轻河早养出了个自来熟的性子，霁月却是很不习惯，因为有所防备，所以下意识想往另一边缩。然而，她这么一动恰好扯着了小腿上的刀伤。

冷汗从毛孔里钻出来，霁月的眉头皱得死紧："嘶……"

李轻河一拍脑袋："对了，还没给你上药呢！"

刚刚说完他就起身想走过去，霁月条件反射地想远离他，然而一动之下又是倒吸了一口冷气。

李轻河莫名其妙："你干什么？"

霁月疑惑比他更甚："这不该我问你吗？"

"我给你上药啊，你躲什么？"李轻河环着手臂，一副理所应当的样子。

李轻河生了一副好模样，眉目清俊，鼻梁挺直，轮廓分明。这样一张脸，加上会说话，在哪儿都是很吃得开的，尤其是类似于花灯庙会，他总能接到姑娘们红着脸抛来的香囊。

然而，此时此刻，在霁月的眼里，李轻河简直就是一个流氓！

霁月气结："你……你想碰我……你懂不懂礼数！"

"礼数？"李轻河歪歪头，举着双手后退几步，"行，可以，我不碰你，你自己爬出去找大夫吧。"

他一屁股坐在稻草垛上，随手捻了根叼在嘴里，眼睛一闭就倒下去。而霁月有伤在身，站得勉强，偏赌着气，好不容易挪到门口，却又对着外边开始犹豫。到底是长在深宫，没有过类似的经历，面对当下，她实在是有些茫然害怕的。

李轻河若无其事瞥了她一眼，躺得悠悠闲闲："这外边天寒地冻，又是林子又是树丛，路绕得很。你不识路，身子又虚，还带着这血腥气，出去也不晓得能走几步。"他说着，轻轻笑笑，"我们打个赌呗？半炷香之内，我赌你能被那些觅食的野兽追上。然后……"

他伸手做爪虚空一抓，抓完之后，亮晶晶望她一眼："然后，你猜会如何？"

霁月原本被他说得心底有些慌，却又在看见他最后那个动作的时候觉得好笑。这么大个人了，还伸爪子装狼扮虎的，幼不幼稚？

这么想着，她之前因为不安而生出的坏情绪不自觉也就淡了一些。

　　"喂，你那是什么表情？能不能给我一点尊重，我在吓你呢。"
李轻河坐起身来，满脸的郁闷，情绪鲜明得像个不谙世事的少年，半
点儿看不出杀手的影子。

　　霁月握拳放在唇边轻咳一声，在她眼里，不远处的人委委屈屈，
眼神和表情都柔软得不可思议，让人忍不住想顺着他说话。

　　"那好，我很害怕。"

　　李轻河扬着下巴轻哼一声，这才起身。

　　"好了，不闹了，回来吧。"他抛了一下手里的药瓶，稳稳接住，
"我给你上药。"

　　这次的霁月没有拒绝，即便仍有警惕，但很明显，她对李轻河已
经不那么防备了。安静下来想想，虽然那场混乱里，她的确是在杀手
群中看见了他，但他的很多动作都反映出他的确和那些人不一样。

　　没有谁会在生死之间花心思隐藏自己，除非这一开始就是场戏。

　　可她不信他是演的，即便作为一个陌生人，他逃脱之际掉头救她
这一举动显得莫名其妙。像是为了证明自己的想法，霁月往他的胸前
望了一眼。

　　那儿横贯了一道刀伤，极深、略长，几可见骨。

　　霁月微微皱眉，移开了视线。

　　不同于霁月的纠结，另一边，李轻河背对着霁月给她处理伤口，
在她看不见的地方，他轻轻勾出一个笑来，颇有几分得意。

　　果然啊。

　　论起和人套近乎，他还没失败过。

　　比起给自己上药包扎时的随意，李轻河对霁月明显温柔耐心多了。
单说脱衣这回，他虽然怕痛，但习惯使然，也就是随手一扯把衣袍扔

在一边，对霁月却是自下而上一点一点把被血粘住的布剥离开，生怕弄疼了她。

好不容易剥开她腿上被血浸透的布层，李轻河想起什么似的："哎，你叫什么名字？"

霁月一愣，不答反问："你呢？你叫什么？"

"李轻河。木子李，轻重的轻，河流的河。"

"轻河。"她念了念。

泛览星粲粲，轻河悠碧虚。

霁月心道，银河浩瀚，流波如华，很好的名字。

她歪歪头："你叫我阿月就好。"

"阿月？"李轻河动作一顿，"你别是临时取的吧？从我的名字里想到的？"

这话里的意思有些暧昧，可李轻河不是什么心细的人，出口也未发现。倒是霁月听完又是一愣，也不知是羞是恼："谁从你的名字里想到了？"

"行行行，不是不是，你别动啊！"

李轻河嘟嘟囔囔："这么大反应，不知道的人还以为我把你怎么了呢。"

霁月气鼓鼓别过头去不再理他，而李轻河见状也耸耸肩不再说话。

一时间，周围只剩下虫鸣和风吹草木动的细碎声响。

（三）

其实上药并不折腾，折腾的是李轻河，这儿也不敢动、那儿也不敢碰，小心翼翼畏首畏尾，看不见一点平日里果敢干脆的影子。好不容易上完药，他已经是一身汗了。

将纱布头子绑紧，李轻河松了口气，刚想和她说一声"好了"，可话未出口便察觉到什么似的，眸光一凛，瞥向庙外。

"怎……"

霁月察觉到他神色有异，然而还没问完就被他捂住了嘴。

李轻河带她起身，电光石火之间已经提起水桶扑灭了火堆，他的动作很快，声音却轻，那火苗熄灭时"刺啦"的声音刚刚冒出来就被他掀起衣袍一挥盖了个完全。

"走。"

他对她比出个口型，揽住她的腰，脚尖一点便从庙后破窗翻了出去。

也就在他们刚刚越出窗口的那一瞬间，看似寂静的门外有了动作。鬼魅一般，一行人从黑暗中闪现出来，悄无声息破了庙门。

地上有积水，边上有血迹，衣袍下盖着的是刚刚熄灭的柴火，即便是被冷水浇灭也还存着点点余温。

领头人戴着铁质面具，黑衣窄袖，马尾高束，看不见面容，却莫名叫人觉得阴冷。他定了定，没有发出半点儿声音，只一个手势，身后的人便跟着他从破窗往外跃去。

破庙之外有两条路，左边是官道，无阻无碍，而右边通往一片密林，真要藏人，往那儿钻应该是最省力的。可面具人眯了眯眼，挥手将人分成等份的两拨分头追寻，自己留在了原地。

感觉到外边的动静，李轻河带着霁月窝在庙外的下水沟里，小心翼翼地将她护在里边。

这水沟上边盖着一块青石板，板上满布青苔，板边杂草丛生，混在矮树草丛里边，黑暗中根本看不出来这儿居然有个能藏人的地方。

这个地方，若是常人，肯定发现不了。可李轻河手上握着许多人命，长年以往也谨慎惯了，不管在哪儿落脚，他第一反应一定是找找附近有没有哪儿能躲。

不得不说，他靠着这点自救了许多次。

　　水沟靠里的地方稍大，霁月稍微蜷蜷就能待下，可临近外边的地方很窄，钻个孩童都费劲。李轻河坐得靠外边点儿，他佝偻着身子，头埋进膝盖里，把自己折成一个不可思议的弧度。

　　此时，他正拿顺手扯来的破布拼命按着胸前，那儿的伤口裂开了，血濡湿了布条，带出淡淡的血腥味。虽然这味道不重，可如若周遭空气清淡，那人又敏感一些，他们怕躲不过。

　　还好，他们的运气不错。

　　周围的味道很难闻，水沟里各种腐败的杂物混在一起，他们半个身子都泡在臭水里，加之最近又是雨天，泥土的腥臭味混着这难以言喻的味道一阵阵往上冒，逼得李轻河都翻了个白眼。这儿的确让人作呕，但李轻河觉得自己很幸运。

　　就是这个味道，恰好遮盖了他身上的血气。

　　那人一直站在原地等消息回报，像根柱子，不动不晃，也不知站了多久。

　　这时，水沟里，有一只鼠子贴着他们的腿蹭了过去。

　　霁月下意识一抖，可她反应很快，几乎没有发出半点儿声音，倒是李轻河心下一紧，想到了什么，暗道一声"糟了"。

　　他下意识要抓住它，却不料抬手的时候带出了水声。

　　与此同时，面具人转过头来。

　　李轻河的伤口太深，周围的水被他染成红色，而那鼠子大概是受了惊吓，带着几分血腥味一下子蹿了出去。面具人的身手很快，弯腰起身抓住鼠子，这个动作不过瞬间而已。

　　那只鼠子湿漉漉的，身上没有口子却沾着血气，是从……

　　他眯了眯眼，直望向青石板。

　　是从那儿来的。

察觉到面具人的动作，李轻河的心沉了沉。

四周静得可怕，霁月从缝隙里看见那人一步一步慢慢踱过来，她的心几乎吊到了嗓子口，眼睛也不受控制地瞪大。

然而，就在她紧张到手指发抖的时候，有一只手稳稳按在了她的手上。

那只手很冷，冰雕的一样，她微愣，抬眼，恰好看见他脸上那一抹笑。

借着透过缝隙照进来的微弱月光，霁月看见他笑着发出无声的两个字：别怕。

说完之后，李轻河仿佛做了什么决定，他将她往更里边的地方一推，接着掀开顶上的石板，抽出腰间软剑一跃而上，刃上寒芒微闪，是冲着那人喉间去的——

可那人并非无能之辈，霁月屏住呼吸从罅隙里向外看去，只见对方向后一旋躲过软剑，抬手就要发出信号弹。李轻河反应很快，他一击不成直直跃过，接着在对面树上借力一转，将剑作刀从半空劈下，信号弹霎时烟花一样在那人头顶炸开。

火光散星般映亮薄夜，也映亮了李轻河坚定好看的眉眼。

霁月透过青石板的缝隙望向他，同一时刻，他也转过头来。这个缝隙很窄，外边都是杂草，可他眸光定定，仿佛透过一切直直对上了她的眼睛。

那一眼很短，可这一刻很长。

有些话说来可笑又不真实，像是情窦初开的少女幻想出的旖旎梦境，即便用"冥冥之中"做借口也没人会信。可这一瞬间，霁月恍恍惚惚，分不清是现实和虚幻，也不知道这是错觉还是真的。

她总觉得，在很久很久之前，也有这么一个人，也有这样一道目光在追随着她。明明是第一次见面，可她好像已经认识他很多年了。

面具人的手里不知什么时候出现一根长鞭，那鞭看似柔软，却又和寻常皮鞭不同。它绕上李轻河的软剑，划过之后没有一点儿损伤，反而带出阵阵火花，软铁一样。

霁月见状皱眉，江湖人大多用刀，军士们习惯长枪，刺客杀手喜欢软剑暗器，绿林好汉多使重器斧钺。而拿长鞭当武器的多是女子，在男子里，实在是少。

然而，少并不代表没有。

惯用长鞭，又是高手，还戴面具的人，她听说过一个。

右领军卫，上将军，楚青宵。

可这不对，霁月摇摇头，楚青宵是朝廷里的人。

她正想着，那面具人又动了。

他从束腰里掏出了个两指宽的东西，看上去和之前的信号弹差不多大小，可他咬开栓子之后没往天上抛，反而对着李轻河扔了过去。那东西的尾巴上带着火星，李轻河连忙后退。他的身后是树，左侧有一道淤泥潭，谁也说不清里边有多深，前边是那个冒着火的不明物体，而面具人站在他的右手边。在这几乎是避无可避的情况下，霁月的心像是被什么东西揪住了，差点儿没喘过气来。

然而，下一秒，她看见李轻河一溜烟上了树。

现下危机四伏，李轻河的动作却很喜感，他手脚并用如蜘蛛一样，咻咻咻就爬到了上边。那面具人大概也没想到这么一遭，他惊愕抬头，迎面而来的是从天而降的细密粉末。

饶是面具人再怎么敏捷，也还是在这儿栽了跟头，他闪躲不及，脚步一虚，晃了晃便倒下去。

霁月从一开始的担忧到刚才的发蒙，再到此时此刻的目瞪口呆。她诧异着，这就结束了？就一包迷药？一包迷药就把那个人放倒了？

　　愣在原地，她忽然意识到一件事情，于是整个脑子又被那个念头给占据了……

　　霁月想，怎么有人会把这种东西藏在裤裆里的？

　　她露出了难以言喻的表情。

　　当然，后来她就此问过李轻河，可这完全是一个误会。

　　像他们这样的人，身上备着伤药、迷药防个不测都是正常的。李轻河一般将它们贴身放着，但因为之前他在破庙里脱了上衣上药，便暂时把它夹在了腰封里。当时天暗，他动作又快，是以霁月没看仔细，因此误会他很久。

　　也因为这个误会，她嫌弃了他很久。

　　李轻河从不会为杀人而不安，在跃下树后，他手执软剑，干净利落地在昏厥中的人脖子上抹了一道，完了又扒了对方的上衣披在身上随便系了几下，勉强遮个体。

　　动作中，也不晓得失血过多还是体力不支，他只觉得眼前短暂黑了一下，因此没注意到从面具人身上掉出来的拇指大的令牌。

　　做完这一切，李轻河将面具人推入不远处的泥潭。

　　那泥潭混浊，没人知道底下多深。

　　云散月明，有光照在这儿。

　　霁月早从水沟里爬了出来，她走到李轻河身边，佯装拧干裙摆，蹲下身把令牌捡了起来。现在不是时候，霁月没看得多仔细，但即便只是匆匆一瞥，也还是让她心底一沉。

　　这令牌还真是宫里的。

　　捡起之后，她将它藏进衣袖，眸光微闪了闪。

　　李轻河带着一身伤扛了这一场，如今已是强弩之末，再说不出多余的字，只朝她比了一个"走"的手势。而霁月定了定心神，忍着腿疼快步跟了上去。

（四）

长街之上，路边摊贩特别少，并不热闹繁华，相反，这里还透出了几分死气。是啊，如今暴政猛如虎，当今天子只知享乐，不知民间苦难，这般模样自然不必奇怪。

李轻河早在刚进城时就换掉了那一身黑衣，随便塞了点儿吃的，他带着霁月熟练地拐进小巷，左转右转也不知道绕了几圈，终于停在了一面墙的前边。到了这儿，巷子已经很深了，没人也没有脚步，但李轻河还是很谨慎。

只见他凝神打量了一下周边，确认过周围没有异常，这才蹲下身子，也不知道是在那些砖块里摸索什么，好一会儿才找到一个凹陷按进去。这一按，像是触动了什么机关，霁月眼见着那满布地锦的墙面上震了震，从中间开出条缝来，成了道门。

那门很窄，里边是条地道，地道也不宽，只能容一人走过。

李轻河朝她比了个进去的手势，霁月一愣，赶紧侧身而入。

暗道漆黑逼仄，让人很有压迫感。

霁月摸着墙壁往前走，触手之处都是滑腻的青苔。她走了好一会儿才见到转角处的光，于黑暗中不大适应地眯了眯眼，这才一瘸一拐走了出去。

可她还没走几步，就被李轻河拦了下来。

"等等。"他本想牵她的手，可刚伸出去就顿住，"能牵吗？"

霁月看了他一眼，轻轻点头。

李轻河便不再多说，直握上去。她的手很小，几乎是被他包在手心里的，又软又嫩，他都怕自己手上的茧硌着她。

将原本握紧的手放松了些，李轻河把精力全放在看路上："从现在开始，我走一步，你走一步，就踩着我踩过的地方，一步也别走错。知道了吗？"

霁月什么也没问，只是声音很轻地答了句："好。"

李轻河像是从她话里听出了什么，他停住脚步，回头，在对上她眼睛的时候忽然笑了："也不用这么紧张，没什么陷阱，受不了伤。只是这儿有个阵，走错了容易鬼打墙。"

其实他没有必要和她解释，他很累也很疲惫，没有必要在这无关紧要的地方安抚她。可他说了做了，也确实让她稍稍放心下来。

霁月抬起原本低着的眼睛，望向他，但这时的李轻河已经转过了头去。

走过了两面石壁中间的小道，穿过一片野竹林，他们来到一处地势相对平坦开阔的地方。那儿有一个小木屋，屋外有一圈竹篱，屋里的墙上挂着狩猎用的工具。

"行了。"李轻河放开她的手开了门，"到了这儿，你可以随便走了。"

霁月四处打量了一下："这是你落脚的地方？"

"不。"李轻河站在门边做了个"请"的姿势，"这是我家。"

霁月微愣，家？

"怎么，我看起来像是四处漂泊无家可归的人吗，至于这么惊讶？"

李轻河一边说着，一边走了进去。他在窗边的躺椅上坐下来，靠着靠背一摇一摇，悠悠闲闲，手里还把玩着两个铁球。那小铁球在他手心里一转一转，配合着他的神态，让人禁不住便想起村口摇着蒲扇遛弯的二大爷。

"只是感觉你的生活和我想的有点儿不大一样。"

李轻河半睁开眼睛，懒懒望她："哦？你怎么想我的？"

这屋子不大，却在床前摆了屏风作隔断，除此之外，两道窗户一道门，东西的墙边分别是躺椅和书桌，那桌上摆着纸砚，边上是用藤条编成的小盒子，从这儿看去，里边放着的大约是个墨块。这里的确不像个临时落脚的地方。

霁月不答反问："你为什么要当杀手？"

在她的理解里，杀手便是风餐露宿、刀口饮血，不论如何总是苦的。那样的人怎么会有心思打理自己的住处呢？

李轻河有些意外。

他并不意外霁月知道自己的身份，毕竟一起经历了这么一遭，傻子都猜到了。他只是没想到她会这么问。

将眼睛闭上，他随口答："这个来钱快。"

"可这是用命换的。"霁月皱皱眉。

"对，用命，命多值钱啊，所以雇主们给钱都还爽快。"李轻河叹了口气，"怎么，你该不会是打算说这样不对，想用迷途知返一类的话劝我吧？"

霁月一滞。

她自幼习礼，身在皇家，法纪规矩比谁都记得更清。

她本应对杀手鄙夷，即便对方再怎么可怜、再有难言之隐，那也有官府评判，为了私欲，以人命换钱财，这从来就不是正当的事情。

可是，她方才那一句，却不是出于什么正义和道理。

她是在担心他。

她不过是经历了这么一个晚上，还是在他的保护之下，都能感觉到命悬一线的惊险，那他呢？她方才想的是，那些钱是要拿他的命来换的。

见她不答，李轻河便低笑一声，以为自己猜对了。

"其实吧，我都明白，但我做都做了。"

霁月想解释又觉得没必要解释，心底有些气，索性顺着他的话同他吵："做都做了？怎么，做了就是对的吗？"

"那怎么样才是对的？"李轻河挑眉，"投兵？打仗？保家卫国当英雄？"

他心道，那不也是杀人吗？

霁月的眉头几乎拧起来，她分明不是这个意思。

可她凭什么要让他知道她的意思？

"对。"于是，她口是心非，"现下正值兵源紧缺，男儿本该心怀家国天下……"

李轻河自小不喜欢听道理，那些条条框框，他一听头疼："好好好，我最近的确有改行的准备……所以啊，你看，那番说教，不讲行不行？"

刚刚说完，李轻河便看见霁月的脸色一变，转过身去了书桌前边，看上去更生气了。

大概是在气他冥顽不化。

李轻河想耸个肩，却不料动作刚起就扯到了胸前的刀口，他下意识想要吸一口冷气，然而还没吸进去，目光先转到了霁月的背影上。像是怕被她发现，他鼓着脸把这阵疼痛给憋回去，起身到屏风后面把伤口好好处理完，随后换了身衣服走出来。

"我去打个水，等会儿你好好洗一洗，腿上的伤口不仔细处理的话留个病根会很麻烦。"

霁月听见了，却没转过身来。

李轻河等了会儿，也没勉强，径直走了出去。

小姑娘就是会生气。

他无奈叹了一声，虽然他真不知道这到底有什么好气的。

再精巧的机器，里边若是坏了一个小零件，一环牵着一环，它便不能动了。命途也是。很多时候，一个无意识的小动作就能改变接下来许多事情，只是身处当下，没人能够发现。

说起来有谁能相信呢？

他后半生的走向之所以改变，追根究底，就是源自她此时的一句气话。

兵源紧缺，家国天下。

（五）

这天，霁月直到入睡也没再和李轻河说一句话，像是在闹什么别扭。

夜里很晴，窗户没关，月光明晃晃照进来，如裁好的白绸一样铺在地上。霁月盯着地上那块四四方方的白，如果不是她见着它因为月前的云聚云散忽明忽暗，真会以为那里是桌上掉落的一张纸。

将目光从地上移开，霁月下意识往躺椅那儿看，却被一道屏风阻隔了视线。可即便看不见，她也大概能想象出他的样子。

有什么好想的？

霁月皱眉，翻了个身。

"睡不着？"

原本睡熟了的李轻河居然在这细微的动静下迅速醒了过来。

他侧头，轻声问："怎么了？"

霁月一愣，又翻回来，当想象与现实重叠，往往就会让人产生错觉。比如此时，她觉得自己隔着那道屏风看见了他的眼睛。

"是因为腿疼睡不着，还是在外边不习惯？要不要我给你讲一个故事？小时候我睡不着，阿婆就是这么哄我的。"

他的声音很低，沾了夜色月色，带了几分温柔，让人忍不住想要回应他。

"什么故事?"

李轻河双手垫在脑后,眼睛微微闭着,看上去像是睡熟了说着梦话的人,声音却干净清醒:"看你了,神话传说和戏折话本都可以。"

其实霁月对这些不大感兴趣,但他的声音有一种奇妙的力量,能够让她安心,也让她变得平静。

"那你说一个你最熟悉的?"

"嗯,那我想想。"

李轻河沉吟片刻:"这是我在一个茶馆里听见的,具体故事连贯不起来,只有几个片段,你随便听一听吧。这讲的是一个呆傻小姐和上门姑爷的故事……不对,单这么说,或许普通了些,事实上,这个故事里的小姐和姑爷,他们都不是凡人……"

闻言,霁月只觉得心底没来由地抽了一抽,像是被不懂事的婴孩握住了心脏边上的脉络。他力气不大,只轻轻一动,她痛也不痛,心却是被提了起来、放不下去,将将悬在那儿,看着都危险。

原本清明的意识随着故事的深入而逐渐模糊,霁月慢慢像是走进了故事里,无数画面走马灯似的在她眼前闪过。分明是旁观者的角度,那些情绪却像是从她心底生出来的,欢喜悲怒便如过往,历历在目极其难忘。

她不知道这些画面有多少是来自李轻河的讲述,有多少梦境是自己补全的。

一路走来,到了最后,霁月眼前的世界忽然裂开,一片一片碎成飞灰。

她正站在原地不知所措,那些飞灰却又聚集了起来,当世界重建,霁月发现自己站在了一个全新的地方。

与之前所见的景色截然不同，这里是座宫殿，殿内金碧辉煌，侍女侍卫木雕一样站在那儿，像是被什么定住了，每个人都静止着保持着本该是动态的动作，看上去怪异得很。

就是这个时候，不远处传来了一声婴儿的啼哭。

霁月不自觉朝着那儿走过去。

里间的人更多，但同外边一般，也都是被定住的样子，只有锦被里的婴孩在踢腿伸手地在那儿闹腾。

霁月刚来得及看上一眼，身边一个影子忽地就闪了过去，挡住了她一半的视线。

那影子的脸上像是团着雾气，叫人看不清长相，她只能看清那一身金色衣袍，暗纹自上袭下，隐隐有流光闪动，看着不像凡人。他在婴儿前边停了会儿，也不晓得在想什么，忽地叹了口气。

那一叹很重、很深，里边夹杂着的感情复杂得叫人分辨不清。

接着，他自袍子里拿出了个东西放在婴孩手上，一挥手，殿内的人便重新动了起来。同一时刻，金袍凭空消失，而婴孩在拿到那东西的同时也停止了啼哭，变得安静下来。

原本挡住视线的身影不在了，霁月终于看见婴孩手上的东西是什么。

她慌了一慌。

她仍不知道这个影子是谁，却知道了那个婴儿身份。

和周遭人们的慌乱不同，不远处，婴儿握着一颗珠子睡得香甜。而这珠子她再熟悉不过，是她自记事起就从未离身过的。

宫里曾为此惊动，说那是她自出生便握在手里的。明珠润泽，非石非玉，没有人认识那珠子的材质，只知道它触手寒凉，在她身边却会散出暖意。那也不是夜明珠，可在她出生的第一个晚上，珠子亮了一夜，光色莹莹浅浅，月华一样。

因此，不似其他公主按辈分取字，当时，她的父君望着那珠子沉吟片刻，为她赐名"霁月"。

清风朗朗，明珠耀耀，月华皎皎。

霁月。

小木屋里，李轻河仍在轻轻缓缓地讲着故事，讲到最后，他忽然有些感慨。

在听完那个故事的当晚，李轻河做了场梦。梦里，他挥霍过许多、经历过许多，什么都看不分明，包括自己的心。于是，醒来之后，便开始平白无故生出许多悔意，平白无故想要珍惜许多东西。

他说："也是奇怪，不想再做杀手，想四处走走，那天听完故事之后，我忽然就变了很多。现在想想，无端做了这么些自己都觉得没道理的改变，要追根究底论个原因，大概也只能说是听故事听得太入戏了……"

喃喃许久，没有得到回应，李轻河倏然意识到了什么。

"哎，你睡着了？"

屏风后面传来均匀绵长的呼吸声，李轻河眨眨眼，起身下榻，走了过去。

借着月光，他看见睡熟的霁月。

也是，她也该累了。

只是为什么不好好盖被子？手肘都露出一截，也不怕冷。李轻河无奈笑笑，为她掖好被角，这一刻，他忽然冒出一个诡异的想法——如果他能有孩子，一定是个好爹爹。

刚被自己的想法逗笑，李轻河很快捂住嘴，生怕吵醒她。可霁月却在梦中皱了眉头，扑腾两下，准确地抓住他的手。

月色淡淡，映出李轻河一脸的错愕。她抓他抓得很紧，看上去很着急，嘴里不停地在嘟囔着什么，可那声音含含糊糊，李轻河半句也听不清。

可即便听不清，他也握着她的手，哄孩子似的念着"不怕""好好睡"之类的安慰话，但哄了许久都不见好，梦里的霁月反而更急了些。

她拼命抓着他的手，着急地在问一个答案。

"什么，你慢慢说，什么会不会？"

梦中人口齿不清，李轻河听得满脸疑惑，依然不知道她在说什么。

算了，管他呢。

"会。"他语气轻柔，给小动物顺毛一样，"当然会，一定会。所以好好睡吧。"

说来也神奇，在得到这个答案之后，她不久便安静下来。

李轻河松了口气，按着胸前的伤走回躺椅处。

躺下之后，他笑了笑，在这之前倒是没发现自己这么有耐心，这么看来，或许他不做杀手了也不一定要去当大夫。

他还能去帮人带孩子。

此时，霁月的颈边，有个东西亮了亮。

那像是一颗珠子，拇指盖大小，正自弱变强，散出莹蓝色的光。

霁月的意识模模糊糊，李轻河什么也没有听清，他们大概都不会知道，她在梦中嘟囔那么久，问出的到底是什么。

窗外有道身着金袍的身影一闪而过，动作比风更轻。

只与他们有关而他们却都不知道的事情，也不晓得该说巧是不巧，有了别人知道。

梦魇里，霁月神情急切："我们会有下辈子吗？我们还会再见面吗？"

梦境外，李轻河握着她的手："会。"

缘分玄之又玄，每个意料之外都有可能是冥冥之中，也许今生便是前世口中的来生，而你们已经见面了。

第二章

执手之约为余生

(一)

雨水从屋檐上滚落下来，一串串滴落在地上聚成水坑，大大小小各不相同。霁月撑着把伞往门外走，走过了小道，停在野竹林的前边，盯着李轻河早上离开的方向。

这里位置极偏，他每隔几天就要去买些吃食和小东西回来，起初不带她，是说她腿上有伤不方便，而现在她好得差不多，他依然没有带她出去过，说是觉得麻烦。

但实际上，是真麻烦还是他出于某种原因不愿意她离开，这谁也不知道。

霁月抬手，摊开手掌，掌心安安静静地躺着一块拇指大的小腰牌。那是个名牌，正面是右领军卫处的标志，背后刻着三个小字，是"楚青宵"。

那日不过一猜，霁月竟真的猜对了。联系着这几日从李轻河那儿问来的信息，她的心上忽然悬起千斤巨石。

李轻河是个杀手，最近的任务，是那日所谓的"皇城富商"。如果李轻河所言非虚，那幕后指使者真是楚青宵，他假借名义在祭天的路上刺杀皇叔，究竟是为了什么？

霁月低着眼，生出一个可怕的想法，她若有所思般皱眉，觉得这件事太大。楚青宵深受父皇信任，这件事不得不查，而若拖久一日，便危险一日。

她该回去了。

大概是这些事情太沉，霁月轻轻摇头，按下心思，走向一棵树。

霁月不大认识这些植物，但那花瓣粉白，随着细雨一同散下来的样子很是好看。这么想着，她伸出手，被雨打落的花瓣落在了她的手心。

"你怎么出来了？"

被这突然出现的声音一吓，霁月回头，指间微微颤抖，手上的花瓣却没有落，被雨水黏在了她的袖口处。

她撑着伞望向李轻河，天色青青，他自风雨里朝她走来。

"喏，今天运气好，回来的路上看见刚出来的金乳酥，你尝尝。"

李轻河出门时没带伞，头发衣服都湿嗒嗒贴在了身上，手上的油纸包却干干净净，递到她手上的时候还没有凉，那微烫的感觉从指间传到了心尖。

"我捂着回来的，怎么样？"

天气灰蒙蒙的，他的眼睛却很亮，求夸奖似的对她笑。

可没笑多久，李轻河便又想起什么，推着她往屋里走："快进去，进去吃，外边风大雨大，别把你……别把它吹凉了，我好不容易保护着它没淋湿。"

他的头发散了一半，有几缕黏在脸上，看上去有些狼狈。

霁月想把伞分他一半，可他看出来了，把她的手往回推。这天气很冷，雨里夹着小雪，大概是李轻河在雨里淋得太久，手指被冻得极冰，如果不是她看见了，怕会以为自己碰到的不是他的手而是冰块。

分明已经这样了，他却在看出她的心思之后，若无其事地对她笑："不过是一场雨，我皮糙肉厚的，换个衣服就好。"

霁月却不听，仍把伞举给他一半："那快回去换。"她说，"从这儿到小木屋还有一段距离，能少淋一点是一点吧。"

李轻河闻言也不再推托，顺着她往回走，只是因为怕身上的寒气沾了她，于是小心翼翼保持着距离，不想离她太近。

屋里暖融融的，燃着炭火，霁月抱着那个油纸包坐在边上，等着李轻河换好衣服过来。

她有话对他说。

其实，这句话她早几天就想对他说了，只不过每次将要出口都正好有些什么事情，每次都没说出来。

"你怎么没吃？"李轻河换好衣服，从屏风后走了出来，"好不容易没让它凉，你这么一等，不是白费了我捂这么一路？"

霁月却心不在焉似的："李轻河，我的腿怎么样了？"

他毫无所觉一般，搬了小板凳坐在她身边："差不多了，毕竟也没伤到筋骨。"说完，他接过她手上的油纸包拆开，"快尝尝，这家可不好买。"

他每回出去都会给她带点儿东西，大多是些小零食，偶尔也带个玩意儿给她解闷，没一个金贵的。霁月咬了一口，那金乳酥入口香脆，的确很好吃。

这些都是附近镇子里能找到的最好的东西。

"明天便是冬至。"李轻河把手伸到炉子边上烤火，"你在这儿闷了几天，也怪无聊的，恰巧镇里有活动，我带你去看看。"

霁月抬眼看他，一副反应不及的样子。

"去镇里？"

把这呆傻的小表情看在眼里，李轻河一个没忍住便笑了出来："嗯。"

他顿了顿，又加上一句："过完这个节，我送你回家吧。"

"啪——"

"哎哟喂！至于这么激动吗？"李轻河满脸心疼地捡起了霁月掉

在地上的金乳酥，他拍了拍上边的灰，就着她的牙印咬下去，"都说了这个很难买的，别浪费……"

"你……"

"我什么？"

霁月欲言又止："没什么。"

火炉里的木炭迸出火星，落在了霁月的裙边，她往后坐了坐，看着李轻河被火光蒙上暖意的侧脸，抿了抿唇，气氛一时沉默下来。

李轻河却像没意识到一般，吃完一块又取了一块。

他知道，这几天她一直想说的就是这个。

他也知道，她每次想提都很为难。

但其实有什么不好说的？她本来就不是这里的人，会离开是再理所当然不过的事情。

过了好一会儿，霁月才终于反应过来。

她抚了抚被自己抓皱的下裙："你刚才吃的那块，我咬过了，还掉在了地上。"

"刚才？"李轻河眨眨眼，"刚吃的是我新拿出来的，之前才是你说的那块。"

"那你……"

"哪那么多讲究。"李轻河摆摆手打断她，"又没毒，又吃不死人，丢了多可惜。"

他笑着说："和我从前逃命时候吃过的东西相比，这些太好了。"

李轻河从来都是这样，满脸轻松，笑起来有一种专属于少年的恣意，仿佛什么也没经历过、什么也都不在乎，无论发生了任何事情，在他看来，都是小事。霁月形容不出这是什么感觉，看起来是"初生牛犊不怕虎"，可他并不是因不知而不惧。

生死这件事情，他应该比任何人都清楚。

霁月忽然想到一件事情。

这个问题很大，她居然才想到。

"那个时候，你为什么会救我？"

李轻河嚼巴嚼巴，眨着眼看她，等到一口金乳酥咽下去，才终于装出了个正经样子。

"这个问题。"他沉声道，"其实我最开始有过怀疑，现在看来，事实真是如此。"

霁月顺着他问："什么？"

"我觉得吧，大概是上辈子我欠了你一屁股债，这辈子再遇见，就是来还的。"

话说出口的时候是李轻河随便编的，但真讲出来，听在两个人的耳朵里，不知怎的，却意外让人觉得这就是事实。

也就是这一刻，李轻河意识到一件事情。

他从一开始就觉得他们的相处方式不对，一直没想明白是哪儿不对，刚刚突然想到了。

他们从一开始就不像是陌生人。

然而霁月扯出个笑，动作略微僵硬地打了他一下："你还不如说自己本来就有一副侠义心肠，只是平时埋得深了些，那天发作了，也比这什么前世今生要来得可靠。"

李轻河耸耸肩："谁说不是呢？"

他不看她，对着火炉，自语一样："轮回这种玄乎的东西……"他摇摇头，"好吧，我就知道自己不适合编故事。事实上，我感觉你应该很有钱，救了或许不亏。"

片刻之前的迷茫瞬间消失，那样的表情像是从没出现在他脸上过。

"怎么样？我送你回去，你家能给我多少酬劳？"

这个话题转移得不能更生硬，霁月却接住了。

即便尴尬也比方才的感觉要好。

她不着痕迹地在袖中握了握拳，努力把被"前世今生"这个词给戳出来的心悸压了下去。

"等你送我回去再说。"

她的穿着只是随行丫鬟的穿着，出行也是偷偷混进的队伍，从皇城走来的这一路，霁月都很小心，生怕暴露身份生出事端。唯独在他面前，她不打算过多掩饰，她也相信，他不会问她那么详细。

或许这份信任是盲目的，可她就是相信。

毫无道理，但她愿意。

（二）

这个小镇里的人不算多，但人情味很足，谁和谁都像是认识的，每个茶肆酒馆里相邻的每一桌都能凑着聊起几句。霁月坐在角落里，饶有兴味地听着他们谈论的话题。

这一桌说的是屠夫张大叔终于要娶到老婆了，大家乐乐呵呵在说恭喜恭喜，那一桌却苦着脸讲最近税收又要提高，他们连口粮都保不住了，大家义愤填膺开始跟着附和。

正附和着，更远些地方的一个蓝衣小伙子拿着酒杯凑过来："哎，你们听说了吗？"

"啥？"

"洛城城西的青菱河边挖出来一个石头碑，碑上刻着预言，说是什么'当今天子昏庸无道，日头将落，云汉代之'，后边的句子不清楚，但据说很是玄乎，现在朝廷到处在找和这个东西沾边的人……"

边上又围过来几个人："说到这个，你们还记得吗？前些日子不是筹备冬至祭天来着，皇上没亲自去天坛，说是身体抱恙，于是派了摄政王前去代理。按理说这问题也不大，从前也有过代行，偏偏是这次，那摄政王在半路上遇见一伙不知道哪儿来的刺客，人虽无恙，但事情可不吉利，而且这事儿到现在也没查出背后主谋，你说这一个天命一个人力，咱们这上头是不是要变……"

"一个两个都不要脑袋了！"头上系着布巾的大爷敲了敲桌子，压低了声音，"这事关头上，你们还讨论这个，不怕被人听去，给自己惹麻烦吗？"

"哎哟喂，瞧您老说的，这不都是几个熟人吗？"白面青年嬉皮笑脸，"再说了，咱也就是随便说说下个酒，不当真，不当真！"

没等大爷再说话，书生模样的人走了过去："对了，说到这儿，还有一件事。"他神神秘秘，"我家表叔不是在皇城当差嘛，据说，宫里最近也出事儿了。"

"宫里？宫里有什么事？"

"就是那位生来便带祥瑞的霁月公主。"他说完一停，吊起了所有人胃口，这才慢慢悠悠接上去，"听说，霁月公主近来得了怪病，谁也见不得，太医一个字也不敢往外蹦。大家都估摸着，公主怕是不行了……"

霁月原本因那"石碑"而担起的忧虑被这新来的话题一晃，瞬间就呛了口茶水，她捂住嘴使劲咽了下去，这才放开了咳起来。

"怎么？"李轻河拿着糖葫芦走回来，"我不过就是去买个小零食，你就把自己呛死了？"

霁月接过糖葫芦："你怎么去了这么久？"

"买这东西的都是孩子，一个一个闹腾得很欢，挤来挤去的，我也不能和他们抢不是？"他一掀衣袍坐下来，状似无意地问，"你在听什么呢？听得那么入神。"

"没什么，一些市井花边罢了。"

李轻河低了低头："哦。"

仿佛什么都没发现。

"对了，我刚看见外边有热闹可看，要不要去凑一凑？"

"热闹？"霁月来了兴趣，"什么热闹？"

"距这儿不远处有座城隍庙，都说那庙灵得很，你瞧外边车马喧嚷，多的是邻镇赶来上香火的。怎么样，有兴趣吗？"

虽然并没有什么想要祈求的事情，但大约小女儿家对这些许愿相关的事情总有兴趣，霁月也不例外。

于是，她咬着糖葫芦含混不清道："那便去看看吧。"

李轻河起身结账，带着她离开茶肆。

只是，离开之前，他瞟了一眼正在说话的那桌人，眼底有什么东西一闪而过。

城隍庙外，行人往来不绝，冲散了原本浓重的香火气。霁月和李轻河跟着排队的人领了香烛朝庙里走去，可蒲团和香案边上全是人，他们凑不过去，便拿着香烛在边上等。

李轻河站也站不直，歪着身子用肩膀碰了霁月一下："你想许什么愿？"

霁月想了想："国泰民安，万事顺遂。"

"够无私的啊。"李轻河笑了声。

"那你呢？"

"我？"李轻河歪歪头，随口扯了句，"就希望转行顺利吧。"

霁月皱眉："我怎么觉得你是在糊弄我？"

"我糊弄你？怎么说我这个答案也比你那个要听起来可信些，怎么就成了我糊弄你了。"

霁月认真道："可我的确只有这一个愿望，别的想不到了。"

她什么都有，什么都不缺。从小到大，她生活在一个富足的环境里，着实没有什么东西是必须靠祈愿才能实现的。

"哟？我以为你们这样的小姑娘会祈求姻缘才对。"

霁月的脸先是一红："你说什么呢！"

随后转过身，她轻轻眨眼。

随后，霁月的双眸渐渐暗淡，脸也慢慢白了下来。她开口，像是说给自己听的："这种事情，我定不了，天也定不了。"

天家贵女，即便是正好天真的年纪也已经懂得比别人多太多了，她的亲事是一项流程，是在有限的选择里挑一个最合适的伴侣。

也许那样不坏，父皇宠她，选的应当是个门当户对、才貌俱佳的人。可这里边有没有感情、有没有真心，便只有他们自己知道了。

"你知道祈愿是什么意思吗？"

霁月正恍惚着，李轻河倏然凑了过来。

"你赌过彩头吗？祈愿是一项不需本钱的博彩，若能被上苍听见，若能够获得垂怜，那样自然很好，但就算没有，你许一个也不亏。"

他把自己手里的香烛递给她："喏，我的愿望给你，你可以许两个了。一个国泰民安为天下，一个执手之约为余生。你到底还是个女孩子，胸怀博大是好，但也得为自己考虑。"

霁月听得愣怔，任由他把香烛塞在自己手里。

"哎，你看，前边的位置空出来了！"

李轻河眼尖，占了最中间的蒲团："快来！"

庙里香火袅袅，四周雾气袅袅，一层一层的烛台上有火光闪烁。分明哪一样都能分去她的目光，可她偏偏像是魔怔了，周遭所有在她眼前都成了空白。

广袤天地里，她只能看见他一个人。

这一刻，霁月就像是被什么蛊惑了一样，顺从着便走了过去，许了一个有些荒唐的愿望。那个愿望，便是他口中那句"执手之约为余生"。

等到霁月许完愿再起身的时候，一个不留神被身后的人绊了一下，李轻河连忙扶住她。

"喂，想什么呢？"

眼前晃来晃去的一只手把她的思绪拉了回来。

霁月脸上一红，这才反应过来自己刚刚想了些什么。

也不知是气是恼，她欲盖弥彰道："总之没想你！"说完便自个儿冲了出去，在躲着什么似的，礼仪啊什么的都不要了，只顾着埋头向前，走得飞快。

而李轻河满脸蒙。

这是又怎么了？

他又惹着她了？

（三）

接下来的时间，李轻河和霁月，一个在前边走着，一个在后边跟着，两个人怀着各自不同的心思相错走成了前后排，注意力却都在对方的身上。末了，还是李轻河先忍不住，上前与她走成了并肩的一排。

"咳！"李轻河干咳一声。

霁月偏偏头，耳朵有些发烫。

"咳咳！"

她不明所以，悄悄看他一眼。

"咳咳……咳咳咳咳……"

不想身边的人装咳装得太投入，竟真的被口水呛到，剧烈咳了起来。

霁月："……"

她忍着笑想为他拍拍背，但顾忌着男女之防，手在他背后虚虚放了很久，才终于轻碰一下。像是打破了一个微妙的禁忌，霁月动作僵硬地安抚起了李轻河。

"至于吗，咳成这样。"

李轻河眼睛都咳红了："我……咳咳……你不生气了？"

霁月奇怪道："我生什么气？"

"你不生气？那你方才是在做什么？"

"我……"霁月手上动作一重，"你管我！"

李轻河被打出胸腔共鸣的声音。

"嘶……"他反手揉了揉背，"行吧，没生气就好。接下来你想做什么？"

"接下来？"

"嗯，如果你没有什么想做的了，我就送你回家。"

霁月的笑僵在脸上。

她是公主，离宫太久又下落不明，势必会生出许多事端。这点她知道，还在小木屋的时候，她就在担心这个，每日每日关心腿伤，也不过是在想几时能走。

可现在真的听见他要送她回去，她却又有些不舍。

"怎么，不愿意回去？"李轻河凑近她，"你不回家想去哪儿？莫不是想同我在小木屋过一辈子？"

霁月的心脏狠狠动了一下。

李轻河原是调笑，也做好了她一拳捶来的准备，却不料她竟然站在原地一动不动，就这么将他望着。

街市上的喧嚣慢慢变成了静默，冷风铸墙，将他们隔绝在只有彼此的世界。

周围的温度缓慢升高，李轻河忽地心头一热，原本调笑的表情也不自觉认真起来。

对视一阵，再开口，李轻河的声音已经有些干涩。

他没想过在这时说这么一番话合不合适，他只知道，他忽然很想对她这么说。

他说："那间小屋是我一砖一瓦盖起来的，里边每件小物都用心布置。我幼时坎坷，吃住在长街上、躲雨在破庙里，收养我的阿婆在离开之前曾说对我有愧，没有给过我一个家。自那之后，我便一直念着这么一桩。"

也许这个时机并不是很好，也许他们之间还有许多问题，但这并不妨碍李轻河站在这儿，向她剖出沉甸甸一颗真心。李轻河活得曲折，心思也复杂，细细算来，这该是他这么多年最率直的一次。

他把所有的情绪都放在明面上，也没有别的意思，只是在想，如果她能答应他就好了。

"其实，我一直是这么想的。钱我已经赚得差不多了，风风雨雨我也经历了个遍，往后的日子，我只想找一个人，陪我在小屋里，晴时看花，雨里煮茶。"李轻河说着，舔了舔嘴唇，"如果可以的话，你……"

"我……"

恰时，有人驾着马车赶来。那人冲撞了一路，嚣张跋扈，对这些行人看也不看。李轻河眼疾手快，迅速拉了她一把，把她扯到路边。

与此同时，她一直藏在袖中的腰牌被这一撞，磕到了她的手臂。那金属很凉，磕得她又疼又冰，也把她的理智拽了回来。

风墙被现实撞破，他们回到了满是行人的长街。

暖意消融，寒气袭袭，冷得厉害。

霁月猛然回神，有些惊慌似的，她退后两步。

"我……我家里的家规很严，不回去会出事。"

李轻河顿了顿："是吗？"

他直起身子，转过去，仿佛什么都没发生，语气轻松地摆摆手。

"行了行了，我送你回去，到时候……"

霁月下意识地拉住他的袖子，脱口而出："可我不想走。"

李轻河动作僵硬地停在原地。

大抵霁月也察觉到自己的莫名。

而在莫名之外，她忽然从心底涌起一股几乎称得上悲哀的情绪，像是在她看不见的地方，有什么东西和理智发生了碰撞，可惜它没比得过她的理智，横冲直撞还弄伤了自己。

她不想走，可她是公主，私自离宫这几日已经在宫里掀起风波了，若再迟迟不回……

"明天，我们在这儿多留一个晚上，明天再离开。"她不想说话，却偏偏明白，自己应该说些什么，随便是什么。于是，她慌得前言不搭后语，努力找着话题，"你喜欢烟花吗？我很喜欢，我听说今天晚上这儿会有烟花会，我们去看看，怎么样？"

眼前的人仍是那样专注地望着自己，和之前没有任何差别。

可李轻河心头那簇火苗已经被一铲雪盖住，燃不起来了，除了火堆里冒出来的几缕青烟，就只剩下底下"噼里"的一声细响。除此之外，再无其他。

"李轻河？"

霁月唤了一声，看起来有些小心。

而他仍只是看着她，不答也不动。

霁月心底一沉，原本扯着他袖子的那只手陡然变重，再也扯不住他，头也垂了下去。

可就在她的手滑下去的时候，李轻河一叹，重重揉了揉她的头。

"想什么呢？"

他弯着眼睛对她笑。

　　李轻河很高，平日里和她说话，总是微微低着头，也许是姿势的问题，他低头轻笑的模样看起来总像是有些宠溺。而此时更甚。他微微弯着腰，双手撑在膝盖上，半抬头从下边看她，双眸明亮透彻，湖水一样，微有波澜，摇摇晃晃的倒影里只有一个她。

　　"这附近都是素斋，好吃的东西几乎没有，烟花也在河边，离这儿都有一段距离。我们先过去那边吃点儿东西，然后坐在楼里慢慢等。嗯？"

　　霁月颤了颤眼睫，看上去乖乖巧巧。

　　"嗯。"

　　"那我们走吧。"

　　他说完便想去牵她，可手伸到一半，还是收了回来。

　　恰巧霁月眼睛湿润，抬手擦了擦，没注意到他的动作。

　　等她再看他，他已经调整好了表情，一分一毫不好的情绪都没有泄露出来。

　　"这么大个人了，动不动哭鼻子，多不好看。"

　　霁月扁着嘴"哼"了一声，往边上看一眼，又看一眼他。

　　"走吧。"李轻河笑得无奈，"那儿不远，我们慢慢走过去，不赶时间。"

　　霁月吸吸鼻子："好。"

　　旁边的枝上，枯叶落了几片，风烟轻轻，将许多东西都吹散了。

　　李轻河带路走在霁月前边一点儿，在她那声"好"出口的时候，他回了个头，直直望向他想握住却没有握住的那只手。

　　今个儿的日头很大，阳光从顶上枝叶的间隙里洒下来，正巧洒在她的手上。

　　李轻河是习武之人，手上有茧有疤，看上去很糙，而霁月白白嫩嫩，比羊脂冻都细。他们之间的差别是一眼就能看见的。

李轻河从来潇洒，那股不管不顾的桀骜劲儿像是从骨子里带来的。他从未想过，自己也会有生出顾虑的这么一天。

（四）

"唱彻阳关泪未干，功名馀事且加餐。浮天水送无穷树，带雨云埋一半山。今古恨，几千般，只应离合是悲欢？江头未是风波恶，别有人间行路难。"

隔壁的伶人在唱一首词，调子弯弯曲曲，听起来挺伤感。

李轻河跟着哼了两句，他唱不出前边的，最后一句却唱得有模有样。

江头未是风波恶，别有人间行路难。

隔壁的曲子一首换一首，天色也在这唱词里一点一点暗了下去。

见着时间差不多了，李轻河起身，拍了拍衣摆："可以走了。"

霁月却恍恍惚惚："去哪儿？"

"不是要去看烟花吗？"

天边残云卷着最后一缕霞光，红得刺眼，像是纸张上被火星灼出小洞，留出金色的边线，却最终一闪一闪灭去。晚霞也被吞噬在了黑夜里。

霁月定了定神："嗯，要去。"

从过来到现在，她一直心神不宁，可李轻河并没有问她在想什么。

他只是笑了笑，为她收好桌上打包的糕点："走吧。"说完便走在了前边。

人会怎么面对离别呢？

李轻河从没有仔细想过这个问题。

他自出生便没见过父母，即便是在街角被阿婆捡去养了几年，也不过是从一个人流浪变成两个人一起流浪。他不是没体会过温情，只是当时连生计都成问题，阿婆心力不足，他又实在年幼，体会到的可以说是少之又少，反而"人生不易"四个字，在那时便刻在了他的心上。

因此，当年阿婆去世，他虽有不舍，但也发自内心地认为这是一种解脱。

倒是今天，他摸着了一点离别前的滋味。

原来是这样。

想多看她一眼，又不敢多看她一眼，生怕自己会忍不住说些让她留下的话。倒也不是因为怕被拒绝而不敢说，是怕她会为难，不能说。

李轻河止住思路，有些不适应似的打出个寒战。

他舔了舔自己的后槽牙，不解自己好好一个杀手怎么就忽然酸成了个秀才，却也不想去深究这个问题，觉得怪别扭的。

而此时，他们已经走到了镇外河边。

这儿围了许多人，几个几个一群，看上去热闹得很，只有他们两个安安静静站在边上，不说话也没有笑，谁都没有先开口。

在大家等着烟花的时候，霁月偷偷抬起眼睛看他。可她还没看几眼，他就偏过头去，像是无意，更像是在躲她的目光。

边上有许多小童在打闹，霁月没有注意之前发生了什么，只突然听见一个孩子哭声尖锐，她下意识望过去，便看见一个妇人弯着腰安慰坐在地上哇哇大哭的孩子："谁叫你不抓紧的，掉下去也没办法……"

霁月微愣，接着便看见顺水漂走的木制玩具。

等她再转回来，便看见他的目光停在了另一个地方。

那儿站着一个小姑娘，眼神飘移，含羞带怯，一边做着掩饰，一边偷偷看他。

霁月不是没看出李轻河在发呆，即便望着那个方向，眼睛里也是空的，可她就是没来由地心底一堵。连带着，刚才听见那个人说的那句话也在脑子里转了个弯，仿佛成了专门说给她听的。

一瞬间，霁月成了那个坐在地上怅然若失的孩子，她呆呆失神，听见一个声音：有些东西，你不抓住，可是会被人抢走的。

心底有什么东西酸酸地在发酵，霁月皱着眉，大抵过了很久，她听见远空有什么东西绽开的声音。

"怎么还低着头，不是要看烟花吗？"

李轻河用肩膀碰碰她："喏，开始了。"

霁月含糊着"嗯"了一声便顺着他望向远天，比起李轻河的若无其事，她的掩饰实在是太明显了。她几步走到前边，身后有人跟着过来。

"干什么又不开心了？"

"我哪有。"

李轻河的声音里带着笑意，看她的眼神里有掩不住的温柔。

他说："口是心非。"

"谁口是心非了！"

分明片刻之前她还在纠结着觉得难受，错以为自己被淹没在了冰水里，可不过几句无关紧要的话，她便被从水里拉了起来，身上的衣服也自己变干了，整个人重新活过来一样。

她握着拳头瞪他一眼，却正巧看见他脸上若有似无调笑的表情，他的嘴角斜斜勾着，看她的眼神却是认真的。霁月只觉得自己的脸上又热又红，连忙又往前一步。

李轻河这次没有跟上去。

他站在后边看着她的背影，嘴角的弧度一点点淡了，直到最后，变成微微抿着的模样。当李轻河面上的表情消失，他的认真和深刻便一览无遗。

仿佛站在深渊面前，被它吸引，想要奋不顾身跳下去，却终究有所顾忌。

（五）

站在人群里边，霁月感受到身后人的目光，却并不觉得不自在，相反，原本的焦躁不安被抚平，她奇异地安静下来。

烟花粲然绽放，短暂却又热烈，迸出大大小小许多火星，还没来得及落下便已经灭了。

霁月抬头，光点落在她的眼睛里，生出许多幅画面。这一刻，她仿佛回到了在小木屋做过的那个梦里，她穿梭在交替着虚幻的现实世界，心意不停地在改变，一时觉得自己应该回去，一时又想要不管不顾。

理智和感情在对峙，争得人头都大了，原以为不会有输赢胜负，却在最大那一朵烟花绽开又消失的时候，霁月的心里生出一股莫名的冲动，而她的心意也最终停在了一个地方。

霁月知道，身在皇家，不论是何身份，都需要负起一定的责任，她可以在范围里任性，却不能任性妄为。她应当做一个明道理懂是非、顾全大局的公主，不该违背轨迹，不该惹出麻烦，不该自私也不能只顾自己。

但她不想管了，什么都不想管了。

冥冥之中，她觉得，有一样东西，自己追了许久。在追逐的路上，那东西灰灰蒙蒙、混沌不清，连她自己都不晓得自己到底在追什么，今天却发现它不知何时居然被放在了自己的手上。她直觉，自己为了这个，已经努力了很多年。

她不想放手，不想走了。

握了握手中的腰牌，霁月想，也许她不一定要回去，她可以去官府，求助他们叫来信任的宫人，带自己手书回去将这件事情说清楚。兹事体大，父皇一定会彻查。

而她……

她或许是可以留下的。

仿佛换了个人，先前的纠结和低沉从她身上消失，霁月转身，目光明亮。

李轻河大概永远也忘不了这样一幕。

湖中水光泛泛，半空烟花绽开，和星辰碎在一起。

而她站在光里影里雾里，回头冲他招手。

霁月斜斜指着："你看，看那个！"

他慌乱掩住自己的情绪，若无其事般顺着她手指的方向望了一眼："那个怎么了？"

"那个好看啊！"

她说完便弯了嘴角，眼睛也勾成了月牙。

整张脸上，盈盈满满，全是笑意。

周围人潮涌动，李轻河的心脏像是被什么烫着了。接着，他按住心口，别过头去，骗过所有人，藏住了一个秘密。

他已经做好了把秘密藏一辈子的打算，可偏偏有人靠近他，想将它挖出来。

"李轻河。"她走近他，"我有一件事情，想要与你商量。"

他尽可能平静地问："什么？"

霁月弯着眼睛看他："我又不想回去了，你收留我好不好？"

听见这句话，李轻河的脑子有那么片刻的空白。

"你不想回去了？"像是不确定，他重复了一遍，"你不回去了？"

心里觉得不现实，李轻河觉得这是个玩笑，但又怕听见她说真是玩笑一类的话。

他整个人呆成不谙世事的小少年，前言不搭后语："可以吗？"

霁月不是很懂他的心路历程，但也看出了他有几分不在状态。

她歪歪头，从脖子上取下一样东西。

"这颗珠子从出生起便戴在我的身上，我自己不是很清楚，但据……据我的乳娘说，我是离不得它的。喏，今天我把它给你，你可要好好收着。"

她或许害羞，不愿说得那么直白，有些事情，她想，他听得懂就好。

可李轻河没有那么多细腻的心思。

他接过珠子，眼底闪过几分不可置信，再望向她的时候，眸中便像是骤然亮起的烛火。

他含笑问她："这样你就也离不得我了？"

霁月心道，我离不离得你，和珠子没有关系，嘴上却说："才没有这个意思，只是叫你小心别弄丢了而已。"

李轻河把珠子贴身放好，动作小心仔细，像是在对待一件稀世珍宝。放好之后，他想和她说些什么，却一时想不到自己该说什么。

半晌，他开口："我不会弄丢的。"

李轻河点了点自己的胸膛："我向你发誓。"

说完发现自己的动作和表情都有些傻气，李轻河掩饰似的，握拳放在唇边咳了咳。

"我们回家吧。"

回家。

大抵是适应能力太强，霁月听见这两个字，脑海里第一个蹦出来的竟不是皇宫，而是那个小木屋。

她摇着头笑，心说自己这回怕是真的栽了。

"你等等我，我写一封信寄回家里。寄完之后，我们回家。"

霁月找来了笔墨摊，细细述清楚前因后果，之后叫李轻河在这儿等她，自己去官府留了信件。她长在深宫，以为世道光明，大义明白，小道却不懂。

原以为事情能够得到解决，并不晓得，这封信最后会落到最不能落到的人手里。

霁月的动作很快，不一会儿就回到了李轻河身边。

说来奇怪，李轻河再见到她，眼睛里居然浮现出几许惊喜，像是没想到她真会回来。也许他是有担心的，也有许多的不确定，但还好，是他思虑过多。

她对他笑了笑："走吧。"

他牵住了她："回家？"

"回家。"

夜薄云稀，李轻河和霁月相对而立。万家灯火、繁星万千，也不过就是些些光点，而他们是彼此生命里的长灯，燃燃灼灼，经久不灭。

第三章
死去的"楚青宵"

（一）

李轻河原以为，等再回到小屋，自己便也回到了一个人，没想过她竟跟他回来了。或许是被这份惊喜冲昏了头脑，在回来的路上，他的眼里满满当当全是她。

故而，向来谨慎的李轻河，生平第一次忽略掉了路上的异常。

事实上，他在这一路布置过许多不起眼的小机关，不是猎户所布杀伤力巨大的陷阱，反而无声无息，消失了也叫人察觉不到。那些小细节，除了他没有任何人会在意，而他要的也正是如此。

他不需要它们伤人，只需要它们给自己提个醒，在关键时候保他一条命罢了。

步过野竹林，有风吹过，带出草木沙沙的声音。

心底的人真真切切站在身边，李轻河转头就能看见她的笑颜。大概是一路走来终于有了踏实的感觉，李轻河定了定神，正准备开门，然而，他忽地被冷风一吹，停在了门前。

霁月不明所以，眨眨眼问他："怎么不进去？"

他没有回答她，只是盯着门槛，继而转身蹲下，用手探了探从左数来的第七块地砖。也不晓得是探到了什么，李轻河的瞳孔霎时放大，接着，他来不及解释，一把拽起霁月便往外跑。

可还没跑几步，霁月便看见屋内有黑影跃起，刀光凌空斩下，正对着李轻河!

"小心!"

李轻河的反应远比霁月想得更快,在她声音落下之前,他便已经掷出暗器,那银色袖箭与长刀碰出很脆的一声。与此同时,李轻河将霁月送到后方树下,随即抽出腰间缠着的软剑,脚尖一点便迎上去——

那黑衣人被袖箭巨大的冲力震得虎口一麻,刚回过神就看见对方的软剑缠上他的长刀。

黑夜里,李轻河眼如寒星,寸劲之下直直将对方刀具断成两截,转身剑柄一点,前边那截刀刃便没入黑衣人脖颈,伴着一声钝响,黑衣人双目圆睁地摔倒在地上,血汩汩流出,在他身边积了一小摊,空气里满是血腥味。

几乎是刚刚解决,霁月便迎上来:"你怎么样?"

打斗中,有血点溅在李轻河的脸上,他细细擦去才转向霁月:"这儿待不了了,我们走。"

"走?去哪儿?"

李轻河顿了顿:"随便去哪儿,这里已经不安全了。"他进屋找出灯油,洒在木屋里边,"我认识这把刀,大概也知道那个人是哪儿来的,这件事没这么容易了结。"

霁月一惊:"你是要烧了这屋子?"

"不烧也留不住。"李轻河忽然想到了什么,"只是有些奇怪,他们做事向来谨慎,这次为什么却只派了一个人过来……"

正说到这儿,外边有了动静。

李轻河一顿:"糟了!"

门窗不知何时被钉死,滚滚黑烟从缝隙中透了进来,火光灼灼烧在门口,偶尔有火星进入,便舔上地上灯油燃成新的一簇。霎时,屋外燃成一片火海,而屋内的情势也不容乐观。

外边的人黑衣窄袖，马尾高束，戴着铁质面具，鬼魂一样站在同样身着黑衣的几个人身前。如果雾月和李轻河看见这人，他们大抵会吃惊。

这分明是已经死去的"楚青宵"。

李轻河做了许多年的杀手，生生死死里走了这么多趟，在执行什么任务的时候需要做什么事情，他比谁都清楚。

要杀他并不容易。

但人终究是人，是人就会死，也能够被杀死。

望着眼前被火焰吞没的木屋，面具人面无表情。这样当然不地道，但对付下九流的人就该用下三烂的招儿，这很正常。

他们守在屋外，等着一个结果。

这样的火势，即便是大象都该烧成灰了，这是理所应当的事情，可他们要的不是理所应当，要的是一个亲眼确定、百分百的结局。

却也就是这时，山外卷起狂风猎猎，刮到这儿，风声如雷轰得他们耳朵生疼，薄土碎石被卷到空中，直往人身上脸上拍。外边的人被风沙迷了眼睛，狠眨几下，再睁开，看见的是被破开的大门和里边空无一人的房间。

说不清是天机还是碰巧，"楚青宵"握紧手中长鞭。

这李轻河的命也真是够大的。

他当机立断："追！"

（二）

沿着小路逃到河边，李轻河满身狼狈，头发被血黏成一股一股挡在额前，遮住了半张脸，露出的部分不是被烟熏得漆黑就是挂着血痕，眼白布满了血丝，身上也大大小小遍布伤口。他伤得最严重的是后颈到背部的一截，那儿血肉模糊，是为她挡住倒塌的衣柜时砸伤的。

　　可他浑然不觉，从小木屋到这里，背着昏厥过去的霁月步履不停跑到了现在。

　　李轻河边跑边喘，肺部被冷空气刺得发疼，喉咙干得厉害，意识也一点一点被抽离了似的。他什么都想不到了，只是机械性地在跑，没命似的跑。

　　到了最后，他两腿一软，跪倒在路边，终于跑不动了。

　　霁月的身上裹着棉被，当她从棉被里滚落出来、半亮不亮的天光打在她的脸上时，李轻河转头看她，那张脸除了被烟灰熏着的痕迹有些明显之外，居然连稍大一些的伤口都没几道。

　　李轻河倒在地上，整个人像是被灌了铅，一根手指都再动不了。他一阵眩晕，眼前骤然成了漆黑一片，过了许久终于看见几道重影。

　　现在正值破晓，离这儿不远处就是村镇，有起得早的村民走了出来，只是看他们状况异常，迟疑着不敢上前，几个几个聚在一起，最后去报了官。

　　李轻河呼吸虚弱，咬牙死撑，不敢轻易昏睡。像是没一会儿又像是已经过了很久，一群官兵模样的走了过来。

　　李轻河见多识广，一眼就看出他们不是当地小兵。

　　他们的腰牌是皇城的。

　　说来也巧，霁月公主无故失踪，恰好与冬至祭天的事故和石碑上刻着改朝换代的谣言碰在一起，流言不止、民心不稳，这时候自然不能再出什么岔子。于是，宫中只能说霁月公主身体不适，暗中派出兵马寻找，着重调查每个身份不明的适龄女子。

　　而这一队才刚刚到这儿就听见有村民报案，当下便赶了过来，将不远处的李轻河忽略得彻彻底底，那队官兵来到这儿之后，立刻围住霁月。

　　而李轻河强撑着观察那些人面上神色，只见领头那位蹲下身子看了会儿，确认什么之后，飞快退远一步。即便此时的霁月是昏迷着的，他也立马换了恭敬的态度，低着眼睛，对身边人打暗号似的点了点头。

至此，李轻河松了口气，心知不论自己将会如何，至少她是安全了的。

从开始到现在，他并非对霁月的身份毫无察觉。

事实上，当霁月去到小木屋的第二天，他便借着买东西到集市里打听了前一日的意外，市井里喜欢传花边，越事大越不嫌事大，他当时便知道了自己先前接的是一桩怎样不寻常的任务。那些人要刺杀的真是皇家，还是王爷，还是在祭天这样重要的时候。

之后，类似的消息越传越多，有依据的、没依据的，个个都不吉利，大街小巷人心惶惶，霁月公主病重的这一桩也在这时传了出来。

将所有信息串在一起，李轻河嗅出了阴谋的味道。按理说，像那样需要多人才能完成的"大买卖"，雇主雇人总爱雇同一组织的、不爱雇他们这些散人。可那次任务的雇主偏从各地找了散人，且许以重金。

这是一件极奇怪的事情，只不过杀手大多都是亡命之徒，不大会去考虑这些异常。

只有李轻河心眼多些，进了安排任务的集合地，他忍了整整两日，没有碰一口那儿的吃食。事实证明他是对的。

后来，李轻河每每想到那日同伴们打斗时通红却麻木的眼睛，也会有些后怕。这不是什么意外，也不像普通任务，那些人根本没想让他们活着离开，也正因如此，他们才会派人追杀他。

从祭天到如今，事情一桩一件接连不断，那些人的目的越来越清晰。

他们怕是要谋反。

李轻河乱七八糟想了许多，他对时间的概念越来越淡薄，只大概知道，后来霁月被那些人带走，村民们围观了他许久，又在一群黑衣人追至此处的时候散开。而发生这些事情用了多久，他一点儿也不清楚。

他唯一清楚的是，当自己被丢到水流湍急的河流里，几近麻木的身体感觉到了几分刺骨的寒意。冬至时节，水道还没结冰，可水里真冷啊。

当了这么多年杀手，死里逃生那么多场，李轻河一直以为自己是天佑之人来着。

他的运气是什么时候用完的？

李轻河想不明白，他的脑子和四肢都被冻僵了，不许他想明白。

朦胧之际，他睁开了眼睛，透过薄薄水光望向天际，随后颤颤抬手，握住系在脖子上的那颗珠子。

李轻河没有食言，这颗珠子他没有弄丢。

只是可惜，他也再守不住了。

若是她晓得，他希望她不要怪他。

千万不要怪他。

（三）

樽前花月薄，寒镜影绰绰。

殿外有两个守夜的宫女低头交耳说着什么，忽然叹了口气。

"你说公主这到底是怎么了？原来用病做借口来掩饰公主失踪的消息，这一回来，倒居然真的病了……"

"谁知道呢，不过公主不是离不得那颗珠子吗？听说公主的珠子丢了……虽然说起来玄乎，但公主这呆症，说不定真和那个有关。"

草丛里的小虫跳远了些，叫声渐轻。

殿门紧闭，霁月一个人坐在窗前，身子不自觉前后摇晃，看上去僵硬而麻木。

月上三更，有一个黑影从角落里闪了出来。

那人黑衣铁面，脚步很轻，半点儿动静都没有，径直来到霁月面前。

呆滞地转了转眼珠，霁月以缓慢到不正常的速度望向来人。

只见来人从她的梳妆柜里翻出一个东西，他的动作熟练，没有找寻的意思，仿佛对这里的一切了如指掌，随手便能取出自己想要的东西。

来人凑近她，低声问："你知道这是哪儿来的吗？"

那是一块腰牌，拇指大小，上面刻着三个字——楚青宵。

透过它，她仿佛回到了那个夜晚。那个夜晚并不美好，甚至可以说是十分惊险，可她微微笑了，时间的罅隙便如同当时青石板中间极窄的那条缝儿，她的目光穿过缝隙，看见了自己想见的人。

但来人很快打断她："你见过这东西？"

霁月努力理解他的意思，奈何大脑一片空白，半点儿有用的信息都思索不出。

最终，她茫然摇头。

来人稍稍放心："这是我的，还给我。"

霁月点头。

将腰牌收好，黑衣人转身便走。

然而，霁月开口，喃喃念叨着："可这腰牌，那个人，人不是死了吗？"

那人骤然停步。

他半侧回脸："什么？"

霁月痴痴对他笑："那个东西，我……我是从泥潭边上捡到的，那个泥潭，里面沉了个人……那个人掉的，东西是那个人掉的……"

面具人虚了虚眼睛。

"既然已经成了个傻子，就该有点傻子的自觉，有些话说了是会死人的。"他的声音阴冷，"霁月公主，你想死，还是想活着？"

像是被他吓着了，霁月缩了缩脖子，眼神惊慌，四处乱瞟。不久，她竟直接蹿上了床，将被子兜头盖脸把自己遮得严严实实，连鞋子都没脱。

面具人冷哼一声，似是不屑，然后转身，身形一闪消失在了宫殿之外。

腰牌的主人已经死了？

呵，那又如何？那不过是一个"楚青宵"而已。黑衣面具，马尾高束，手持长鞭。面具人看了一眼手里的腰牌，只要有它在，谁都可以是楚青宵。

而最开始那个真正的楚青宵，早在不知道多少年前就死了。可笑这些人毫不知情，还以为待在朝廷里的，真是那个上将军。

（四）

流光逝水，春去秋来，四年转眼便过了。

梁国七十七年，边境关口。

夜凉如霜，寒气沉沉，沙土地上结了一层薄冰。火光从布帘子中间的细缝里透出来，光色被地上的冰层反了反，闪动几下，又被来的人踩碎。

李轻河掀开门帘，里边的汉子们朝他望来，举起酒杯："哟，总督统到得晚了，罚酒罚酒！"

他浑不在意，几步过来，接过酒杯就往嘴里倒。

"好！"

"爽快！"

"来来来，再喝一杯！"

众人再度哄闹起来。

这是个军营。

"喝，再喝一杯！"

帐篷里边，汉子们围着一个火炉推杯换盏，他们满脸的沧桑，胡子拉碴，半点儿不讲究。而被围在最中间的，是一个干净精瘦的年轻人。

举着酒碗，李轻河挨着火炉坐在地上，背脊挺得笔直，单薄衣着下是一副铮铮铁骨，原本清秀的脸上留了一道极长的疤痕，从左边眉骨一直划到嘴角附近，脖子上还有烧伤的疤至今未退。

"行啊！喝！"他举碗和汉子们碰上，碗里的酒水半洒出来，"喝之前可说好了，今儿个谁先趴下，谁就是孙子！"

李轻河的声音略显嘶哑，如在地上拖行的枯木一样。

军中兄弟大概都听说过，他的嗓子毁在了一场火灾里。又或者说，如果不是当年兄弟们把这个因家中失火而到河边取水，却不慎坠入河中差点儿溺亡的人给捞回来，他整个人都要毁在那场火灾里。

他是倒霉，但也命大。

至少活了下来，还凭着一身本事在军中活得挺好。

"嘿嘿，我说总督统。"最靠边的汉子咧嘴一笑，"我李老黑这辈子啊，就看不上那些个嘴上没毛的青瓜蛋子，年轻、不懂事、鲁莽！"他大概喝高了，"我说一句话，您别往心里去……嗝儿，当年啊，我……"

他的身子倒了倒。

"我说哪儿了？"李老黑摸着脑袋想了半天，"不管了！总之，我服您！"

此时的李轻河早不是当初那个少年杀手，经历了风霜坎坷，他一步一个脚印从小兵走上来，叱咤沙场、杀敌无数，现下的李轻河身上已隐隐透出睥睨天下的威势感来。

浑不在意地笑笑，李轻河再度举碗："废什么话，喝！"

真不明白他这几年是经历了些什么，不过一句劝酒的话，听上去都像是带着豪情，都像是发了军令，一下子就点燃人心。

果不其然，一声过后立刻有人响应。

"对，废话那么多……喝！"

"来啊，满上！"

"喝！"

又过了几轮，帐篷里的汉子们东倒西歪，终于都睡过去。

而李轻河却只是微有醉意，站起来时，依然是身形稳健、步履轻快的。扫视一圈之后，他浅浅笑了。

掀开门帘，外边的冷风刀子一样刮在他的脸上，可他望着月亮，眼睛里溢出了柔情。

李轻河坐在外边，身边卧着一柄长枪。

这柄枪他用了三年，每个晚上，他都要拿布擦擦它。

可今日不同。

唯独今日，他不理长枪，只是坐在那儿，读一卷圣旨。

前日，又一场大战告捷，此战凶险异常，没人想过他们能赢、能守住这个关口。因此，他们得到许多封赏，尤其是领兵的总督统李轻河，更是接到皇上召他回皇城册封官爵的旨意。

按理说，作为军中首领，他是不该走的。

可近来战事渐稳渐平，敌国刚刚败北，还需休养生息，算起来应该不会出什么大乱子。况且，他从来这儿的第一天就是为了回去。

这儿地处偏远，皇城的消息很少传来，但每每传来都是大事。

　　而那些大事里，最让他记挂的一桩，便是霁月公主患了呆症。

　　李轻河从衣领里拽出那颗珠子握在掌心。他有许多事情都不清楚，但他总觉得，她的心智出现问题，和这个东西有关。

　　他终于有机会把它还给她了。

第四章

就现在，你娶我好不好？

（一）

今日的皇城格外热闹，城里城外，街道两边挤了许多人。

他们是来看英雄的，看一位年轻的将军。

人群里，李轻河骑在马上，一身玄甲，面容冷峻，偶尔向人群望去的时候，却会带上些些笑意。他忍不住想，如果当年的那夜，他没有带她回那处小屋，而是四方云游，如今会是何种模样。也许他们也会挤在人群里凑热闹，会去看另一个英雄。

他不再是杀手，也不会做总督统，不会再碰刀枪棍剑，她也不会舍得他碰。

说来讽刺，当初他是杀手的时候，怕疼却不能喊疼，时常觉得苦闷，总想着未来有朝一日要摆脱这刀口饮血的生活。没想到，现在到了当年以为的"未来"，他却更不能了。

行至宫门口，李轻河下马，前有百官相迎，后是黎民百姓。

如今的他当真是风光无限。

可天知道，他不想做这什么总督统，他只想当霁月的李轻河而已。

近日天寒，雨气蒙蒙，空气里都飘着一层水雾。偶尔有些水珠结上了殿角飞檐，积久了些，便流转着金碧光色落下来，打在琉璃黄瓦上，带出清脆的一声响。

朱红的宫门似染了鲜血，在李轻河步入之后，缓缓关了起来。

大殿之上，李轻河半跪于殿下，头顶上传来一个苍老的声音。那是霁月的父亲，是一国之君，是真龙天子。

按说，他当有威严、明是非、懂判断。

可是，随着赐封的流程走过，李轻河的眉头皱得越来越深。

等到全程走完，李轻河走出大殿，他握着手中圣旨，竟是不自觉有些想笑。明升暗降的一道"封赏"，皇上这是忌惮他，要收回他的兵权。

若只是这样，那也就罢了。

可在此之外，他还和邻国签订了赔款的契约。

李轻河不懂，这一仗他们胜得漂亮，敌国短时间不敢再犯，皇上怎么会做出这样的决定。看似追求平和，实则昏庸无度，以软弱可欺示人，没有半点儿的骨气……

为这样一个皇帝卖命，真的值得吗？

捏紧圣旨的指节微微发白，李轻河面上不显，那双眸子里边的愤懑却是藏不住的。

不可否认，军中的四年，他过得比以前的二十年都还要累。

这些年里，梁国内斗不断、日益衰败，却偏偏占了个地广物丰的优势，长此以往，自然成了临国眼中一块可口的肥肉。因此，近年来，大战小战不断，而皇上因为要支撑巨大的军饷物资开销而越发严苛赋税。

如此下来，民间怨声四起，内忧未除外患又至，长此以往，这来来回回竟成了一个解不开的死循环。李轻河也曾为此不忿，喝酒吃肉时说过些大逆不道的话，其中最过的一句，便是"这天早晚要变，当上无道，必有能者取而代之"。

念及至此，李轻河的心底被哪个词触动了一下。

取而代之……

取而代之吗？

"公主，公主！"

长长的宫道上，霁月几乎是横冲直撞地往这儿跑。这里离她所居住的宫殿不近，多是朝臣上下朝所走的，她因身份所困很少来此，可今儿个却迷了心窍一样硬要跑来，谁也挡不住。

霁月公主患了呆症这件事情谁都晓得，而这样的人要做什么事是没有道理可讲的。大家想拦着她，又不敢拦着她，只能一路看她跌跌撞撞，扑到谁的怀里。

"你回来了？回来找我了？"

霁月把眼前的人抱得死死的，脸却半扬起来，背脊向后弯着，看上去很费力。

"啪——"

李轻河手里的圣旨掉在了地上。

见圣旨如见圣上，宫人们一个个吓得腿都哆嗦，膝盖一软便跪在地下。

"你的衣服怎么冷冰冰的？"霁月的眼神涣散，"我……我帮你暖暖……"

"你……"

这个画面的冲击力太大，李轻河抱着怀里的人，小心翼翼，既怕力气大了会弄疼她，又怕力气小了抱不住她。

他好半晌才找回自己的声音。

李轻河开口，声音嘶哑："你怎么成了这个样子？"

霁月单凭本能在靠近他，实在读不懂太复杂的东西。

可大概是感受到了什么，她吸了吸鼻子，声音也低了下来。

她含含糊糊，口齿不清："你……你是不是嫌弃我啦……我不是傻的，你，不要听……都是乱说……"

"嗯，我知道。"

李轻河轻轻抱住她："阿月，我回来找你了。还有，我有一样东西要给你。"

霁月并不愿意松开李轻河，在他推开她的时候，她其实有点儿委屈。

"你看。"他从衣领里拽出一个东西，"我没有丢。"

小小的珠子散发着润泽的微光，那光粒如有实质，一点一点散在空气里。霁月被它吸引了，伸手去接，在碰到的时候，她的指尖被染色一样，镀上一层荧光。

与此同时，她原本涣散的目光也慢慢变得清晰起来。

空中薄云集聚，雨雾纷纷缓落，攒在她的睫毛上。

而李轻河便那样等着她。

良久，当霁月再开口，声音已经清朗起来。

她眼睫微颤："李轻河？"

李轻河双眸清亮，回她浅笑："我在。"

他说："我回来了，阿月。"

边关一战告捷，敌国大受打击休养生息，总督统回皇城受了封赏，霁月公主的呆症不治而愈，朝内争斗暂停，皇上听了奏折，稍稍减轻赋税。

离开了碧血黄沙，李轻河的心也慢慢平静下来，那一日的"取而代之"，那一时的冲动，仿佛从来就没有存在过。男儿都有壮志，但在壮志之外，还有忠义。

说来可笑，从前他对人命的态度轻率，然而近几年却生出了不同的想法。

他开始敬重生命，这种敬意是从一场场战争里磨出来的，细腻而深厚，烙印一般结结实实烫在了他的胸口，扯都扯不掉。

虽说圣上对他多有忌惮，但只要梁国尚在，他便永远都是臣子。拥兵自重、改朝换代，势必要伴随着一段血流漂橹的历史，他不愿意。

如果能够选择，李轻河想，留在这儿也没什么不好，兵权没了也没那么重要。人不能那么贪心，他握住了自己最想要的，这也就够了。

事情至此，一切的一切都在朝着好的方向发展。

可惜，命运总是这样，喜欢在好端端一条路上设个路障，让人走不过去。

（二）

梁国七十八年，仲秋。

邻国大历借口钦犯走失于边境处，要求进入梁国搜寻，之后在边境挑起事端。皇上忌惮李轻河之能，临时授命右领军卫上将军楚青宵领兵迎战，一战苦撑三月，最终楚青宵战亡于沙场，梁国败。

在使者协谈之下，梁国割让城池二座，同时，大历国君提出久闻梁国霁月公主有倾国之色，愿与梁国和亲，永结秦晋之好。

三月之后，霁月公主及护卫大臣李轻河随军上路。

关山路遥，暮色淡薄，李轻河被周围的一片红刺得眼睛生疼。二十三日的行程，临经数个城镇，他们步入荒无人烟的沙漠地带，现下已经到了梁国边境，再过两日，就要到达大历。

就在今夜了。

李轻河握着拳头，低着眼帘，不让人看出他的情绪。

他想，就在今夜了。

没有人知道他接到这卷旨意的时候是什么心情，没有人知道他用了多大的力气才控制住自己杀人的冲动，也没有人知道，在他发现自己只能接受、无法抗拒的时候，经历过怎样深切的绝望。

他想过直接带她离开，想过抗旨，想过逃跑，他想，她没理由反对。

毕竟霁月早就答应过和他在一起，早对他说过她不回去了，她是真的想和他在小木屋过一辈子，她真的做过放弃一切的打算。他们是相互爱着的。

可就在李轻河对她说出自己想法的时候，霁月拒绝了。

此一时彼一时，当初的她放弃一切，放弃的是自己，可如今再要她离开，牵扯到的是整个梁国。也是这时，李轻河想到当年城隍庙里，她许过的愿望。

国泰民安，万事遂顺。

她到底生在皇家，是一位公主。

暮色降临，四周是没有边际的沙漠，今夜的风有些大，李轻河抬手示意，就地扎营歇息。

坐在帐篷外边，他借着明亮月光看着这段路，现在已经接近梁国边境了。这路，是越接近大历便越荒凉。

大抵过了许久，等到随行之军都已歇下，李轻河终于站起身来，向着霁月所在的帐篷走去。里边的人像是睡着了，没有半点儿的声息，帐内昏暗不明，而帐篷前边的随侍宫女倒在地上，也不知是怎么昏过去的。

李轻河深深呼出口气，抬步入内。

那一步代表着一个决定，也许他真的自私小气、不顾大局，也许她真的再不会原谅他，李轻河不觉得自己是对的，可谁能一辈子不做一件错事呢？

"你来了？"

李轻河脚步一顿。

"你是不是很奇怪，我居然还醒着？"

他缄默不语。

"我好歹爱你，若是连自己所爱之人在想些什么都不知道，那也太说不过去。"霁月叹了一声，"你很失望吗？"

李轻河不答话，霁月便自顾自说着。

"我想过把那碗药喝下去，其实没什么难的，本来我也不愿和亲。现下，你给了我这个机会，我甚至应当感激你。对于那碗药，我装作不知道就好了。喝完，昏厥，再醒来，我不用做决定也不必背上骂名便能得到我想要的结局，多好。"

她打开火折子，点燃桌上油灯，那灯芯有些长了，火烧得不好，霁月没找到灯剪，便用略长的指甲拨了拨。

拨完，她回身，火光印在她的眼睛里。

霁月轻轻笑了笑："可是不行啊，李轻河。我不能走，你也不能。"

她说："你现在可是将军。"

霁月知道他的考量，一桩一件都是为了她，也有那么一个瞬间，她什么都不愿再想，只想跟他一起离开。然而，说不想就不想，哪有这么容易。

李轻河的嗓子有些干，原本便嘶哑的声音，此时更低了一些："兰儿同你身量相似，而那大历国君并未见过你……"

霁月打断了他："可你心里清楚，这样的替换并非天衣无缝，而若有朝一日，大历国君得知，梁国又将如何？"

李轻河的眉头皱得发疼，他看着霁月沉静的面容，正要说些什么，却忽然被外边混乱的呼喊打断。

转身，他便见到外边火光重重，人影闪动。

这是怎么回事？

李轻河心下一紧，什么也来不及再说，只沉了声音撂下一句："待在这儿，不要出去"，他反身便往帐外跑。而刚刚跑出帐篷，李轻河便见得眼前剑光一闪，他堪堪避开便看见帐外围着无数身着大历服饰之人，而他们的军队竟消失得无影无踪。

若是寻常人，第一反应是上当了。

单看如今情形来做分析，那么，和亲便像是大历的一个计谋，他们是打算在这路上动手，然后再借口发动战争。

可是站在被火光照亮的帐篷中心，李轻河心下沉沉，眸中流露几分危险。

可若真是大历人，他们怎么可能笨到穿着有本国特色的服饰来袭？况且他长期在外战争，尤其是和大历交手最多，即便对方扮得再像，他能感觉出来，他们不是大历人。

陷入包围圈内，刀光剑影闪现，似乎已经和死亡接近，李轻河却忽然笑了出来。

"我从军四年，没有在沙场之上死于敌人刀下，却是在今日被自己人围困在了这里。"他摇头勾唇，"你们说，若我是死在这种情况之下，会不会显得很可笑？"

霁月在帐中悄悄掀开一小条缝，火光里，他朝她望来。

时间在这一刻重叠。

可霁月毫无所觉，只是呆呆愣在原地——他方才的话是什么意思？这些人，他们是梁国人？他们要干什么？

那些人眼见自己的身份被揭穿，面面相觑一阵，随即不发一言提刀冲来，直对着李轻河，刀刀杀招，毫不留情。而李轻河则是一边小心霁月所在的方向、不让他们靠近，一边抄起长枪与之周旋。

可惜来人太多，他有些撑不住。

李轻河将涌到喉头的血强咽下去，后退几步放出信号弹。这时，有人朝霁月所在的帐篷冲撞而去，李轻河情急之下掷出手中长枪，枪头从那人后心直直穿过胸口，将他钉在地上，血液滚烫，洒在帐篷帘子上，也洒在她的脸上。

时间过去许久，援军迟迟不至。

李轻河在交战之中渐渐有些不敌，又被刺中一剑之后，他连连后退几步，用剑抵住地上才勉强站稳，明明自己都是在强撑，却仍顾着那个帐篷。剩下的人见到他这般模样，终于松了口气。

那个公主不过一介女流而已，李轻河死了，她还活得下去吗？

却是这时，马踏飞尘，嘚嘚的马蹄声由远至近，在这暗黑的夜色之下踏出了一道犹如战鼓般的节奏。飞骑手持长剑到达李轻河身边之时，那些身着大历服饰的人面上都还带着一副不敢置信的表情，而他们尚未回神，便听到李轻河双唇微启，吐出冷酷的一个"杀"字。

随后，战局瞬时变。

李轻河勾起嘴角，这些年来，由他一手训练出来的飞骑从未让他失望过。

看着眼前的血肉横飞，李轻河缓步向帐篷走去。霁月不晓得什么时候已经走了出来，她的脸上沾了血，看上去有些不衬。

他想，她还是干净些的好。

"你看看，脸上都弄脏了。"说出这句话，李轻河伸手，想为她擦一擦。

可霁月只是握住那只手，望着他的伤口，想碰又不敢碰。

那么多，那么深，单是看着都疼。

"我没什么。"李轻河看出了她的心疼，于是心口不一地安慰她，"真的不疼……"

还未说完，李轻河便看见霁月忽然睁大双眼，狠扯了他一把——

"小心！"

在他身后，有一个人黑衣铁面，马尾高束，只是手中长鞭换成了一把长剑，又是"楚青宵"。

电光石火之间，两人已经换了个位置，而原本冲着他来的那一剑便也落在了她心口。李轻河的大脑有那么一瞬间的空白，动作比他的理智来得更快，他用脚尖挑起地上残刃反手一掷便没入面具人的脖颈！

没时间多去看那人如何，李轻河急急转身——

"霁月！"

（三）

血流漫地，残骸遍野，空气里充斥着死亡的味道，可李轻河半跪在地上，眼里只能看见一个人。飞骑手持利刃整齐肃穆地立于一边，李轻河小心地抱起倒在地上的女子。

"你这是什么眼神？看起来好像不爱我了，让我很难过。"

她每说一个字，唇边都有血漫出来，因此，即便是用着玩笑的语气也说不出几分玩笑的味道。霁月捂着嘴咳了几下，掌心一片血迹，可她把手藏在了袖子里，不想让他看见。

努力平复着呼吸，霁月有心转移话题。

她想了想："我大概知道了，今晚，和亲……这是怎么回事……"

是啊，她大概知道了。

霁月从来聪明，怎么会猜不到呢？

今晚的一切都是梁国内乱党的安排。

先是"楚青宵"假死沙场，再是设计皇上同意割让城池，让大历以为梁国衰微放松了警惕，接着派出使者抓住大历国君贪好美色的弱点精心布置了和亲之约，同时，趁此时机，让霁月公主亡于大历边境，嫁祸大历包藏祸心。

如此一来，示弱了这么久的梁国，便可联合周围的一些小国以正义之师自称，名正言顺地讨伐大历。毕竟如今大历一国独大，又是那般不安分，对于任何小国皆是隐患，所以，那些国家当然愿意与梁国合作。

庄稼地里除野草，就该从最大最肥的那一根开始。

"可是，父皇……好糊涂啊……"

"别说了。"李轻河抱她上马，"我们现在就走，我们去找大夫。"

霁月没有反驳，只是往后靠上他的胸膛。

李轻河的怀抱很暖，很安稳，如果可以，她其实想这么靠一辈子。

可大概没办法了。

"李轻河，你会好好活下去吗？"

身后的人不回答她，霁月等了等，胸口一阵生疼。

"李轻河，你停一停。"霁月的声音很轻，微风就能吹散，"这马跑得太快，我很不舒服。"

"你忍一忍，再忍一忍，很快……"

"不好，我不想忍了……"霁月咽下一口血水，"李轻河，我很疼，你停一停。"

将火光抛在远处，暗夜星河下边，霁月感觉到有水珠落在自己的脸上。

她抬手抹了抹，那温度消散在指间，被夜风吹得冰凉。

"我现在，还穿着嫁衣呢。"霁月的气息越发微弱，"虽然有些不合适，但你就当、就当我是为你穿的……李轻河，就现在，你娶我好不好？"

李轻河预感到了什么，可他不愿意承认，又或者说，他连提都不愿意提。

"我们先去找大夫，等大夫治好了你，我们再……"

"我等不及了，我现在就要嫁给你。"霁月用着最后的力气挣扎着想要下马，"就现在，我们拜天地……"

李轻河连忙扶住她，他本想稳住她，却不料触手一片黏腻。

她什么时候流了这么多血？

霁月趁机借力下马，她几乎是摔下去的，还好李轻河反应过来，搀住了她。

"喏。"霁月惨白着一张脸，解开下裙上的围裳，给李轻河系好，"你的喜服，有些潦草了……但我不嫌弃。"她说完，大喘了一会儿，努力对他笑，"我们是不是可以拜天地了？"

恰时，远处的飞骑放出信号弹，烟花一样在天上燃成特定的形状，那光点很亮，一下子吸引了她的目光。霁月一愣，微笑抬手："你看。"

她不会不知道这是什么，可她选择性地装不知道。

"烟花。"

她的笑里沾染了血色，有些艳，可她的神情很薄，相互衬着，便显出了些凄然来。

"我没成过亲，但我知道……这时候都是很热闹的。你看，我们的热闹来了，是不是？"

有什么东西堵在他的胸口，李轻河哽了一声："是。"

"那我们是不是可以拜天地了？"大概怕他拒绝，霁月抓住了他，"你来喊。"她抓着他的手微微颤抖，"快点儿。"

从头到尾，她一直在催他快些，再快一些。

她的时间不多了。

李轻河扶着她跪下，他的眼睛微微湿润，鼻子也发酸，却还是依她所愿，喊出那声"一拜天地"。

霁月终于露出了些许欢喜。

"二拜高堂。"

荒沙大漠，高堂无存，便以天地为父母，二人并肩低首。

在跪拜的同时，霁月假装擦汗，往手里吐了口血。

她的血流了一路，强撑许久，现在终于再撑不下去。

"等、等一等……"

霁月的视线逐渐模糊，模糊到几乎看不见他了。

这样真是不好，会瞒不过去的。

简单的动作，霁月做得却艰难，她掏出帕子，费力为自己盖上，做成盖头。

"最后一拜，拜完，你……我想起来，你还没有和我求过亲，拜完，你要好好补上，补完了才能掀开盖头。"霁月的脚步已经不稳了，却依然强撑着说完这些话，"你答不答应？"

李轻河哑着嗓子，指甲陷入手心里："好。"

"还有。"红帕下，霁月握住他的手，眼皮无力地合上，又勉强睁开，"这话不孝，但我的父君，他其实……不适合做皇帝……他保不住梁国。"她气息微弱，"但李轻河，你可以，对不对？"

李轻河没有回答。

霁月执拗要寻一个答案："对不对？"

空气里的血腥味越来越重，李轻河喉头一动，艰难道："对。"

霁月握住他的手终于松了些。

"夫妻对拜——"

二人相对而立，李轻河始终将她稳稳扶着。

然而，霁月却最终没能撑住，就这样倒在他的怀里——

一瞬间天旋地转，李轻河像是被抽干了所有力气，顺着她倒在地上。

眼前是为他们做过见证的天地，怀里抱着的是他心上的人。

他好像终于拥有了一切，又好像什么都没有了。

有风卷起黄沙，盖在他们身上，仿佛要埋葬什么。而李轻河目光呆滞，自始至终只是那么躺着，连动一根手指的力气都失去了。

半晌，他喃喃道："礼成。"

晚风无情，一阵一阵，吹冷了怀中的人。李轻河缓慢转头，他看着女子宁静的面容，呆怔许久，终于握住了她的手，似乎想要挽留些什么。

可是留不住了。

他的眼角温热。

能想到的只有这四个字。

留不住了。

尾声

　　梁国七十九年，李轻河受命彻查霁月公主和亲遇害之事，揪出了幕后主谋，同时发现其冒充"楚青宵"，里通外国。同年，李轻河将其连根拔起，梁国内乱暂平。

　　梁国八十年，李轻河被任为护国元帅，重回军中，手执相印虎符调兵遣将，攻打大历，时达两年，大历灭。

　　梁国八十二年，李轻河拥兵自重，占领梁国，收服梁国残兵，一路势如破竹，而后直达皇城。

　　梁国八十三年，国破。

　　同年，李轻河重定制度，轻徭赋税，安定民心。

　　梁国八十七年，李轻河重视人文，推行学风开放，百家争鸣，但不准在大庭广众之下攻讦时政，设立稷下学宫供国家文化发展。

　　梁国九十一年，李轻河推行人治、德治、礼治，其后又推施仁政，重订治国纲领，一时间天下英才齐聚梁国。

　　深宫之中，李轻河站在窗边，抬头也不知道是在看些什么。兴许只是在看个热闹吧。

　　最近冬至，外面热闹得很。

　　常言冬至大如年，如今国民安乐，每逢节日，皇城里都会燃起烟花。一道道一朵朵绽在天上，散开又落下，留下来的痕迹，风一吹就散了。

　　殿内空旷，燃着长灯，亮得犹如白日，没什么深夜的寂寥感。

　　可这大殿内外，只有他一个人。

李轻河头发花白，面上的皱纹一日多过一日，他没什么表情，身居高位，他早习惯了喜怒不形于色。只是，渐渐地，有些情绪在他的眼眸中流动起来。

哀莫大于心死，莫大于心不死，莫大于此。

许久，他叹一口气。

他早就不年轻了，也经历了这么多事情。

可是，今儿个的烟花真好看啊。

"咳，咳咳……"

许是年纪大了，不比从前，如今，夜风一吹，他便晕乎起来。

李轻河步履缓慢，回到榻上，缓缓卧下。

灯烛的火光微微晃动，晃得人心烦，可他闭着眼睛，慢慢便感觉不到了。

临睡着之前，李轻河忽然发现，这殿内真是安静得很，除了滴漏带出的水声，竟是半点儿别的声音都听不见。

"李轻河？"

他的心底一惊，是谁？

黑暗里，有人掌着一豆烛光朝他走来："李轻河，我来找你了。"

"霁月？"

他开口，有些惊喜，有些不确定，发出的是未受到火灾影响时的声音。清朗温柔，带着些微颤意。

霁月从远处走来，烛光映在她的脸上，映在她的眼睛里，她歪着头对他笑，对他伸出手。

"我们走吧。"

他没有问去哪里，也不想问去哪里。

李轻河牵住她的手，仿佛穿过了时空，他又变回最初那个少年。

　　"我们回小木屋好不好？"霁月晃了晃牵着他的手，"我有点想那个小木屋了。"

　　"好。"

　　李轻河意识模糊，在榻上扯出个笑。

　　而与此同时，内侍奉茶进来却发现情况不对，赶忙着急冲出门去："宣太医！宣太医——"

　　可李轻河什么都听不到了，紧握着的拳头慢慢松开。

　　"啪——"

　　一颗珠子就那么滚落在了地上。

　　那是李轻河宝贝了半辈子的东西，然而，此后，他大概不会再在乎它。

　　意识沉入黑暗，面上带了浅笑，他的呼吸弱去，那只半松开的手却微微收紧。

　　也许是梦，不是真的。

　　但这是他半生以来最好的安慰。

　　他终于牵住她了。

第三卷·如意佩

分别——她在这深宅之中，因为见到了他，
慢慢发现了一点光。

第一章

他和她都各怀心事

（一）

民国八年，天津卫，索宅。

昨夜下了一场大雨，院子里的桃花掉落不少，粉白色的花瓣陷进泥土里，清新芬芳的味道绕了整个西院。

一大早，雪女忙活完厨房里的活，又急急赶往西院横厢最后那间屋子。

推开门，索琴刚起，正坐在镜子前梳妆。裂开的镜面里，一张眉目清秀的脸正涂抹着淡淡胭脂。

雪女放下面盆，蹲在身边，轻轻按摩着她的小腿。

"今日真姐过来吗？"

雪女起身，接过木梳，答她："来，听说晚上跟老爷去舞会呢。"

索琴打开雕花木匣，里面装着各式簪子，都是索真送来的。

手指在簪身滚过，停在那支通体金色的玉兰花簪上，长发绾成小髻，雪女替她插上簪子。

雨后的院子像被洗刷过一般，空气里散着香气，悠悠的，让人不禁逗留。

前几日索恩光来过，带了些上海糕点，念着她一个人住在这西院里，特意来看看。

雪女将糕点分成三碟，其中一碟拿牛皮纸小心装着，线扎成结，放在一边。

索琴见她细心周到，将另一碟赏给她："小曲儿上次来的时候还念叨着，你下午带些给他尝尝。"

雪女盯着那碟糕点："小曲儿嘴馋，爹爹教训过他几次，改不过来。"

"嘴馋又不是什么大毛病。"索琴托着茶杯，"你们姐弟难得见上一次，这些东西就是应个景儿。"

雪女不敢推辞，又说："昨夜下了雨，路上多是泥泞，奶娘今日应该是晚些时候才来。"

"晚就晚吧，总归赶得上吃饭。"索琴修剪着树篱里的花枝，叶上还沾着雨水，簌簌而下落在白色的皮鞋上。

鞋面被打湿，雪女取出绣帕，人还没蹲下，索琴转身就往旁边挪了脚步。

"这鞋穿着怪不舒服的，待会儿回房换了就是。"她说得冷淡。

雪女不肯："小姐，这鞋是老爷特意带回来的，你穿着才妥帖他的心。"

索琴失笑，一剪下去，枝头花落。

"妥帖他的心做什么？"

"平日里大夫人就克扣咱们西院用度，若是中间老爷再不说道说道，咱们的日子就更清贫了。"跟在索琴身边久了，雪女早已经知道什么该说什么绝口不提。

"这不是有真姐帮衬着嘛。"

雪女跟在她身后："真小姐是大夫人的亲女，什么好的绝的都让她先挑了。送来的，怎么也比不过新的。"

见自己主子毫不在意的样子，雪女心里窝着气。自八岁起她就跟在索琴身边，大夫人的刁难和老爷不咸不淡的关心，她见识了不少，偏偏主子心淡，说什么都听不进。

索琴也不恼，收回剪子，见树篱外的院墙上停着两只喜鹊儿，问："这个时候，学堂是不是该上课了？"

雪女识趣，叹气说："小姐忘了，今日是夏节，学堂放了假。"

索琴想了起来，前几天索真来的时候说过，夏节这天学堂没课，白日她再来看她，晚上的时候天津卫最大的商界舞会，她跟索昭都要去。

索真和索昭，是大夫人嫡出的一双儿女，自小就得索恩光的疼爱，即使常年外出，对这对兄妹也是常惦记，外面的新鲜玩意儿给两人带回来不少。

而索琴不一样，她是姨娘所生。出生的那一年，索恩光在外几月，大夫人以肚中孩子不祥为由，一顶木轿将姨娘抬出索宅，住进了天津卫城外往北三十里外的古德寺，一直到索琴九岁那年姨娘殁了，这才接了回来。

索真来的时候，捎了好几本书。穿着素色袄衫长裙的少女胸前抱着四五本黄皮书，人还在院门外就喊了人。

雪女迎了上去："真小姐来啦。"

手上得了空，索真脚步也轻快了许多，三步并作两步蹦进院子里，圈着石凳上的索琴的胳膊："今日天气这般好，你怎么也不多走动走动？"

索琴递上清茶："昨夜下了雨，这腿又不活络了。"

她的腿在从寺庙回来的路上染了疾，算不得大病，就是碰上吹风下雨的日子，总觉得使不上劲儿。索恩光找人来看过，说是小时候身子太虚积下来的，根治不了，只能调养。

因了这病，这些年又住在这偏僻的西院里，往外不常走动，外面的人都说，索家二小姐命是真不好。

索真皱眉："上次王先生来的时候还说药养得不错，果然是个庸医。"

索琴摇摇头："王先生说得没错，不过近来寒风重，这老毛病跟了这么久，哪能说好就好。"

索真看了她一眼，愁绪爬上脸庞，手上转动着瓷杯："本来我还想着今晚带你一起去舞会，这下成不了了。"

听说舞会，从屋里出来的雪女小跑过来："听说今晚天津卫的商会各家少爷小姐都去，肯定热闹。"

索真笑她："雪女莫不是喜欢上谁家少爷了，想去看一看？"

雪女红脸，躲在索琴身后："真小姐又在取笑我了，小姐还没嫁人，我可不敢想。"

索琴唇边浮起笑意："你说的这是什么话，我若不嫁人，你也跟着我一辈子？"

"奴婢跟。"雪女点头应声。

索真拉着她的手，说："知道你跟琴妹感情好，可是你若有一天真碰上喜欢的人，跟着他走，过自己的日子去。"

虽然索琴是姨娘生的，打小不在宅子里，但是一回来，索真待她跟同母生的妹妹一样好。平日里大夫人常常撒气在索琴身上，今日减少用度明日遣人生事，过后却都是索真来安抚的。

二人年纪就相差三月，索真爱同她亲近，什么掏心窝子的话都爱跟她讲。

听索琴一提，索真也全数说了出来。

索家做的是陶瓷买卖，从明末时候鼎盛的家族事业，百年前出的陶瓷都是往皇宫里送，不说权重，百年以来，昌盛陶瓷在天津卫的名声也是响当当的。

只是今非昔比，内忧外患的形势让陶瓷日渐衰退，索家一日不如一日，风光摇散。

现下这百年家业眼看就要土崩瓦解，大夫人不愿意亲生女儿日后受苦受难，昨儿个夜里把索真拉进房间里，同她说了好些话。

无非就是想给她说门好亲事，近说天津卫，远了，上海还有户大家，本是书香门第，又临海经商，嫁了过去，这辈子都不愁。

索琴听了，道："那你怎么想？"

索真脸上百个不乐意："我才不想不明不白地嫁了，如果不是我喜欢的人，怎么过日子都不遂意。"

雪女问："真小姐有喜欢的人了？"

索真托着腮："小妮子，能入我的眼的人，定不能是寻常人，起码——"她想了想，"起码——"

半天没说出个满意答案来，雪女瞪大了眼睛，调皮地问她："真小姐可想到了？"

索真挥手，一脸倨傲："反正若是碰上了，就是他了。"话头一转，又问索琴，"孙奶娘今日来看你吗？"

雪女抢着回答："要来的，就是路不好走，怕是要耽误些时候。"

索真放了心："那就好，今天夏节，要是留你一个人在宅子里，怪孤单的。"

索琴轻笑："真姐多忧了，这不还有雪女陪着我。"

听见叫她，雪女往前一步："真小姐放心，我会照顾好小姐的。"

索真起身，道了别，出了院子。

雪女一直送到快到东院的小径路上，才折了身。

回院子的时候，孙奶娘已经到了，雪女的黑色布鞋上染了不少黄泥，换过一双新鞋，索琴叫住她。

"这快太阳落山的时候了，你带上糕点回去吧，小曲儿应该想你了，奶娘今晚留住，你明日再回来吧。"

雪女应了一声，跑了出去。

（二）

孙奶娘自姨娘生产那日就一直跟在身边，当年姨娘没了，是她一路把索琴送了回来。

脸上擦伤的妇人握着她的手，两行清泪落了下来，说："索小姐以后就住在这间院子里了，生也好死也罢，都是名正言顺的索家人。"

索琴抓着她的衣袖不肯撒手，远路而来，一张小脸枯槁倔强："你是不是要把我丢在这里了？"

孙奶娘擦泪，说："这是你的家。"

索琴甩开她的手："不是，这里不是！我自小就不长在这里，我谁也不识，我有娘有……"

"小姐！"孙奶娘打断她，眼睛里有深深的懊悔和害怕。

她承诺："以后每年夏节这一天，我来看你。"

自此，已经八年。

晚饭时候，孙奶娘亲自下厨，做了几样拿手小菜，跟从家里带的小腌菜一起下锅，炒出来的菜浓香得很。

索琴在旁边打着下手，一碟菜盛出，孙奶娘捏起一块递到索琴嘴边："尝尝，你小时候最爱吃这个。"

索琴愣怔片刻，摇了摇头，说："这几天寒重，先生来的时候特意交代了不能吃辛。"

孙奶娘缩回手，自顾自说："怪我，要是那日我……"

"奶娘，"索琴抿着唇，"可以吃饭了。"

她先走出去，腿脚不大利索。孙奶娘深深看了她一眼，转身擦泪。

吃过饭，孙奶娘在房间的横榻上铺着床被，屋里点的灯少，索琴坐在桌边，翻着白日里索真送来的黄皮书。

"小姐，"孙奶娘坐在她旁边，"这一年里过得还好？"

索琴捻过一页："好。"

"腿还疼不疼？"

"不疼。"

"想不想……"

索琴抬头，看见孙奶娘婆娑的双眼，她合上书，笑："不想。"

两个字生生将孙奶娘的心砸碎，她不安的双手不知何处可放，最后鼓起勇气，覆在索琴的手上，肌肤相触的瞬间，她感觉到索琴手心虎口处的茧。

"老爷这几年可有提过你的亲事？"

幽幽烛光里，索琴觉得面前这张脸有些生厌了。

她抽回手："没有。"又说，"你当年不是说，无论我生死，都是索家人吗？若嫁了，那还能是吗？"

她转身走到木床边上，放下床幔，半隐半现的视线里，她看见孙奶娘痴呆坐在那里，这些年消瘦了不少，不细看，像缕没能了却心愿停留人间的孤魂。

这一夜，天津卫最大的酒楼外，一辆辆铁皮车上接连走下这座城里的叱咤人物，翻云覆雨之间，形势就要大变。

长袍马褂和西装交融，袄衫长裙和洋装各显风光，新和旧，反复交替。

舞会上，索恩光带着索真和索昭跟各色人物打着交道，索昭觉得无趣，偷偷溜出了大堂。

花园里，一名穿着西装的年轻男子正跟哪朵交际花调着情，一手攀在女子腰肢，一手交杯共饮。

索昭借着光，问那人："杜君良？"

摇曳着腰肢的女子从那人怀里挣脱了出来，脸上送上一吻就离开了。

杜君良扯了扯西装，举杯而来："亏你小子还记得我。"

索昭卸下在舞会上的假面伪装，勾着杜君良的肩，轻松自在："哎，我明明听说你下个月才回国，怎么今日出现在了这里？"

两人是留洋时候的同窗，远赴他国，惺惺相惜，感情深厚。

手里的酒一饮而尽，杜君良说："还不是因为我爹的小姨太前几日刚给他新添了个白胖小子，乐得顾不上生意，才把我叫了回来。"

索昭揽着他，两杯相碰，话不再多说。

索真寻来时，两人已经喝得不省人事。

她摇了摇瘫睡在石桌上的索昭："哥哥，哥哥……"

索昭毫无反应，反倒是对面的杜君良起了身，凑到她面前，吓得索真身子一跌，磕在石凳上。

"你摔着没？"杜君良摇摇晃晃，一手撑在石凳上，两眼看不真切，误以为来的是刚刚的交际女子，还没等索真答他，又说，"要是摔着了我可心疼死了。"

话里像是藏了绵绵情针，扎得索真浑身酥麻。

她从小念的就是洋派学校，外国的礼仪形态学了不少，男女之事也通透一些，总觉得情动心弦这事儿，对她来说太难。

也许是因为夜色醉人，她脸上还有酒后的潮红，心里咚咚直跳，话也说得不利索："没……没摔着。"

杜君良松开领结，颈下的地方已经是桃红一片，脸上却没什么大事。他往前一步，脚正好落在台阶下，眼看踩空，索真一把拉住了他。

微醺的鼻息就喷在她的耳边，痒痒的。

杜君良搂着她，却不肯撒手了。

旁人在远处看了，纷纷摇头："杜家公子又在戏弄哪家姑娘了。"

天津卫米会会长杜西臣之子杜君良，早时渡洋，养了一身的坏毛病，风流成性，回来几日，聚了城里一帮公子哥儿夜夜笙歌，声色犬马。

索真推开他，手忙脚乱扶着酒醉的索昭往回走。

再回头，杜君良已经不见人。

她想起刚刚相拥时候的温度，暖洋洋的、潮乎乎的。

雪女回西院的时候，已经快近中午。

孙奶娘一早就走了，索琴坐在院子里，石桌上放着一只釉面花瓶，几枝玫瑰错乱摆放在桌面上，一枝一枝细心修剪着。

"小姐。"雪女唤她。

索琴抬眸，看见她的右脸上多了红指印，问她："小曲儿又惹祸了？"

雪女不作声，蹲在她身边，上齿咬着嘴唇，双手在腿上轻轻捶着。

索琴放下剪子，一把将她拉了起来，扎着两股学生麻花辫的脸上还带着稚气，一双眼睛大而圆，里面雾气横生，看得索琴不免心疼。

"你爹又打你了。"

雪女轻轻"嗯"了一声，别过头，不肯说话。

雪女三岁那年，她的娘亲在生下小曲儿的第二天夜里就撒手去了，留下个女娃和啼哭的男娃，男人从港口赶回来时，尸体已经冰冷。

小曲儿被男人当作宝贝，把五岁的雪女送进索宅做奴贴补家用。没想到小曲儿四岁那年跌进塘里，捞起来后人变得痴痴傻傻，连话也不会说了。奇怪的是一年后，索琴回宅的前夜里，人突然就好了，能识字背诗，港口的工人说，是男人亡故的夫人在天上保佑。

索琴从屋里取来药膏，上药的间隙，雪女瞧见她脚上的皮鞋换成了粗布。

"奶娘又问你拿钱了？"

索琴点头，侧身盖上药瓶。

雪女急了："小姐，这些年大夫人处处为难你，连做件新衣裳都得看她手下人的脸色，你再贴钱给奶娘，你自己怎么过？"

索琴不急不慢："给了就给了，这里吃穿都有，留着钱也没用。"

"可是这八年来，奶娘总问你拿东西，乳育的恩情你也还够了。"

索琴眼色一冷："我不欠她。"

雪女接话："是，可是……"

"雪妮子，你今天话多了。"索琴打断她的话。

雪女不敢再多言，负气转身去院门口拿了扫帚扫落叶。

索琴拢好玫瑰花束，茎上有刺，扎进了左手食指，点点的红色就绽开了来。

她没觉着疼，就是想起了八年前的北风边上，孙奶娘浑身是血将她拉上了马车。她一回头，就看见前几日那个偷摸来采橘的少年，手里扬着一块玉佩，说来还钱。

她被孙奶娘死死摁住，捂住了嘴巴，丝毫不能动弹。后来闹腾累了，她问孙奶娘："婶娘，我们要去哪里？"

（三）

"你看这血星子，都落在花瓣上了。"

男子的声音，把索琴从北风边的记忆里拉了回来。

一张清隽的脸，偏偏生了双桃花眼，穿着浅色绸缎长袍，抓着她流血的手指就要往自己嘴边送。

索琴反手挣脱开来，眼神凛冽："你是谁？"

雪女听见动静，从柴房里跑出来，脚落进院里，就看见个陌生男子抓着自家小姐的手，扫帚向男子飞去，她大喊："哪里来的轻薄浪子！"

男子手脚好，长腿一跨就躲过了雪女不堪一击的袭击。

雪女小跑过来，捡起地上的扫帚护在索琴身前，她回头："小姐，你的手怎么了？"

血没能及时止住，半截手指染了红。

索琴说："花刺扎的。"

雪女正面对上男子："你到底是谁？怎么出现在西院？"

男子腰间挂着玉佩，握在手心里把玩着。听说这里是索宅西院，他挑眉问："西院？你是索家二小姐？"

他说话的时候嘴边永远带着笑，那里面或是藏着玩味或是带着嘲讽，真情真意的话难得能听上几句。后来，索琴想起这一日的这一句，总觉着话里意味太过嘲讽。

索琴没答他，抱着花瓶准备回房。

院子口传来冷峻的声音，她回头，索昭提着金丝鸟笼，后面还跟着索真。

索昭对男子说："我听下人说你来了，出门也没见着，原来是跑这儿来了。"

索昭又朝索琴道"琴妹，这是我上午从猫耳胡同给你买来的鹩哥，整条巷子里就它叫得最好听，想你肯定喜欢。"

索琴露笑："谢谢昭哥。"

雪女接过鸟笼，路过杜君良时，狠狠瞪了他一眼。

索昭拉着杜君良往院子外走。杜君良的目光从索琴的身上落到索真的身上，一个波澜不惊，一个面含桃花。

　　有趣！

　　"哥哥说，他叫杜君良，是杜西臣的儿子，两人留洋时候是同窗。"
索真剥开蜜橘，撕掉经络，一口两瓣。

　　"杜西臣？米会会长？"索琴讶异。

　　短短几年间从街头米贩摇身一变成为天津卫最大的米商商会会
长，杜西臣的传奇故事传遍了整个天津卫的大街小巷。

　　"是啊，上个月才回来，昨晚的舞会上跟哥哥再遇见的。"索真
想起昨晚那个醉得迷迷糊糊的人，说的话被风又灌进耳朵里，烧了两
只耳朵。

　　雪女忙活完柴房里的活，还是觉着气："可他既然是大户人家的
少爷，也太放浪形骸了，哪有……"

　　"雪妮子。"索琴瞪她。雪女今日接连说错话，脚上一跺，手绞
着绣帕，自己走到树篱边上撒气。

　　索真好奇："他刚刚可是做了什么？"

　　索琴道："没做什么，就是问路。"

　　索真点头，又说："明日要去学堂上课，回来的时候我给你带南
桥下的油酥糕。"

　　索琴抬手，一指举在半空中，索真同她一起开口："还有桥头的
麻酥糖。"

　　雪女说，打那日之后，杜君良来索宅就来得频繁，拉着昭少爷天
天见不着人，大夫人心里有气也不敢撒。

　　"还是头一次见大夫人吃瘪呢。"雪女讲得眉飞色舞，索琴却没
什么大动静。

　　她拉开抽屉，药盒里的药已经没了，她问："王先生说什么时候
过来？"

"本来约着今日，不过现在都近傍晚了也没见着人，要不要我去请？"

索琴合上药盒，镜面里的人今日精神不错，唇上生出许久不见的血色。

她说："我自己去吧。"

许久不曾出来，索琴觉得眼前的景色已经模糊得像是只在梦里见过一般。

王先生的药铺在居安街尾，再往外走，就是海港港口，平日里人来人往，热闹得很。

下了黄包车，索琴停在一块写着——"王家药铺"的牌匾下，一个四岁大的女娃从她身边跑过，险些把她绊倒，雪女扯着女娃："小心着些。"

女娃吓着了，扯开嗓子就哭，吵着闹着要找她娘。

雪女一个头两个大，索琴笑她："人家娃娃可是赖上你了，快去吧，帮着找她娘去。"

"那小姐你……"

索琴跨上台阶："我就在这铺子里等你。"

确定她不会走，雪女才放下心来，抱起女娃寻人去。

铺子里就站着个短褂小役，站在药柜前抓着药，屋子里中药材的味道融在一起，索琴不禁打了个喷嚏。

小役听见声响，手里二钱多抓了一钱，他赶紧量称，问索琴："姑娘身体有何不适？"

索琴问他："王先生可在？"

小役包好药皮，答她："杜家小公子染了恶疾，师父下午的时候被人请了过去。"

"严重吗？"她问。

小役摇头，奉上茶："那不知道，杜家大少爷亲自来请的，就算不急也不敢丝毫怠慢。"

索琴轻笑，想她索家二小姐，原来不过也是可以怠慢之辈。

"王先生今日可有出诊？"

每月索家例行一诊，小役刚来两月，这规矩也是知道的，人一愣，又重新换了壶上好的龙井茶："原来是索二小姐，你稍坐片刻，师父应该就快回来了。"

小役说的片刻，足足有一个时辰，期间雪女一脚踏进铺子里，就看见自家主子支着手小憩。

门外一阵咚咚声，索琴被吵醒，就见王先生提着药箱回来了。

"索二小姐。"王先生十六岁中举，习惯改不掉，见她便作了个揖。

索琴扶他："今日不见先生来，我便自己过来了，不想先生劳累了。"

王先生放下药箱，让索琴坐下，一方绣帕落在她的手腕上，闭眼问着。

"风雨夜里还会疼醒？"

"两个夜里疼醒过的。"

王先生点头："可尝辛辣了？"

"没有，先生，近来我都是按照你给的食谱给小姐变着花样做的饭菜，不沾一点辛辣。"一旁的雪女答道。

王先生让她伸出一只脚来，拿木棍在小腿后方敲了敲，最后收回手，说："这调养不能立马见效，只能一日一日养着。平日里小姐可以多走动走动，活络活络筋骨。"

"知道。"索琴应着。

门口，杜君良一脚跨了进来。

"索二小姐也在这里。"他弯腰作揖，手里握着一卷黄纸。

索琴回过礼，转身在一旁坐下。

王先生上前："杜大少爷。"

他眼角的余光一直在那边矮上一截的素衣上，被这声音拉了回来。

"哦，刚刚先生行色匆匆，把这病册子落在车上了。"

他手里的黄纸，是王先生落下的病册子，最后一页上，是索琴的病诊。

王先生接过："劳烦杜大少爷了。"

（四）

从铺子出来的时候，天已经深了。

杜君良的车还停在铺子外，人靠在车门边上，见索琴出来，立直了身子。

"天色晚了，我送你回去。"

他说得理所当然，没有丝毫的生疏。

索琴冷淡，说："不用麻烦了。"

然后转身就走。

雪女跟在她的身后，一个回头，就看见那个别人嘴里放浪的男人，一脸慌张委屈的表情。

她有些惊讶。

天津卫杜家的公子，会有这般的模样。

再回头，她已经落了索琴好大一截，一阵小跑，她喊："小姐，等等我。"

路上还有小贩，晃着蒲扇的妇人认得杜家的车，正慢慢悠悠地跟在那个素衣姑娘的身后。

妇人摇摇头："不知道是哪家姑娘可怜，被杜家公子看上了。"

车灯照着前路，索琴的步子慢了许多。

她回头，车子也停下。

里面的人正看着她。

"杜公子。"

杜君良拨开车帘："上来吧。"

走了这么长一段路，她的腿肯定乏了。

雪女在后面扯她："小姐。"

人就在面前，不好直说，她凑近索琴的耳边："都说杜家公子太过放荡，况且上次他还在西院闹过一回。"

索琴听了，反倒笑了。

上次在西院，他确实出格，却也没做什么算得上放荡之事。

她这个人自小就爱往绝处闯，当年登高山，下深水，每一次都是绝处逢生。

再说，听人说的，都不如亲历的。

雪女被索琴先遣了回去。

上车前，杜君良向她提出了邀请。港口前有家面馆，味道不错，这时候天色微深，她肯定饿了，不如去坐坐。

车往前开，杜君良身子歪靠在车窗沿上，那模样倒是跟在外的名声相配。

"你就不怕我对你做些什么吗？"他懒懒地开口，眼睛微眯着，真有丝危险的气息。

"怕什么？"索琴反问他。

"不怕我把你掳了去，玩弄几天，再卖给谁家做小妾？"

他说得极其放肆，连开车的小厮都吓得回了头。

索琴撩开车帘，街上还有不少人，她回头说："杜公子玩笑了。谁都认得这是杜家的车，谁都知道杜家在天津卫的名声之盛，你做什么都被人时时刻刻紧紧盯着，况且……"

况且，她是索家的二小姐。

即使她只是个庶出的女儿，可也比平常人家的女儿养得金贵。以索家的地位，凭空不见了女儿，就算惊不起波澜，整个天津卫也会刮起一阵小旋风。

"喊！"他笑。

索二小姐……

车子在港口外停下，杜君良开门下了车。

索琴仍然坐在车里，她扭头，就看见杜君良清瘦的背影，像深冬里的冰刀子，风一来，冰星子就簌簌从天而降。

杜君良探回身子，深深看了她一眼，又探出身子来了她的车门前。

"果真是索家的小姐，连开车门这档子事儿也不愿亲手。"

他故意嘲讽她，就是想看她的窘色。

可是没能如他所愿，就连下车，她也只挑干净的地儿落脚。

活脱脱的大家闺秀姿态。

索琴环视了一圈，杜君良没有动静，她先开了口："你说要带我去什么地方？"

杜君良挎手往前，步子很慢，好像是刻意在等她。

她的腿脚不利索，别人一步她要作两步，稍走急了、远了，脚底就酸胀得很。

她就落后在他五六步的距离，皱着眉头，眼皮抽动。

杜君良回头，她一脸难色，他觉得有趣，故意加急两步，然后又慢下来，反复折腾着。

面馆很小，就一张匾，四张桌子。

当家的是个跛脚的大爷，见杜君良和他身后的姑娘，说："杜公子今天好兴致啊！"

杜君良掀裾坐下，自己给自己斟了杯茶，招呼着索琴也快快坐下。

还没来得及收拾的桌子，桌案上还有残留的汤渍，三四个碗叠在一起，碗沿上还挂着半根面条。

他就是要看她出丑。

看她使小姐的脾气，说着这个地方有多不堪，吵着要走。

可是下一秒，他的眼睛就暗了。

索琴神色平淡地坐了下来，掀开茶壶的壶盖，起身添水，不管杯子干不干净，也给自己斟了杯茶。

杜君良摇摇头，撑着额轻声笑。

他把她看得低的时候她的姿态太高，偏偏他高看她的时候她又把自己放低。

怪。

他此前听人说，索家的二小姐身子染了疾，一直养在深闺中，少有人见过，但有谁曾远远见过一次，跟人说起的时候，就那么隔着人群的一眼，你也能认出她来。

她像只落了难的凤凰，但凤凰终究是凤凰，即使不能展翅飞上高空，她也可以抻长了脖子睥睨别人。

但是，杜君良是谁？

他喜欢不一样的东西和人，得到手，放在身边，把他们变得跟自己一样。

就算别人看来表面风光，可是骨子里依然是烂的、臭的、腐朽的。

大爷擦着抹布走了过来，看着索琴："奇了怪了，还是第一次见杜公子带人来，姑娘生得真好看。"

杜君良笑："是好看。"

平白得了句夸奖，索琴脸上有些烧，嘴边的茶杯遮了半张脸，她的眼睛在低头的杜君良身上转悠，人坐得七倒三歪的，没有一点正经样子，要不是身上的长衫料子名贵，也不像个贵家公子哥儿。

"杜公子今天想吃些什么？"大爷问。

杜君良歪头看索琴，问大爷："今日什么卖得最好？"

"炸酱面，加了些独家的配料，臊子香得很。"

"那就来一碗。"他转头问索琴，"你呢？"

"一样。"

上了面，大爷又问："姑娘不是本地人吧？这天津卫里的姑娘我见过不少，姑娘面生。"

索琴接过杜君良递来的木筷："不是。"

"姑娘是哪里人？"

杜君良当她是为了瞒过索家小姐身份的谎话，却没想到她嘴里迟迟吐出几个字来：

"北风边。"

天津卫往北三十里，就是北风边。

穷人聚集的地方，木头搭建的房屋在日晒雨淋下摇摇欲坠，米缸常年见底，咳嗽的女人趴在窗户边剪茧子，男娃小跑回来，见小的衣服里兜着鼓鼓的东西。

"娘，吃橘子。"

"杜少爷，面坨了。"

声音把他从已经模糊了的记忆里给拉了回来，眼前这碗面，换作以前半年也吃不上一碗，他夹起一根送进嘴里，空荡荡的心里一下子变得苦涩起来。

第二章

风大，你贴我紧些

（一）

那日之后，杜君良往索家走动得更加频繁。

索昭当他无聊，整日陪着他做趣儿。

乐子玩了不少，杜君良脸上却是越发地暗了神色，一颗白棋捏在指间，踌躇着不下手。

索昭瞧他心不在焉的，说："前日里听人说，白喆包下了整个崔凤楼给你作宴，还特意请了北平有名的戏班子来搭台。"

一颗棋子落下，喉结滚动："嗯。"

"那你怎么放了人家鸽子？白喆当场气得砸了戏台子，戏娘子的妆都吓花了。"棋子跟声音同时落下。

窗外院头探进一株杏花，深红色的花萼在清风中摇摇晃晃，花瓣掉落下来。

杜君良落子，索昭完败。

他站起身，没理会索昭的疑问，反问说："都说古德寺的杏花开得最好，明日你同我去看看吧。"

索昭还在研究棋谱，囫囵答应，又说："既然去赏花，我便叫上真妹和琴妹。琴妹自小在寺里长大，自从姨娘没了就再也没回去过，也没往别处去过，此次正好叫上她，散散心，对身体也好。"

杜君良眸子一沉，问他："二小姐在古德寺长大？"

索昭应他："是，九岁那年才接了回来。"

想起索琴回索家那一日，他脑子一恍惚，接着说："那日路上碰上山匪，去接她的下人死了三个，奶娘把她抱回来时，身上还染着血，脸上哭得全是泪水珠子。"

九岁的女娃，刚没了娘，又亲眼见着山匪杀人，回来大病了一场，再起来后，腿脚就不大利索了。

杜君良合扇轻扣在手上，难怪上次在面馆的时候，她说自己不是本地人，从北风边来。

古德寺的山下，就是北风边。

杜君良轻笑，掀褂往门外走："那行，明日我来接你们。"

索昭见他背影越晃越远，坐回雕花椅上，捡回棋盘上的黑子："出来吧，人已经走远了。"

索真从珠帘后走出来，一张小脸憋得通红。

"哥哥什么时候发现我的？"

索昭瞧她脸色不好看，打开窗户通通风："你躲在珠帘后面，就没想过这双脚藏不住？"

索真脸更红，声音糯糯的："那他也发现了？"

索昭不答话，他将棋盘收拾回柜子里，扣上锁。

"我疼惜你，但也要同你说，杜家不干净。我自认识杜君良起，就觉他这个人不似表面浪子模样，可是这副皮囊下的真模样我也没见过，你的心要是不想被人拿刀剐烂，就不要放在他身上。"

索真听不明白，点点头，圈着他的胳膊："那明日去古德寺的事儿，就如哥哥方才讲的带上我和琴妹？"

"自然。"

一张娇俏的脸上笑意盈盈，十七八岁的姑娘，年华正好，少女心事萌生。

刚刚那番话，他无心说。可是近几日杜君良来索家，索真总是有意无意前来碰面，就算他未尝过情爱，也看得明白索真眼里的柔软是为何意。

他从小同她一起长大，一母所出，感情自然深厚，他得护着她。

从索昭的房间里出来，院子里栽种着的矮木修剪掉不少多余的枝丫，从右边的石头路出去就是大门。

杜君良站在矮木前，脚落向左边的小径，晃着扇子往前，脸上多了丝轻松和快意。

从小偏门里解了渴的小厮问旁边的师傅："那方向，是去西院吧？"

老师傅瞅了一眼，抬手拍在小厮的脑袋上："你管那劳什子事干什么？这院子里的活儿今天要是干不完，就别想吃晚饭。"

小厮揉着头，轻声抱怨着，还是好奇，抬头看那位长衫公子的影子，也全然找不着踪迹。

索琴一个人坐在院子里，石桌上摆着丝线和绷子，她将一根红线分成三根，引进针里。

雪女这日不在，家里爹爹生了病，小曲儿没人照看，跟索琴提了假，一大早就回了家。

西院不大，可就索琴一个人坐着，也有些冷清了。

她绣的是八色飘带图，意喻八宝护佑。衣服是做给小曲儿的，听雪女说，前几日夜里小曲儿总是睡得不踏实一直哭，她爹找了医生看也瞧不出病来，父女两人担心也没什么法子可解。

她是亲眼见着小曲儿长大的，人长得虎头虎脑的，嘴却甜，讨人喜欢，她在这院子里待久了无趣，也时常让雪女把小曲儿接来做伴。

她疼小曲儿，闲暇的时候，常给小娃娃做做衣裳绣绣书包。

"今日怎么这般好兴致？"

杜君良站在她身后，夺过她手里的绷子，细细看着上面的图案。

那图案他认得，是给婴孩的祝福。

突然，他心里发涩，把绷子扔回石桌上。

"索家二小姐平日里是闲得发了慌，也做起奶娘的活当来了。"

他嘴上咄咄逼人，其实话不由心，眼睛不敢看着她，就怕见了她冷淡的表情。

这些日子他常来，逗留的时间一次比一次长，她权当不认识他，没话说，不看他，他就好像是团空气，她知道他在，可是跟她毫无关系。

他也不闹腾，晃着把扇子自己坐在院子里，心情好的时候就去院墙边上看看开好的那些花儿，颜色不艳，味道冷香，倒跟索琴相贴。若碰上哪日心情欠佳，他就爱往她面前走动，她倒不恼，就是雪女总眼神恨恨地盯着他。

索琴收起针线，瞧这时候该是用午饭的时候了，进了厢房又出来，自己挽起袖子，人往小厨房里走，坐在门口择菜。

杜君良发现她动作利索，不一会儿，一小钵青菜叶子就洗好了，生了火，一碟小菜就炒了出来。

她坐在厢房里，房门开着，两人相望，最后是她先开了口："就是粗菜，你要吃吗？"

杜君良愣神，没想到她还惦记着自己，点点头，却没动。

他说："这院子里除了我俩就没别人，还是出来吃吧。"

他站在那棵桃花树下，深色长衫，腰间别着枚玉佩，和合二仙的花纹，觉着眼熟，她却想不起在哪里见过。

可是有什么关系呢？

没有任何的关系吧。

她轻轻地笑，眼睛微微眯着，说："好。"

这是杜君良第一次留膳，清淡的小菜，软硬合适的米饭，吃得很香。

索琴吃饭慢，一口菜得嚼上好几下，杜君良吃好的时候她碗里还剩下大半，面前的小菜也留下不少，被他一划为二，自己面前的已经没了。

他还坐在凳子上，眼神左看右看，总归不落在她身上。

院子里安静，除了风声再无其他声音，他觉得无趣，问她："你刚刚绣的衣裳是给谁的？"

话出口就后悔了，那衣裳图案分明是给个孩子的，他一问，就显得醋意十足。

他偷偷看索琴，她倒不在意，咽下菜，说："雪妮子的弟弟近来身子不好，我想是这时候夜里凉，那衣裳是给他的。"

他挑眉笑："果然。"

索琴看他。

他说："果然平日里闲得慌了，连下人的生活都照料着了。"

大抵是饱了，索琴停了筷子，她想了想，说："我一个人长在这西院里，平日里就雪女跟我做伴，可两人待久了也会无话说，有日她带着小曲儿来见我，那娃娃生得好看嘴也甜，我看着喜欢。

"看着喜欢，就想一直看着。做件衣裳而已，不足为奇。"

她说话的时候，神情终于松动了些，不再冷冷淡淡，鲜活了些。

杜君良看着她的模样，扇子不再晃了，合在手里，一只手想去拉她，却被她躲过了。

他咳嗽一声，反倒红了脸。

"既然吃好了，杜公子就请回吧。"她下了逐客令，转身就回了房，闭门不再看他。

杜君良坐在院子里没动静，他合着眼，小憩了一会儿。

风吹了过来，他做了个梦。

梦里，蓬头垢面的男娃爬上一棵结满橘子的树，太久没有吃东西了，他一口气剥了四五个橘子，味道还有些涩，可是空得恶心的胃已经顾忌不上这些了，嘴里包得满满的，手上也没停歇，摘了好几个揣进衣服里。

"喂，你在做什么？"一个女娃的声音在树下响起。

"好啊！偷橘子的小贼！"没等他找着人，声音又响起。

他小心站在树干上，终于瞧见了那个人。

一张气鼓鼓的小脸，手里还抓着根长竹，作势要打他。

"你叫什么名字？为什么要来偷我家橘子？"

男娃说："我叫杜三儿。已经好几天没吃饭了，不知道这树是你家的。"

女娃挥着长竹叫他下来，他没敢动。

"我不打你，你下来吧。这树是我家的，我让你吃。"

"真的？"男娃不确定地问。

"真的。"

女娃说，她家每年就靠着这几棵果子树生活，赚回来的钱大不过生计，她明白什么叫苦日子，若是几颗橘子能换来他好过一阵，也不是什么为难的事儿。

那日后，男娃再来过几回，女娃当看不见他，自己忙活着在河里洗衣裳。

直到那一日他再来，没瞅见女娃，心里堵得难受，一路打听着寻去她家，站在木屋外就听见痛哭的声音。

"好啊你，老子辛辛苦苦种的橘子，你白送了两棵树果子出去，家里穷得叮当响你还想着当活菩萨，我让你送，让你送！"

竹条抽在身上的声音簌簌传进耳朵里，男娃蹲在窗户边，蜷缩在地上的女娃一声没吭，她看见他，食指放在嘴边，叫他不要发出动静。

男娃在河边帮女娃清洗伤口，手臂上的肉被抽得绽开，男娃吓傻了，眼睛里含着泪，心疼得要命。

"你哭什么？我都没有哭，羞人。"

"肯定好疼的吧？"

女娃扭过脸，不轻不重地说："习惯了。"

"你爹爹老打你吗？"

"不经常，就是喝了酒认不得人，说了两句胡话就会动手。"

"好狠的心啊。"

"你爹呢？他对你好吗？"

男娃不说话，过了好久才开口："他许久不回家了，我已经记不得他长什么模样。"

女娃点点头，抓着他的手："没关系，你还有娘，她对你好。"

脚边河水潺动，男娃偷偷看着阖眼睡着的女娃，心里有块地方叫嚣着。

"我也会对你好的。"

"孙蓬……"

嘴里喃喃着醒来，杜君良看着那扇还闭着的房门，手摸着坠在腰间的玉佩，心里突生的想法在无限放大，最后摇摇头，轻声笑了出来。

"杜君良，不要做梦了，她已经没了。"

那一日在北风边上，他亲眼看着她被推上马车，听人说是被送给上海城里的谁家儿子做了童养媳，后来他再打听，来信的人说在去的路上碰上山匪，人掉下山崖，尸首不见。

生死茫茫，他想寻见那个女娃，却无迹可寻。

起身，他出了西院。

（二）

第二日巳时，索家门前停着辆铁皮车。

突突的车响声引来了不少人的注意，胆子大的男娃娃们凑在车门前，盯着里面的人看，一幕帘子遮挡着也看不清东西，手趴在窗户上，嬉嬉笑笑着。

"少爷，他们来了。"小厮转头跟后座的人说话。

那人点头，脸上撑出笑意，下了车。

"杜公子。"

索真跟索昭并肩，见了杜君良脸上微微泛红。

索琴走在最后，抬眼的时候就见杜君良正看着她，一双眼睛里像是含着水，被阳光映照荡漾，绽开如同黑色夜里天幕之上的星光。

古德寺地理位置偏僻，车行到山脚下就得弃车徒步而上。

杜君良赏了小厮一袋铜板让他自己寻个去处吃茶，等到申时的时候再在这里碰面。

小厮得了赏，乐得寻了处茶馆子坐着，再回头时，四人已经没了踪影。

上山的路颠簸，索琴落在最后。

索昭顾着索真，抽不出身看着索琴，杜君良摸出他的心意，折身往回走，等在一处破旧凉亭前。

"你怎么还在这儿？"索琴脚底沉顿，走起路来身形已经晃悠。

"等你。"

短短两个字，叫索琴心里一沉。

同行的四个人，前后成了两拨，到达寺庙的时候，额头上均已汗如雨下。

寺内的方丈正在大殿诵经，吩咐殿前的小沙弥收拾了两间客房，又备了素斋。

四人围坐在一张桌子上，简单用过餐后就打算往山后的杏花林去。

林子深，花开得好，一路飘着香，叫人喜欢。

索真拉着索昭往前走，落下杜君良和脚慢的索琴。

"昨日你什么时候走的？"她那时回了房，歇息在横榻上，迷迷糊糊中睡着了，梦里好像听到门外有脚步声，来来回回好几趟，手搭在门上，最后松了手，人转身走了。

杜君良抿着唇，一只手搭在背后，一只手抓着伞，刚刚出门的时候小沙弥特意送来，说今日有风，恐要下雨。

"你进屋后便走了。"他站在她的左侧，挡过尖成刺的树枝。

索琴抬手拨开这头的杏花芽子，眼神暗了暗。

是她多想了。

雨来得突然，淅淅沥沥的雨滴砸了下来，落了不少花。

抬头已经寻不见索昭兄妹，杜君良撑着伞，抓着索琴的手就往半山腰上的亭子里去。

还是没能躲得过，绾在后面的头发湿了些，杜君良更惨，半边胳膊被浸湿。

两人隔得远，一人站了一边，冷风吹了进来，人开始哆嗦。

双手合在一起，吹口气，放在耳朵边上。

也没见暖和一些，就是相信有用，反复着。

后来双手被人拢着，她抬头，杜君良抓着她的手，放在自己的手心里轻轻搓着。

他的手很大，刚好包裹着她的手。

他一边搓着，半埋着头也不看她，最后反手摊开她的手心，食指在上面摩挲着。

"你的手心怎么有茧？"

虎口那处儿，已经密密麻麻一片，摸着怪硌手的。

她抽回手，转身不看他。

雪女也曾如此问她，那时候她是怎么回的？寺里苦，外人眼里身份是小姐，可是粗活脏活都得自己来。

雪女跪在她身边，抽抽搭搭，连连说小姐命苦。

其实命怎样，她自己心里最清楚。

这些茧，从她出生开始就注定要长在身上，就算往后日子华服傍身，也磨灭不掉。

手再次被抓着。

杜君良从身后绕到前面来，一句话也不说，搓着她的手，终于暖了起来。

他的身后一棵杏树摇摇晃晃，几朵杏花掉了下来。

她听见花瓣落地的声音，还有潮湿的空气里，他的一句"风大，你贴我紧些"。

遇上索昭兄妹时，雨已经停了。

四人两两相对，索真瞧着索琴精神劲儿不大好，刚下过雨，想着她的腿脚肯定疼了。

"哥哥，再歇息会儿吧。"

索昭点点头，他明白索真的意思，也清楚索琴的身体状况。

他往前两步，面对着索琴，转身蹲下："上来吧。"

索琴犹豫："昭哥。"

"你我兄妹还顾忌这些做什么？"索昭侧头，半张脸上有笑，笑里有宠意。

索琴跟索真不同，小时候不在他身边长大，他心里其实有愧疚。
同样是父亲的女儿，他知道在母亲的眼里索琴比不上索真。

可是妹妹就是妹妹，身上流着相同的血液，刀剜不掉，水冲不尽。

他想给她同索真一样的东西，疼爱、怜惜，还有照顾。

索琴最后妥协，上了背，身子直在半空中。

杜君良和索真走在前面，索昭背着她，总是落后一截。

雨后路不好走，脚上已经是不少的泥泞，索昭走得很稳，可是索
琴能感觉到，好几次他险些摔倒，担心她害怕，一声不吭，脚陷进泥
泞里。

"琴妹。"

"嗯。"

"你靠着我些。"

身后没有应答，不一会儿，一张脸贴在他的后背上。

索昭轻轻笑："这样，我才走得稳稳当当。"

不用分出心来去想她是不是害怕了，每一步，都落得坚定不移。

合着眼的索琴眼角有泪。

这一生，何德何能。

回寺庙的时候，方丈已经落经，人站在偏殿的窗棂前，弯着身子
逗檐前过路的几只蚂蚁。

"慧智大师。"

小沙弥跑上来："几位施主已经回了，索二小姐也在。"

慧智从窗户里眺望出去，几人身影正往这里赶，都是大富大贵之
人，轩昂的气派被风带到他的面前。

"迎。"

"施主。"慧智在正门迎着杜君良一行人。

索琴和索真相互搀扶着,索真头一次来寺庙,瞧见前面穿着袈裟光着头的慧智在后面偷偷地笑。

"听说当年你在寺里的时候方丈还不是慧智大师?"

索琴摇摇头:"不是,是他的师兄慧深方丈。"

慧深得佛法那年是索琴回索家的第三年,听说圆寂那日不少得过经的男男女女都来拜过他,那时候她腿脚正难治,没能赶上最后一眼。

"可惜了,可惜了。"

索琴摇头笑:"有何可惜的?僧人谈道就为得佛法的那一日,是幸。"

话落,一双眼睛落在她的身上。

慧智的话穿过隔在他们之间的杜君良和索昭,他说:"索二小姐,许久不见,别来无恙。"

索琴愣了愣神,脸上表情变幻几次,最后从腰间掏出一块方帕,掩在嘴边:"多谢大师关心。"

两人的眼神里藏着暗涌,却不再正面相视。

索昭同慧智说了些话,临出门前,大夫人特意交代过,今日上古德寺,多添些香火钱。

索真好奇,跟着索昭一同前去。

偌大的殿前院里,就剩下索琴和杜君良两人。

"听说你是在寺里长大?住的哪间房?"

索琴绕过大殿,往后厢东门的那间屋子指去:"那间。"

屋门上是斑驳的漆,门扣上了锁,锁上落了灰,大抵自她离开寺里,那间屋子便再也无人住进去过,无人住便无人扫,现在看来,落败得很。

(三)

杜君良走近那屋子,手上握着锁,也许是因为时间长了锁芯锈了,门开了。

他一脚跨了进去，瞧着屋子里的陈设。

屋里也没什么值钱的东西，一东一西墙角里各自摆了张床，门后的栏里还放置着摇床，上面放了好些婴孩的衣服，最上面的那层，已经落灰得辨认不出原本是什么颜色了。

他走到东床，推开窗，就能看见山后的杏树，落过雨，白色粉色的花朵娇艳开放，雨水珠子含在花瓣里。

他伸手，折下一枝。

"你来。"

他叫还站在门外的索琴。

索琴瞧他，脚落了进来。

他拿衣袖蹭掉凳子上的灰尘，落得深，擦不尽。

"将你的手帕给我。"

索琴从腰间取下，他摊开，落在凳面："坐下吧。"

她瞧着他，他眼里是期待和不安，盼着她能如愿坐下来，又怕她会拒绝。

那慌张的样子，跟记忆里的一张脸重叠了起来，无助的眼神里有东西抓着她的心，疼得受不了。

她坐下。

杜君良绕到她身后，取下她的簪子，一缕头发掉了下来，接着，又是一缕。

他从未替女子绾过发，这下有些手忙脚乱了，一枝杏花还抓在手里，他小心地将散落的头发拢在一起，杏花扎进头发里。

"你就为了这个？"索琴摸着那枝杏花，好笑地问他。

杜君良咳嗽一声，当初游刃有余用在别的风月女人身上的说辞，今日却说不出来了，呆呆地回了句："好看。"

"有多好看？"她故意刁难他。

杜君良思索了一阵："没有人比你好看了。"

窗外又起了风，怕是又要下雨了。

这路，不好走。

索琴站起身子走到窗边，将窗户拉了回来。

杜君良盯着她，跟第一次在西院见面，已经过去了一月有余，她的身子清瘦了些。

"上次在街上，"她走回来，"多谢帮忙了。"

"既然说谢，就同我讲讲你是怎么惹上白喆的？"杜君良把话摆明了讲。

他为了她，得罪了白家，这由头，她应该解释解释。

索琴落座，瞅着这空荡荡的屋子，慢慢开口。

那日是去拿药的日子，雪女担心她的腿脚，特意叫管家喊了辆黄包车来。管家叫得匆忙，也没瞧见来的人是个只有十五六岁的年轻小伙子。

路上一辆铁皮车冲撞了出来，年轻小伙子血性气硬，任小斯痛打了一顿也没肯松口道歉，后来是索琴叫雪女将身上的钱全数拿了出来，就当赔了礼。

没想到车里的人更加不依不饶，抓着雪女的手就不放了。

雪女急得眼睛都红了，也不敢哭，一直拉扯着。

围观的人越来越多，有人认得车里坐着的那人，掌管天津卫港口船只的白家公子白喆，出了名的恶，没人敢惹。

索琴见雪女未回，下了黄包车，抬眼就见站在铁皮车前的杜君良。

他侧着半边身子，眼睛没落在她身上，跟车里的那人说着话。

不知道说到什么，两人均是笑了起来，往她这里看了一眼。

她被瞧得不自在，背过身去。

身后响起脚步声，她听见杜君良的声音："你要去哪里？"

"药铺。"

"坐我的车去吧。"

"那孩子……"

"没事儿了。"

"那雪妮子……"

"也没事儿了。"

"那好。"

然后她又听见他问："你怎么不问问我？"

"问你什么？"

杜君良把玩着坠在腰间的那枚玉佩，声音干涸："你怎么不问我，车给了你我怎么办？"

"那你……"

"我不去哪里，你上车走吧。"

然后，他转身上了白喆的车。

她看见白喆拨开帘子冲她笑，带着不可思议，还有一点点玩味。

"小姐。"雪女走回她的身边，左手的手腕红了一片。

"待会儿去药铺的时候也抓些药。"

手扒上车门，又停顿着，她问："刚刚杜公子说了什么？"

就算她此前没见过，但也听人说白家就白喆一个儿子，宠着长大的少爷自恃身重，真真养成了副公子哥儿的模样。

今日这事儿，要不是杜君良在中间说道，才不会如此轻易解决。

雪女红着脸，半天憋出话来："他说，小姐是他还未过门的妻子，还请白公子给个薄面儿。"

未过门的妻子。

索琴看着那辆已经开走的铁皮车，蓦地笑了出来。

他还真是敢说啊。

后来第二日，她听东院的下人说，白家公子白喆特意包了崔凤楼，请了北平戏班子，等了一个晚上，也没见杜君良赴约。亥时有人递了一封信还有一万元大洋去崔凤楼，说杜公子今日身体不适，约就不赴了，这钱，权当是他的赔罪了。

被人扫了面子，白喆气得当场砸了酒楼，扬言在这天津卫里有他白喆就无杜君良。

"原以为能放出这句话的人胆子也该够硬，没想到……"

没想到，前日夜里，白喆连夜被送出了天津卫，坊间流传是说玷污了哪家官员的年轻姨太，官员没把事情摆在明面上来说，但谁都知道，这事儿躲不过去。

枪杆子顶着头，眨眼的工夫就能要一条人命。

白家老爷花了不少钱把人从牢房里揪了出来，连宅子也没回，一辆铁皮车直接送出了城。

"果真是造化弄人。"那朵杏花戴在头上，水珠掉落在她的袄裙上，洇开一小片。

杜君良双眸沉寂如海："你信这些只是造化？"

"当然不信。"索琴盯着那片洇开的痕迹。

"我只信人为。"视线落在杜君良的身上。

杜君良还是那副样子，一只手搭在膝盖上，有意无意地打着节拍似的轻轻拍着，另一只手，还抓着腰间的那块玉佩。

她发现，他总爱抓着那块玉佩，好像抓着了，就把全世界也抓着了。

"你倒是脑子清楚。"他是这样夸她的。

索琴却没继续往下问。

一个大家少爷，平白遭了难，要说是因为前日里为了她，也太看得起她了。她只觉得，杜君良的手段，莫名地狠了些。

杜君良原本是看着她的，不知道什么时候视线就模糊了，转过头，不想再看了。

他最近着了魔，总是想起孙蓬，念头只要一起，他就想见索琴。

"你怎么了？"索琴一只手晃在他的眼前。

他这才回了神，低头轻笑："没事。"

疯了。

肯定是疯了。

两人在房间里坐着，谁也没说话。

索琴环顾着这间屋子，八年前的记忆涌来，迷糊之间，她好像看见了孙奶娘和两个女娃。

扎着羊角辫的女孩食指伸进茶碗里，在暗红原木桌上写着字。

"你看，我的名字。"女孩一笔一画写着，"索——琴——"

"那我的名字呢？你会写吗？"桌子底下钻出另一个女孩，衣服上还打着补丁，脸上灰灰脏脏的，也伸出手指学索琴写字。

索琴摇摇头："不会。方丈近日很少来，只留了功课让我好好学写自己的名字。"

女孩脸上落寞，随即擦了把脸："没事，下次等你学会了再教我好不好？"

"好！"

索琴抓着她的手，两人跑出房间，院子里奶娘正洗着衣裳。

"奶娘，我娘亲呢？"

孙奶娘站在井边："夫人在前殿诵经呢，小姐莫要跑，小心累着了。"

索琴回头："奶娘，我晚些再回来。"

孙奶娘看着两个女娃渐渐消失不见的方向，摇摇头，又蹲下身子继续洗衣裳。

下山的时候，已经是酉时。

慧智大师送他们到寺庙大门前，索昭拜礼谢过，就此别了。

"索二小姐。"

索琴回头："大师。"

慧智伸出一只手，笑着看她。

"当年，你曾向师兄请教了两字，后来未得就下了山，师兄惦记，托我若是碰见了，一定转交给你。"

索琴疑惑，伸出手，手背覆在他的手心里。

指尖在掌心里留下一笔一画，一滴泪就落了下来。

跟小厮约定的时间已经过去一个时辰。

四人到山下的时候，小厮已经支着手睡着了，被茶亭子的大爷一声喊了起来。

"小哥儿，你们家公子回了。"

小厮连忙起身，开了车门，又狠狠给了自己两巴掌，这才清醒了过来。

"公子。"小厮弯腰候着。

杜君良绕到车前，见下山的路泥泞，犯了愁："路好走吗？"

小厮答话："这会儿天色还早，能走。"

索昭笑他："你还担心起这个来了？"

"车上是你家两位小姐，我可不敢怠慢。"

索真拉着索琴走在最后，正巧听了此话，脸上偷偷闪过一抹笑意。

"哥哥，人家也是好心。"

索昭扯着她落在脖颈的头发："你啊，学会胳膊肘往外拐了。"

"哪有。"转身上了车。

索琴上车的时候，手肘的地方贴来一寸温度。

是杜君良。

害怕她泥泞路上不好下脚，特意绕了车过来搀她。

"谢谢。"她声音很轻。

索昭跟索真说着话，没注意到他们两人。

杜君良凑在她的耳边："你刚刚，哭什么？"

他的声音更轻，林子里正巧有风，她还以为是自己听错了，抬眼的时候，他已经绕了回去。

第三章

最珍贵的东西，要送给喜欢的人

（一）

后来连着好几天，西院里都安静着。

一如当初的模样，一个小姐一个婢女，日日夜夜这么待着。

那日天气不错，雪女将小曲儿接了来，还穿着学堂的衣服，书包背在肩后，见了索琴先作了个揖。

"琴姐姐。"看着高了不少，说话还是奶声奶气。

索琴招呼他过来："早上刚做的酥饼，快来尝尝。"

小曲儿放下书包就坐在索琴的旁边，一手抓着一块酥饼，吃得忘乎所以。

雪女从厢房里出来就见碟子里的糕点少了一大半："你吃慢些，别噎着了。"

"这么好吃的东西我快快吃才好。"说着，他又抓了一个。

雪女被他气着了，放下手里的衣物就作势要来打他。小曲儿躲在索琴身后，喊叫着："琴姐姐，快救救我。"

索琴被逗乐了，推着雪女："好啦，你俩少吵些嘴吧。"

得了索琴的佑护，小曲儿更加放肆了，人趴在雪女的背上，被一巴掌打了下来，又跑回索琴身边趴着。

"小姐，你不要太纵容他了！"雪女气得扫帚一扔，挽着袖子就要过来揍人。

小曲儿躲进索琴的怀里，冲她做着鬼脸。

索琴搂着他，雪女也不敢上前真打，最后手扬在半空中狠狠打下来，算是个警告。

小曲儿吃定她没法子，人往石凳子上一坐，两条腿在半空中晃啊晃的。

"琴姐姐，你要嫁人了吗？"

冷不丁的一句话，反而让索琴眉头一皱。

她看着他："为什么这么说啊？"

小曲儿咬下最后一口酥饼："外面老有个哥哥看你。"

他指着院门外，一抹黑色一闪即过。

索琴立直了身子，看了好一会儿，才站起来，走到院门，桃花树下正站着一个人。

"你站在这里做什么？"

杜君良半天才扭过脸："路过。"

她盯着他看。

他躲避她的眼睛。

像是一场角逐，从开始就已经决定了胜利者。

"喂。"杜君良叫住回身的索琴。

索琴顿住脚步，没回头看他，等着他的下一句。

"你不叫我进去坐坐吗？"

小曲儿跑了出来，拉着索琴的手，一脸天真地问："琴姐姐，这是你的未来夫婿吗？"

索琴牵着小曲儿的手，蹲下身子问他："年纪小小的，怎么总爱问这些问题？"一根手指点在他的额头上，就当教训了他的童言无忌。

小曲儿嘟着嘴："这个哥哥长得好看。"

"所以呢？"索琴看了眼站在旁边的杜君良。

这张脸，俊得过分了些，勾了整个天津卫不少女子的心。

小曲儿扯着她的衣服："你说的，看着好看，就要一直看着，就像看小曲儿一样。"

"那不一样。"

"有何不一样？"

杜君良也想问，有何不一样？

一大一小的两人脸上均是疑惑的神态，索琴却摇了摇头，拉着小曲儿往院里走。

跨进院门的时候，她说："进来吧，我这院子虽然比不上东院的富足，茶水还是有的。"

桃花虽然落尽了，但院子里依然飘着香。

杜君良支手坐在石桌边上，索琴跟雪女在厨房里忙活做新的糕点，看不见人，他心里也觉得满足。

"哥哥，你笑什么？"小曲儿蹲在他旁边，两手托着腮，一脸天真。

杜君良弯低了身子凑到他的面前，盯着那双眼睛，觉得很熟悉。

"你是那丫头的弟弟？"他说的是雪女。

"是啊。"小曲儿手撑在他的膝盖上，靠近了给他看。

"长得真像。"所以才觉得面容熟悉吧。

可是心里还有个念头在隐隐作祟，这份熟悉感，好像从千年前就有的一面之缘。

小曲儿笑嘻嘻着，手碰上他身上那块玉佩，握在手心里看。

"哥哥，上面的两个娃娃好像你跟琴姐姐啊。"

杜君良低头看玉佩，和合二仙的图案，是两个蓬头、笑面、赤脚的小孩模样，一个捧有盖的圆盒，一个持盛开的荷花，寓意里说，和谐和好之意。

"是吗？"他听了脸上笑意更深。

小曲儿点点头："是的！"

"那我要是把这块玉佩送给姐姐她会高兴吗？"他迷了心智一样地去询问一个孩子。

小曲儿睁大了眼睛，问他："哥哥要送给姐姐，是因为喜欢姐姐吗？"

一阵笑声吸引了厨房里的索琴，她侧出半个身子，见杜君良两手捞在小曲儿的腋下，把他举在半空中又放回地面，小曲乐得咯咯叫，嘴里喊着："哥哥再快些。"

雪女跟着看了过来，问索琴："小姐，你笑什么？"

索琴摇摇头，嘴边乍现的笑意收了回去，手腕的地方还沾着些白细面粉，她轻轻拍掉，没听出自己声音里的朗润："没什么。"

那一日回杜家的车上，杜君良扯下腰间的玉佩看了许久。

这块玉佩是他当年在北风边的木棚房子地底下挖出来的，那时候他拿着玉佩去找孙蓬，是想将那一月里橘子的钱还给她，可惜最后，不仅没能给她，连想再见上一面，都隔着阴阳。

"你不会怪我吧？"他喃喃开口。

"这东西陪了我这些年，就好像你一直在我身边。可是现在，我想把它送给我喜欢的人了。"

方才在西院，小曲儿问他："哥哥要送给姐姐，是因为喜欢姐姐吗？"

他说："是。"

因为喜欢，所以想把这些年珍藏在身边的东西交给她。

（二）

折子递来的那一日，索琴正坐在院子里看索真留下来的书。

索真念的是洋派学校，讲师是从英国远渡而来的浓眉大眼。

刚上学堂的那几日，索真常跟她讲学堂好玩的事儿给她听。后来，大夫人见索真往西苑里跑得勤，禁了她几天足，再往后，她来的时候也不敢再多留，但总给索琴放几本书。

折子是从崔凤楼递来的，小厮说晚上楼里有新开的戏，杜大公子请二小姐去坐一坐。

"小姐，你真要去吗？"雪女忧心忡忡地看她。

索琴读懂了她的忧虑。

深闺里不见春事，她今夜若是去了，传到外人的耳朵里，就是一桩风月事了。

索琴手搭在书面上，上面的字迹已经有些模糊了，读起来费神。

她想起前两日杜君良走前，问她的一句话。

"你信我吗？"

信他不是外人眼里的浪荡公子，信他也会赤诚着掏出一颗心给她。

她信的。

不管别人怎么评判他，她只记得，那一日她坐在厢房里，院子里的杜君良对她说："这院子里除了我俩就没别人，还是出来吃吧。"

他从来不曾想过污她清白。

那她，又有何可惧的呢？

手合上，索琴起身往厢房走："去。"

她又说："来帮我挑件衣裳吧。"

戏班子是从北平来的，唱的是《西厢记》。

杜君良坐在二楼的屏风里，桌上摆着上海买来的糕点，两指捏起一块，喂进嘴里。

抬眼的时候，他就见一身白色袄裙的索琴正往楼上来。

她爱穿素色衣服，料子不是最好的，她穿着却是最好看。

他的眼睛，在那时候就像长在了她的身上一样，挪不开，也不想挪开。

"你来了。"他起身。

这是索琴头一次听戏，京腔儿听得费劲，杜君良给她一段一段地讲词。

他侧着半个身子，一边胳膊倚在雕花椅的扶手上，指着戏台子上的青衣，念了段词。

"十年不识君王面，始信婵娟解误人。"

那本是张生的唱词，他跟着唱，指着崔莺莺，眼里却看着她。

十年不识君王面，始信婵娟解误人。

一出戏唱完，楼外的街上已经点上了灯。

索琴是独身前来，杜君良也是。

两人从崔凤楼里出来，并肩行走在还喧闹的大街上。

旁边有个夫人抱着孩子匆匆走过，孩子手里抓着根糖人，一双眼睛转悠着，胖乎乎的手指指着索琴："娘，好看。"

夫人笑他："以后娘亲给你相个这般好看的媳妇好不好？"

孩子眨眨眼："好。"

杜君良侧头看已经相隔好远的夫人和孩子，垂在衣侧边上的手蠢蠢不安，几番之后，终于牵住了她的手。

他低头，在她耳边说："跟紧我。"

浅薄的鼻息在她的耳边散开，她半歪着头，轻轻笑出声，问他："你要带我去哪里？"

杜君良更抓紧了她的手，不确定地问："你害怕吗？"

害怕那些流言蜚语，害怕那些一字一句如同银针一般扎在她的身上。

她摇摇头，在灯光下的脸格外好看，说："不怕。"

她从未有过如此的想法，可是他现在抓着她的手，她就无比肯定。

此后一生，她想跟着这个人。

从心底里不知什么时候长出来的想法，被他一日一日地灌溉着，到今天，终于开出了娇艳的花朵。

他带着她去港口边上，面馆的大爷正收摊，见两人来，又生起火。

大爷掌着勺，笑着说："要是再晚些时候来，就没得吃了。"

两人落了座，他问："怎么样？今日想吃些什么啊？"

杜君良看着索琴，询问她的意见。

她对上次的炸酱面有些念念不忘，说："炸酱面吧？"

"好。"杜君良回头，"一碗炸酱面。"

索琴不解："你不饿吗？"

杜君良拿过两个茶杯："刚才在楼里吃了不少糕点，不算太饿，要是嘴馋了，吃你碗里的就好。"

他说得轻描淡写，却叫索琴红了耳根子。

一碗面上来，臊子闻着香，叫人咽了咽口水。

大爷坐在旁边的桌子，手里拿着旧烟枪，嘬两口，脸上笑不见少。

"刘四叔，可有什么喜事儿？"杜君良挽起一边衣袖。

烟枪燃尽，在桌子边上磕了磕，抖掉里面的灰烬。

"下个月，这棚子就不要了，搬去隔壁那间小屋子，我租了下来，比得过这里不能遮风挡雨的。"

左边那间小屋子本来是港口存放一般杂物的，刘四叔花了小半辈子存的钱做租金，别人都说他疯了，他心里最清楚，人老了，就想找个安稳的地方落脚。

杜君良给他倒了杯茶，以示庆祝："那我就先祝贺你了。"

刘四叔摆摆手："哪里敢承杜公子这般情，以后若还想吃老头子的面，一定记得来。"

索琴应他："一定来。"

刘四叔瞧着这对年轻男女，起身作揖。

那弯下的腰里，承着的，是数不尽的、来来去去的恩情。

当年他的家被洪水冲垮，妻儿就此失散，寻了十年也没找着，最后落脚在这天津卫，摆张桌子就做起了生意。

他第一次见杜君良时，对方还只是个十来岁的男娃娃，搀着他的娘亲，来借一口水喝。

他双眼模糊，以为是自己的妻儿回来了，下了两碗热面，什么话也没说，等着他们吃完。

男娃问他："杜家在什么地方？"

他指着路："门前有两个石狮子的就是。"

男娃的娘亲跟他道谢，说此次是来寻亲，若找着了夫君，定会回来还他面钱。

半年后，他再见着男娃，已经摇身一变成了杜家少爷，腰间揣着银票，说娘亲交代，一定要来还恩情。

"你娘呢？"

男娃冷着一张脸，最后还是忍不住，泪水淌下来："没了。"

自那以后，男娃常来，面钱永远多给一份，知道他没了孩子，又多关心他。

留洋前，他站在港口前送男娃，当年浑身脏兮兮的男娃娃已经身姿挺拔，长相俊美。外人常说道，杜家大公子不学无术，风评恶劣。

他知道，那孩子，不过是伪装之术太精湛。

（三）

"我只听人说，杜家是半路发迹，你此前，在何处生活？"两人沿着港口慢慢走着。

杜君良停下脚步，突然觉得缘分奇妙。

"同你一样，古德寺山下，北风边。"

"你说何处？"索琴只觉得头皮发麻，听什么也不真切了。

杜君良笑："北风边。"

命运如此折腾，冥冥之中，冥冥。

索琴不敢去猜测，她甚至觉得自己的想法是错的，巧合得让人觉得这只是梦境里的一幕而已。

她攥紧了拳头，指甲钳进掌心，心里有块地方在汹涌地流动。

她想确认。

杜君良已经往前走了好几步，他的背影在夜色里被淹没掉一半。

她张张嘴，却觉得声音不是自己的。

"杜三儿。"

前面的身影一顿，没有动静。

她又喊："杜三儿。"

杜君良想，自己一定是疯了，或者是什么时候失足坠进了海里。

不然，他怎么会听见有人在叫他的乳名。

黑夜里，他恍惚间好像看见有个女孩抓着竹竿站在树下。

他回过头，喃喃地说："孙蓬。"

下一秒，有人冲进了他的怀里。

他险些站不稳。

一双手环上那个人的腰肢，攀在她的背上。

太不真切了。

他努力地想抱紧她，却怕弄疼了她。

他问："孙蓬？"

"嗯。"浓浓的鼻音，她好像哭了。

他不舍得放开她，可是他更不想见她掉眼泪。

他轻轻拉开她，擦掉她眼角还在往下淌的泪水。

半弯着腰，他说："我找着你了。"

终于啊，终于啊。

一双婆娑的眼抬起瞧他，她开口："这些年，你一直在找我？"顿了顿，"你还记得我吗？"

突然的失而复得，他又哭又笑，顺着她的头发，觉得这场梦，终于醒了。

"你走的那一日，我去找过你。"他说。

"我知道。"她抓紧他的衣袖。

"我看着你上了那辆马车，我在后面追，没追上。我去打听，他们说你被卖去做了童养媳，我没信，寻去你家的时候屋子里已经空了，你爹也走了。"他想起那一日，就觉得难受，"后来我回了杜家，遣了不少人去寻你，唯一得到的消息，就是说你在去的路上跌下了山崖，尸首也寻不到。"

刚刚小跑而来，她的腿疾又犯了，脚下受不住力，人一点一点地往下掉。

杜君良眼疾手快，一把把她捞住抱在怀里。

他看着她的眼睛，里面还泛着泪花。

他说："你不要哭，我难受。"

他以为，他本来以为，这一生，都不会见着她了。

而现在，换了身份，隔着好远的距离，又遇见了。

孙蓬埋在他的颈间，蹭了蹭，泪水又来。

她的声音干涩："那一年，我看见你了。"

她看见他沿着山路追了好久，可是她一句话也说不出口，婶娘捂着她的嘴，任她打任她咬都没有松手。

她的眼睛里，慢慢看不见他的影子。

夜色一点一点沉进海水里，晚风吹在两人的脸上，把泪水风干。

两人并肩坐在港口的台阶上，攥紧彼此的手，不想再分开。

"那时候，你究竟去了哪里，又怎么成了索家的二小姐？"

他的疑虑，是孙蓬埋了八年的秘密。

想起那一日，还似眼前的情景。

那一日，到今日，原来已经八年了。

那日父亲喝醉了酒，吐了满身污秽。

她从河边洗好父亲的衣物回来时，婶娘就坐在院子里，父亲抱头蹲在篱笆边上。

"婶娘。"她往婶娘边上去，近了才发现婶娘衣服染着血，她怔住，然后跪在婶娘面前，"婶娘，你是不是哪里受伤了？"

婶娘挽着她起来，泪花滚下，说："蓬儿，快帮我求求你爹。"

她不知道婶娘要向爹求什么，可是婶娘待她好，她愿意帮。

她跪向父亲，头磕在地上："爹，帮帮婶娘吧，她一定是遇着难事了。"

她爹的眼睛里都是陌生，往后蹲了两步，过了一会儿，问婶娘："那钱，真的能拿着？"

婶娘见他松口，立誓保证："你放心，今后绝不少你一分。"

她爹点点头，上前拉她的手，说："那你去吧。"

然后，她就被婶娘抱走了。

起先，她问："婶娘，我们去哪里啊？"

婶娘没答话。

她被抱上马车，往北风边的反方向走，她掀开帘子，就看见杜三儿在车后追。

她觉得，这一走就再也不会见着他了。

所以，不管去哪里，她只想跟他好好道个别。

可是婶娘牵制着她，跨出马车的一条腿被拖了一路，她疼啊，可是她哭不出来啊。

一直到天津卫城外，婶娘拉着她在附近的客栈住下，洗了热水澡，换了新衣服，说："以后，你就替索琴活着。"

住在古德寺里的索家二小姐，跟她同年出生，一起长大的那个女孩，在接回家的路上遇上山匪，人没了。

婶娘怕索家怪罪，想拿她狸猫换太子，瞒天过海。

"蓬儿，这是好事。索家有钱有势，你当他家的小姐，以后就是享受不尽的荣华富贵，况且你爹爹以后也能过得好，还会常来看你。"

可是，婶娘说了谎。

她爹拿着钱去了北平，临走前放火烧了他们一起生活的屋子。她的日子也不见好，索琴是庶出，大夫人待她如肉中刺眼中钉，就算有索恩光的庇佑，也常常克扣她的生活。

"我没有奢求过锦衣玉食的生活，可是心里觉得，这样的日子还不如北风边。"

不如她在北风边，活得坦坦荡荡，有爹爹，有杜三儿，就够了。

杜君良搂紧了她，握在一起的手微微颤抖。

他说："我来了，以后有我陪着你。我会对你好的。"

夜风里，两个影子紧紧靠在一起。

他们幼时相识，后来分离，各自生活，机缘巧合，再次相遇。

再次相遇，就再也不要失散。

杜君良扯下腰间的玉佩，放在她的手心里。

"这块玉佩，是当年要给你的，这些年我一直放在身边，现在，物归原主。"

孙蓬摊开手，慢慢合拢握紧。

她靠在杜君良的肩上，双眼疲乏。

她听见杜君良说："这些年，我好想你啊。"

杜君良，这些年，我也想你。

他们没有看见，港口的另一边，燃向天空的烟花。

是为了他们相遇相认的庆祝，也是天津卫形势大变前，唯一的警响。

远处有船只缓缓开来，甲板上，索恩光一脸愁容。

下人跑来："老爷，没法子联系上。"

索恩光掩面坐在船椅上，摇摇头，眼睛充血。

第四章

北风边的秘密

(一)

索昭发现，索真最近常常魂不守舍。

那日在花园里逮着她，接连追问，他才知道娘亲给她说了门亲事。

"你心里怎么想？"索昭皱着眉头。

索真面色不好："哥哥，我不想嫁。"

"可你总有嫁人的那一日。"

"我不想嫁给我不喜欢的人。"心急说漏了嘴。

索昭叹了口气，即使他早早要她断了念想，可这妮子心还挂在杜君良的身上。

"你呀！"索昭拿她没有办法，不舍打，骂也心疼。

最后，他说："我去同娘亲说道说道。"

见存着一丝希望，索真扑进索昭的怀里："谢谢哥哥，果真还是哥哥待我好。"

索昭推开她："大姑娘了，怎么还不知羞耻？"

索真较劲："哥哥还是偏心，你对琴妹就不会说这些话。"

索昭不再理她，摇扇走开。

路过索恩光的房间时，他发现房门紧闭，没有动静。

前日夜里父亲从上海回来，便一直把自己关在房间里，昨日清晨他来请安，也被娘亲给打发走了。

不晓得今日，是不是还在歇息着。

杜君良来接孙蓬时，在后门看见背着学堂书包准备翻墙的小曲儿。

小曲儿个子小小的，手脚倒是长，他走近时，人已经爬上了墙头。他抬手抓着一只脚，吓得小曲儿哇哇大叫。

"我错了我错了，放过我吧！"小曲儿双手抱着墙头不肯放，生怕被人逮下去毒打一顿。

可是那人却一直抓着他的脚，不再有其他动静。他偷偷睁开半只眼，见杜君良一脸坏笑盯着他，这才松了口气。

"哥哥，你怎么在这里？"

他逗小曲儿："同你一样，准备翻墙。"

小曲儿跳下墙，追着问他："我翻墙是为了进去找姐姐，你呢？是找琴姐姐吗？"

杜君良点头："找着她，绑起来，带回家做媳妇。"

小曲儿拍手叫好："真的吗？那到时候我要吃喜糖。"

杜君良伸手刮在他的鼻子上："好。"

一直到上了车，杜君良想起跟小曲儿的约定，还是忍不住发笑。

孙蓬好奇地问他："从刚刚进了院子你便一直在笑，是有什么喜事吗？"

车往城外开，那里有片天然的花园，这时候花开得正好，他想带她去看看。

杜君良闭口不言，一只手拉着她的手，怎么摸都摸不够，真如约定里的那句，找着她，绑起来，带回家做媳妇。

在园子里来回两趟，他的眼睛一直追在她的身上。

有些时候心里只要生了想法，就很难消磨掉。

他犹犹豫豫好几回，最后那一次，她险些摔进土里。

两手扶着她，他的下巴就顶着她的额头，将她拥紧了些，不愿意撒手。

"君良。"

她的声音真好听。他想。

"君良。"

拳头轻轻砸在他的背上，原来她也怕弄疼了他。

所以，他等不了了。

他拉开她，对上她的眼睛："你愿意嫁给我吗？"

孙蓬想也没想，应了他："我愿意。"

"那我马上回家让爹爹来提亲。"

"好。"

两个身影在开满花的院子里消失不见，杜君良背着她一路奔跑。

相爱的人，时时刻刻都想在一起，况且他们分别多年，更想把丢失的那几年补回来。

杜君良送她回索家，分别前，他说："你等我，我明日就来提亲。"

孙蓬笑："我等你。"

一个晚上而已，她等得及。

可是，来不及了。

那个晚上，杜君良被杜西臣关在房间里，这门亲事，他想也没想就拒绝了。

杜君良摔了房间里的所有东西，人颓在地上，喃喃地开口："当年你留我跟我娘在北风边，说一年就回来。她等了你五年，等回的是你发了迹娶了妾。她恨你，因此郁郁而终，现在，你也要逼死我吗？"

杜西臣站在门外，手里的水烟壶已经燃尽了。

他没敢跟自己的儿子坦白。

当年他只是个小米贩，愁得不知道下一顿如何解决的时候，同屋的几个男人听闻索家上山接亲女，车上有不少银票和珠宝。几人一商量，决定干下这一票。

那一天他没敢上前，躲在树后面，亲眼瞧着同屋男人急了眼杀人，那个女娃身上中了一刀，是死是活他不敢去探，抢了银票和珠宝就跑了。

后来，靠着那些钱一步步往上，他成了这座城市里的传说。

他举着洋酒杯跟女人在舞池里摇晃，后来娶了那个女人，糟糠之妻带着孩子寻了来。

几年之后，孩子说要娶索家的女儿。

这些年夜里，他常常梦见那一日，心里堵得慌，只能醒着等到天亮。

"爹，我喜欢她，我这辈子只要她。"杜君良还在屋里喊。

杜西臣摇摇头，背手去了书房。

而另一边，孙蓬脚刚落西院的地，东院就来了人。

她许久不进东院了，跟着丫鬟绕过一扇又一扇门，已经分不清哪扇门住着哪个人。

大夫人坐在正厅里，一身花色旗袍显得气色尤好，手里托着茶杯，见她来，让她跪在地上。

"听管家说，你近日跟杜家的公子走得很近？"

即使跪着，她也挺直了腰，垂着眼，没有答话。

大夫人任由她的放肆，嘴角冷笑："民国初年，索家的马车在路上遇了劫匪。我当时便想，连老天爷都在帮我，不愿意见野种进门，可是我没想到，你来了。"

她的语气里有恨，可是更多的，是没有温度的轻松。

"前些日子上古德寺，昭儿回来同我说，那贱人养在寺里的时候，身边还有个女娃，是奶娘的侄女。"

大夫人站起身来，走到孙蓬的面前，蹲下来看她："那个女娃叫孙蓬，你认识吗？"

孙蓬身子一怔，险些摔倒在地上。

"从小一起长大的情分，所以索琴死了，你便替了她进索家的门，是不是？"

她一直没有开口，她心里明白，身份被拆穿，她跟婶娘都完了。

不过也好，这些年，她很累。

佯装成另外一个人的身份，日日担惊受怕，这样的日子早些结束也好。

做个平常人家的女儿，现在想想，原来是如此幸福的日子。

她抬起头："是。"

（二）

民国八年，七月初七，宜嫁娶。

杜家门上挂着大红灯笼，下人们忙着在正院里搭桌置布，天津卫里的官员和富商来了不少，杜老爷在前厅跟人说着话。

下人一阵小跑，凑在他耳边："连老爷来了。"

杜西臣起身跟在座的客人告了辞，人往书房去，推开门，穿着一身军装的男人背对着他。

"连兄。"

连其深回身，回礼："杜老爷今日大喜，当贺当贺。"

杜西臣请他入座："连兄客气了，若不是连兄，我也不能跟索家结上亲家。这中间，多亏了连兄啊。"

连其深摆手："我早听说，公子跟索家小姐情意相投，好事成双罢了。"

连其深，北大毕业之后，赴上海耘济铁路局任职，后来一路扶摇直上，组织上海市政委员会，被推为主席，一时之间风头无两。

没人知道的是，他少时蒙索家太爷照顾，所以索家如今摇摇欲坠，他慷慨解囊，还亲自出面说了杜、索两家的亲事。

那一日，天津城里热闹非凡。

杜家公子迎娶索家小姐，两家永结同好，街上鞭炮声响了三十四发，寓意生生世世。

杜君良在房间里坐立不安，他迫不及待想要见孙蓬，见她穿大红喜服的样子，见她成为他妻子的样子。

他等不及地想要见她。

那时候他在房间里被关了整整五日，他试图逃跑，可是还没出院门，就被抓了回来。

几日没有梳洗，他下巴处已经长出了青色的胡楂，长衫的扣子被他扯烂，整个人颓废得像是街上的叫花子一般。

第六日的早上，房间的门开了。

杜西臣站在他面前居高临下地看他，见了他的模样，恨不得在他的身上狠狠踹上几脚，可毕竟是亲子，更是心疼。

他蹲下来，将杜君良衣衫上的扣子扣上，他说："我已经没了你的娘亲了，我不想没了你。"

杜君良的眼神落在他的身上。

"你想娶，那就娶吧。"

几日不曾进食，杜君良已经没了力气说出一句完整的话："爹，我……我想见她……"

杜西臣摸着他的脸，笑他心急："日子定在三天后，你连这也等不了吗？"

他和她的这辈子，就要锁在一起了。

他等。

花轿来的时候，杜君良反而乱了手脚。

媒婆在一旁叫他踢花轿，他不肯，他说这辈子愿意给她欺负。

后面的人围在一块儿笑，杜西臣连连摇头，只想这儿子真是不成器。

杜君良掀开轿帘，里面坐的那个人是他的新娘，是他的爱人。

他的手不受控制地抖，搀扶新娘的时候，他看见她腰间还坠着他送给她的那块玉佩。

拜过天地之后，杜君良跟着进洞房，却被人拉了回来，酒吃了一圈又一圈，人已经昏昏沉沉。

直到天色黑了才肯放人。

他一路晃晃悠悠走回属于他和她的那间屋子，房间里点着红烛，他脚下不稳，支撑着坐在桌子边上。

他一直在笑。

他心里念了八年的人，再遇见，他还是喜欢她，无论她是什么身份，叫什么名字，这辈子都只喜欢她一个人。

"娘子。"他撑着手站起来。

"夫人。"他走近她。

人生第一次，他这样唤她，一声接着一声，坐在她的身边，脑袋还是晕乎的，可是就是叫不够。

酒气在两人之间散开，他喃喃又唤了几声。

如意秤在手里，他费了些力气坐直身子，面对着她，掀开红盖头。

"啪嗒！"

如意秤掉落在地，杜君良红着眼，冷着嗓子问："怎么是你？"

原来从一开始，上花轿，跟他拜天地的那个人，一直都是索真。

九日前的那个晚上。

大夫人一纸婚书落在地上，那上面，是孙蓬的名字。

"这些年索家养着你，于你已是大过天的恩情了。如今索家蒙难，你该还恩了。"

索家早已没了往日的风光，这两年一直靠借外债维持陶瓷窑的运作，到今年，内忧外患，已经负债累累，债人上门。

婚书上，跟她八字相配的那个人，足足大了她四十岁。

一个花甲老头，娶娇俏娘子。

本该就是庶出的女儿该做的，更何况，她只是冒名顶替的，于整个索家来说，是她仅有的价值。

"你准备准备，九天后启程。"

然后，她就被锁进了西院。

她想过跑，可是雪女为了护她，丢了性命。

那么一个鲜活的人，就死在她的面前。她尖叫，她咒骂，可是没人多看她一眼。

索真中间来过两次，可都被大夫人的下人拒在门外。

索昭夜里也偷偷来过，他想翻墙带她走，可是被下人团团围住，听说，大夫人罚他在祠堂里跪了三天三夜。

她不知道杜君良现在怎样，她好想见见他，拉着他的手，靠在他的背上，听他说说话。

一个夜里，她好像梦见索琴了。

索琴坐在房间里，桌子摊着纸，一笔一画地练字。

方丈得了空来见索琴，索琴问方丈："我有个朋友，叫孙蓬，可是我不会写她的名字，你能教教我吗？"

沙弥来唤，方丈说："下次我教你。"

梦境一转，她看见九岁的索琴，身上还染着血。

索琴抓着她的手，眼泪簌簌而下："你救救我的父亲吧，若是亲事不成，索家就没了。"

翻个身，她醒了过来，眼角有泪。

这些年，她用着索琴的名字，顶着她的身份，好像是该还债了。

七月初七，索家大门停着两顶花轿。一顶，往杜家，一顶，往上海。

她亲眼见着索真上了花轿，鞭炮声在她耳边炸开，炸得她的身体四分五裂，被人推着上了那顶往上海的花轿。

上一次分别，他追着她。

这一次分别，她看着他。

花轿从杜家经过，她看见他背起新娘跨过火盆，他笑得那么开心，如果知道了背上的那个人不是她，会不会难过呢？

她摸着腰间，才想起玉佩早被大夫人抢走了，当年一出狸猫换太子，今日又上演。

可惜了。

她落泪。

可惜了，今日，她才是"太子"。

她的手上，抱着个八音盒，是当年索昭留洋回来时带给她的礼物。

她身边，最珍贵、最值钱的，只有这么一件。

她本来想，在他们成亲那日送给他的。

玉佩没了，这个八音盒，她也没能送出去。

她想，她跟杜君良这一辈子，大抵是无缘了。

　　那下辈子，我们一定要早早遇见，早早相爱，早早相伴。

　　花轿在两日后到上海，花甲新郎掀开轿帘时，里面坐着的那个娇
俏新娘早已经没了气息。

　　她的手里抓着个八音盒，风进来，八音盒落地，有歌声传来，没
人能关掉。

尾声

港口的人说，小曲儿他爹疯了。

听说女儿在当差的宅里被人活活打死，几日之后，小曲儿又同八年前一样疯疯傻傻，跌进海里，也死了。

港口前新开了家面馆，掌勺的是个大爷，别人管他叫刘四叔。

四碗面上了，旧烟枪打在那几个年轻男人脑袋上："吃了快去忙活事儿，还要不要赚钱娶媳妇儿了？"

年轻男人们吃痛，也不敢再多言，吃完了面就准备上工。

刘四叔见门口坐着的男人面生，面叫了三四碗，又一碗空了底。

"小伙子，爱吃面啊？"

男人一口面吸尽，摇摇头。

刘四叔笑他："那你还点这么多，肚子该撑了。"

男人说："我朋友说，这家面好吃。"

"哦？那应该是熟客啊。"

"他姓杜。"

刘四叔点头："我也认识个姓杜的朋友，前几日刚结了亲。"

男人付了钱，起身要走。

"小伙子，你叫什么名字？说不定咱俩认识的是同一个人。"

那人走得很快，远远地，刘四叔听见说："我姓楼，叫楼玥。"

第四卷·八音盒

相爱——奇怪的梦，是他们的前世今生。

第一章

这颗珠子，是我的！

（一）

航站楼中熙熙攘攘，延卮言坐在候机厅，长长的金色阳光透过玻璃幕墙照在他的身上，暖洋洋的温度熏得他昏昏欲睡。

广播里带着电流音的女声响彻整个空旷的空间，面色各异的人从延卮言面前或疾或徐地走过，纷杂的说话声交织在一起，或远或近。

"我半个小时以后就登机……"

"昨天晚上不是解释过了，我真的是出差……"

"办理托运，你再……等等我……"

……

各式各样的声音好像混杂在一处，又好像明明白白地区分开来，清晰又模糊。延卮言渐渐觉得眼皮很沉重，身体越来越疲惫，意识却好像陷入一种玄幻的磁场——就像是置身在旷野里，从地底浮起来一片雾气，渐渐包围在身边，越渐浓重。

怎么回事？

延卮言惊疑不定，他欲摆脱这样的状况，想睁开眼睛，动一动重逾千斤的身体，却越觉脱力，甚至有些喘不过气来。

周遭没有人发现他的异状，路过他身边的要么目不斜视，要么对着电话里或笑或怒地说话，没有人察觉到他的挣扎。

就在这个时候，一个清甜的女声响起，恍若穿过迷雾障障的钟声，震得他恍惚的精神一振。

"请问，为什么我的登机牌打不出来？"

他的眼皮一颤，想睁开眼，却是徒劳无功，额上却渐渐弥漫起一层薄薄的汗水。

"……可是我在手机上显示购票成功啊！"女孩还在说话，语气焦急，应该是在与工作人员争执。

就在延卮言惊疑又无可奈何之际，又一个奇特的声音突兀地占据了他的听觉。

"叮——咚——咚——"像幼时玻璃珠滚落在地上的脆响，几个弹跳后，"骨碌——骨碌——"地顺着地板上的痕迹慢慢滚动，在一片嘈杂中，延卮言清晰地觉出它离自己越来越近。

那种感觉，就像是蝴蝶扇动翅膀时，你却听到风声在你耳边鼓动。

细微的撞击感出现在他的脚边，他猛地睁开双眼，不知怎的，下意识转头直勾勾地盯着珠子滚落声音的方向——咨询台边空空荡荡。

延卮言说不清心底那一丝遗憾是怎么回事，低下头，锃亮的皮鞋边上安安静静地躺着一颗莹润的珠子，微俯下身，捏在指尖，细腻的触感。

陆柒拉上背包的拉链，将滑落的背包背好，一边冲电话那头的好友解释："刚跟柜台确认过了，说是系统出错，帮我重新安排……"

柜台的工作人员趁她看过来时，将登机牌递给她。陆柒笑着道了谢，急匆匆朝安检处走去，扫了一眼登机牌："嗯？怎么变成商务舱了？"

电话那头惊喜道："升舱是好事啊！"

"不会是弄错了吧？"这么想着，陆柒挠挠头，又要转身往回走。

"哎呀……说不定是对丢失你登机牌信息的一种补偿呢？总之航空公司是不会做亏本买卖的啦，你就安心登机享受吧！"

"是吗？"陆柒将信将疑，抬头看了眼立柱上的时钟。柜台前又站了几个人，犹豫着转身。

延卮言将手中的咖啡饮尽，浓郁的苦涩在味蕾上展开，捏捏鼻梁，才感觉那股困倦稍稍减退。他捏着手中的纸杯，向立柱边的垃圾桶走去，与人擦肩而过的瞬间稍稍顿步，却没想到，那人突然又转过身来，两个人不期然地撞在一块，延卮言手中的纸杯不自觉脱了手。

陆柒眼睛还黏在登机牌上，犹豫不决，转身之际，肩膀上传来的撞击感让她手中抱着的画稿脱了手，纸张就像是浮在阳光里的尘埃，兜兜转转向下飘落。

"啊……我的画稿！"陆柒惊呼一声蹲下身。

延卮言被撞得向后退了几步，险些踩到一张，扫了眼不远处蹲在地上的人，只有一个背影，白色的T恤衫将单薄的脊背勾勒出一个弧形，边缘露出一片洁白的肌肤，军绿色的工装裤口袋里鼓鼓囊囊的……

延卮言打量几秒，有种熟悉感。

但是马上，眼神被她狗啃过一样的齐耳短发吸引。

那实在是太扎眼，漂白染成浅金色，说实话挺漂亮的，显得她那双黑漆漆的猫眼更大了。

但是从这一身装束，延卮言不知怎的就想到了他那个不省心的堂妹……

那可是个十足的磨人精……

这么想着延卮言堪堪将脚步挪远了些，那人正蹲着挪步，像一只青蛙，延卮言心里有些好笑，不自然扯了扯嘴角俯身帮忙。

延卮言拢了拢手中的纸张，朝已经站起身的人走过去"不好意思，不小心撞到你。"

陆柒抹了把额头，顺手接过，正要说没事，却看到那只修长干净的手递过来的画稿边缘——洇开了一块拳头大小的污渍！

陆柒下意识吼了句："烦躁！"

延卮言一愣，顺着她的视线看过去，顿时也有些汗颜，原本顺手捡起的咖啡纸杯中，残余的液体不知什么时候渗了出来。

陆柒将画稿凑到面前，像是在辨别，她伸出一根指头轻轻摩挲画稿的那个边缘，湿润润的。

"啊！完了完了！"

延卮言有些赧然，微微侧目，便看到纸上一个卡通少女翩翩起舞，但是比例不对，显得十分僵硬，大约是工作性质使然，心里话先于大脑思考："比例含糊，线条粗糙，没脏也是垃圾一份……"

陆柒顿住："你说什么？"

延卮言穿着一身笔挺西装，头发有一丝凌乱，眼眶下有明显的青灰色，眼中血丝猩红。

斯文败类！

陆柒心里咬牙切齿。

"先生你不觉得，你应该为这件事向我道歉吗！"陆柒扬了扬手中的画稿。

延卮言一扬眉，微微向后退，躲开那沓快拍到脸上的 A4 纸。

这个声音……不就是刚刚将他从梦中唤醒的那个人吗？

延卮言皱了皱眉，眼瞧着陆柒手叉着腰，气呼呼的模样，实在是让他生不起歉意来："我很抱歉。"

嘴上说着抱歉，但是他的表情非常桀骜，不屑全都写在脸上。陆柒嘴抿得更紧，也有些为难。

"我可以赔偿你的损失……"延卮言看着渐渐汇聚过来的目光，逐渐不耐烦。

"你以为我是想碰瓷啊！"陆柒炸了。

延卮言笑了："即使碰瓷，你那沓……"稍稍斟酌了一下，换了种不太打击人的说法，"确实没什么实际的价值。"

"我……"

此时，广播开始提醒。

延卮言一皱眉，当机立断从钱包里抽出名片："为了这点小事误机不值得，有需要你可以打这个电话。"说完也不理陆柒的反应，向登机口走去。

陆柒捏着名片，哭笑不得，看着那个挺得笔直的背影，恨恨地捏拳骂了句："伪君子！"

突然，陆柒想起自己还在和好友通话，低头一瞧才发现不知道什么时候断线了。

于是赶紧回拨过去，詹知夏焦急的声音立马传过来："你怎么突然挂断了啊？"

陆柒懊恼地看着手中画稿："我学妹的毕业设计啊！刚刚不小心摔在地上，撞我的王八蛋咖啡洒了，脏了好大一块……"

陆柒将事情经过简单说了一遍，简直要抓狂了。

"啊！是哪个浑蛋！"

"这破名片除了个电话什么都没有。"陆柒嫌弃地将名片翻来覆去，将名片背后的 logo 形容了下。

詹知夏趴在床上，手机放在一边，漫不经心地刷着平板电脑上的新番，听到陆柒的描述，不确定地想"那不是我哥的公司吗？"嘴上还是安慰好友："哎呀，那些有钱人都是大傻子，你要是实在生气就敲他一笔呗。"

"嘁——"陆柒脸整个垮了，想起刚才那个男人傲慢的模样，随手将名片塞进垃圾桶，"知夏，我要准备登机咯。"

　　登机后，陆柒按照空姐的指示，找到自己的位置，这是她第一次坐飞机，好奇得到处张望。

　　等到了自己的座位、看清楚身边坐着的人时，陆柒惊了，居然是在候机室的"伪君子"！

　　"真是冤家路窄！"陆柒嘟囔，早知道还不如去坐经济舱！

　　陆柒坐好，目光无意投向边上的座位，登机才多久啊，这位兄弟就睡得不省人事。

　　陆柒撇撇嘴，盯着他眼下的乌青，鬼使神差地，她拉住身边的空姐："请问有小毯子吗？"

　　"稍等一下。"

　　飞机已经平稳升空，空姐将小毯子轻手轻脚盖在延后言身上，他只是微微蹙眉，却没有被吵醒。

　　看起来真的很累。

　　空姐弯腰低声询问她："小姐，是否需要送餐呢？"

　　"啊？"陆柒点点头，抽出背包里的画稿，试图重新画一张。

　　半梦半醒间，延后言其实对于外界的一举一动都听得清清楚楚，从年初开始他就常常会感觉到困倦，经常不分场合就会睡着，梦里那些混乱的场景令他陷入莫名的梦魇中。

　　有时会有莫名的声音在四面八方呼唤他，有时是满目红光的血色，有时候是一间空荡荡的房子……

　　有时甚至分不清真假……

　　就像此刻，他好像躺在黑漆漆的屋子里，耳畔有水珠滴落的声音，半轮毛茸茸的月光悬在窗牖。

清风微晃，豆大的烛火发出嗤嗤的轻响，有一点盈盈的微光渐渐靠近。

有人说："你答应过的下辈子——"

是谁？

一只手轻轻塞进他的手心。

"我来了。"

陆柒看着搭在被角的手，有种熟悉感，不知怎的，又想起好几年前通过视讯电话指导她 CG 技巧的、著名 CG 插画师——天倪。

天倪是画手界的一个神话，虽然从来不公开露面，但是凭借过硬的美术功底，收揽了大票粉丝。

他的漫画单行本一经上市立马脱销；曾经参与多部国产动漫的 CG 制作，都是有口皆碑的作品……

只是最近一两年，天倪在网上销声匿迹，就连平时联系的 QQ 也常常是离线状态。

陆柒大学时就视他为学习的对象，接触 CG 制作，是一个偶然的机会下，加入了一个小有名气的原画群，那时她的技术还非常粗糙，刚刚熟悉软件的基本操作，作为一个萌新，天赋性的色感和细节上近乎变态的把控，令她获得了不少赞誉和鼓励，这也让她飘飘然起来，这时候，是天倪点醒了她……

就在陆柒陷入回忆之际，延卮言手指动了动，全身止不住地颤抖起来。

陆柒将滑落的毯子往上提了提，延卮言的手却警惕地抓住她。

陆柒一怔，下意识抓住那只手，凉得像冰。

延卮言额上濡满了汗水，满脸痛苦，嘴里含含糊糊地说着什么。

"你说什么？"陆柒侧耳。

“我们，会有下辈子——很想你。”

陆柒浑身一震，仿佛被手抓牢的是她的心脏，说不上来的感觉，就好像是某种等了许久的事情，终于达成圆满。

陆柒没有注意到，延卮言的口袋里那颗珠子发出润泽的微光，透过黑色的布料一点一点消散在空气里。

那一瞬，延卮言猛地睁开眼睛，陆柒的脸放大在他眼前。他眼睛里绽放出一丝精芒：“你在做什么？”

陆柒也因为这句话，涣散的目光变得清晰起来：“我……”

延卮言这才看到她抓着毯子的手。

他赶紧松开，坐起来几分：“谢谢。”

“小姐，你的午餐。”空姐笑着走过来。

“哦，你等等。”陆柒转身从包里翻出钱包，“多少钱？”

空姐端着餐盘，明显一愣，转而又笑起来，好像又觉得这样不妥，抱歉地收回笑容，将餐盒一一摆在桌板上：“这是免费提供的。”

陆柒抬起的手顿在半空中。

延卮言侧目，瞧见陆柒明显有些尴尬，解释道：“这是在航程中供应乘客的餐饮。”

陆柒挠挠那头浅色的短发，收回钱包，脸上浮现不自然的红色：“这样啊。”

延卮言想起航站楼里这个女孩张牙舞爪的模样，嘴角又浮上笑容。见陆柒看过来，他伸手捏了捏鼻梁，借着掩盖笑意，肘部接触到口袋里的硬物，疑惑地伸进口袋，摸到一颗冰凉的珠子。

突然想起来，这好像是登机前捡到的。

延卮言捏着珠子，珠子照在阳光下，表层有星星点点的光斑。

刚才的梦里——好像也有颗珠子，会发出莹莹的微光……

"这颗珠子……"身边的陆柒突然出声，"这是我的！"

（二）

天津，机场。

一辆红色的跑车轻巧地拐进车位，车里的女人拿出手机拨了一个号码。

没等多久，电话里传来一个男人的声音："喂？延总还有多久到？"

"还有半个小时。"女人对着镜子整理了一下绾好的头发，"你在哪儿？我过来找你。"

电话那头沉默一瞬："索小姐，接机这样的小事，还不需要劳驾你亲自来一趟吧。"

索琳琅看着镜子里精致的妆容，自信一笑："漂亮的女人本来就比较任性不是吗？"

挂断电话，索琳琅看着手机，备注是一个"楼"字。这个男人是这次古风项目特聘来的顾问，对古物很有研究，行踪诡谲，行事出乎预料，就像此次接机，他突然就说要跟着一起来。

索琳琅摇摇头，真是一个很奇怪的人。

玻璃幕墙前，男人看着已经挂断的电话，透过玻璃幕墙望向澄澈的天空，耳朵上的黑曜石耳钉在日光的折射下闪烁出光芒。

他喃喃低声道："没有用啊。"

出机口。

"那颗珠子真的是我的！"陆柒从延卮言的左边转到右边，焦急地解释。

延后言头疼地揉揉额角，看她急切的模样突然就想逗逗她："那是我在航站楼捡到的，而且你也不能说明珠子上的特征啊……"

不知道为什么，两个人都觉得那颗珠子，冥冥之中和自己有些难以言说的联系。

"是我在一间木屋挖出来的！"

"挖出来？"延后言哑然道。

"没错！"

延后言用一种看神经病一样的眼神看向她，刚要说话，一个女人迎上来："延先生，你好。"

"我是此次奇幻古风动画电影合作的负责人，我叫索琳琅。"索琳琅郑重地向他伸出手。

延后言应声看过去，面容姣好的女人妆容合宜，眼睛一眨不眨，全是自信从容。

他不冷不热地点头回应："你好。"

陆柒望着笑着你来我往的两人，没来由地生出一阵气闷："喂，大叔，你到底还不还给我！"对着别人笑眯眯，对我就凶巴巴的！

延后言有些无奈，小声说："你稍等一下。"

陆柒鼓着脸，与索琳琅看过来的好奇视线撞在一块，大大的猫眼里闪烁着张扬的不羁。

索琳琅一愣，随即笑了开来。

陆柒不晓得心底突如其来的难受是怎么回事，喉头一动，但终究什么也没说。在两人没有注意的时候，陆柒悄悄靠近延后言，她隐约记得他好像把珠子顺手放了……她的视线落在延后言右边的西装口袋。

陆柒蹑手蹑脚地躲在转角处，视线望向不远处还在谈话的两人，她在口袋里捏了捏，冰凉圆润的触感，于是狡黠地笑了起来。

"我看到了哦。"身后传来一道戏谑的声音。

陆柒脊背一僵，心里一惊，立马旋身："谁？"

男人靠在墙角，嘴角带着似笑非笑的笑容。

"你说什么？"陆柒惊疑不定。

"装傻是没有用的哦。"男人歪着头就像是看一个撒谎的调皮孩子，说着还眨了眨眼，"不过你放心，我会替你保守秘密的。"

陆柒紧紧捏着拳头，只见原本靠在墙上的男人一条腿用力支起身体，嘴唇张合，低声说了句什么。

陆柒紧盯着他，而男人似乎并不在意她的警惕，反而很从容地走到她身侧，顿了一下，轻声喃道："重要的东西要小心保管，不要再弄丢咯，要知道，失而复得真的是很难得的机会呢。"

陆柒愣愣地看着他越走越远的陌生背影，视线被地面上一张名片所吸引。漆黑的底色，用白色的墨水写的几行意味深长的话——去过无数山河湖海，看遍人世离合悲欢，他们说爱是贪心，是得一望二，是有了一世便想生生世世。

落款是一枚深红色的印章。

陆柒仔细辨认半天，才隐约看出来是个篆体的变形字，她不确定地喃喃自语："这是'楼'字吗？"

最后实在是不能确定，遂无奈放弃。

"真是奇怪。"她嘀咕着，向机场外走去，没有发现名片的反面，暗色的"浮生梦"三个字。

索琳琅找了半天才看见那男人慢悠悠地走过来，好看的眉毛皱起："你去哪儿了？"

"厕所。"男人懒洋洋地说，余光却一直留意着不远处的陆柒，想起刚才小丫头手脚伶俐偷珠子的模样，低笑起来。

索琳琅疑惑地看向男人，于是，男人正了正脸色："你特地赶来接的人呢？"

"他要先回酒店。"索琳琅想到刚才延卮言疏离的态度，心里有些气馁，半晌后，眼神又坚定起来——延卮言，我势在必得。

"走吧，回公司。"

"可惜了……"男人笑了。

（三）

陆柒根据詹知夏提供的住址找到了暂时下榻的酒店，此次来天津主要是参加索氏影业的发布会。据说索氏下半年将投资制作一部奇幻古风动画电影，现在正在招聘 CG 插画师，所以陆柒也接到了邀请。

"根据内部消息，这次是以《山海经》做蓝本，你可以取鉴一下。"詹知夏毫无心理负担地透露自家堂哥的公司机密。

"唔，我等会儿去看看。"陆柒埋头琢磨房卡要怎么开门。

"古风我倒是不担心你，但是万一有感情线……"詹知夏深知陆柒创作的弊病。

说起这个，陆柒也有些窘，这一点，当初天倪也曾指出来过，但是陆柒也不知道怎么回事，作品中人物的感情线，她总是有搞得一团糟的本事。

当时天倪还问她："你没有找过对象吧？"

……

"柒柒？"

"啊？"陆柒从回忆中惊醒。

"我叫了你好多声，你想什么呢？"

"没什么，就是想起以前一个大神。"

"天倪？"

陆柒总觉得好友的声音里有种不怀好意的试探感……

詹知夏有些心虚："说起来，天倪跟你在网上聊了那么久，你就没问过他长什么样？"

陆柒稍稍沉默了一下，语带失落："没有……"她也觉得遗憾，想当初，自己怎么就那么实在呢！

詹知夏挂断电话之后，考虑一瞬，还是拨给了自己堂哥。

延卮言此时刚洗漱完，接起电话的时候顺手掏了下西装口袋，意料之外地掏了个空。

在地板上来来回回找了几圈依旧没有找到，稍稍回忆下，脑海中闪现出那个环绕在身边喋喋不休的女孩……

几天后，面试现场。

叫到名字后，陆柒机械地推开门，在工作人员的指引下僵硬地坐在椅子上，直视前方，此时的她，紧张得手心直冒汗。

正对着她的面试官扫了一眼简历，抬眼看她，不由得想笑。

规规矩矩的小学生坐姿，眼神明显是发散的。

于是，他温和地对她笑了一下："陆小姐不用紧张。"

"哦。"陆柒点点头，"不紧张。"

说是这么说，发话的面试官见她刻意板直脊背，明显更紧张了。

失笑之下，坐在一边的延卮言发话："那么，就开始吧。"

陆柒听到这声音，不自在地在膝盖上搓了搓手，余光一瞥，赫然发现坐在左边冷着脸的家伙。

他怎么在这儿？

延卮言的眼神阴恻恻的，陆柒瞬间觉得口袋里的珠子——开始烫手了！

延卮言接过递过来的简历，低头浏览，然后嘴角一抽。

只是短短地一瞥，陆柒发誓她在他脸上看到了不敢置信。

延卮言挑眉："你就是拾叁？"

那是一种怀疑的口吻。

陆柒觉得自己的专业受到了轻视。

她抬头，掷地有声："是，我就是拾叁。"

（四）

时间要回溯到赴往天津之前。

"延总……延总？"

延卮言睁开眼，眩晕感如约而至，缓了好一瞬才清醒过来，会议室里的视线统统聚焦在他身上。

方才因为播放投影，会议室熄了灯，也就十几分钟，没想到自己还是睡着了。

延卮言伸手接过秘书递过来的咖啡，抬眼看见肖秘书眼底的担忧，有点懊恼地揉揉发胀的额角，淡淡说了声："继续。"

他从锃亮的桌面反射中望见自己疲惫的脸，眼眶下一片浅黑。

会议结束后，延卮言从座椅上站起身，一瞬间天旋地转，他兀自强定住身形，快步朝办公室走去。

肖秘书迅速收拢桌面上的文件，快步跟上，和路过的同事打招呼的时候脸上与平常无异，然而却忧心忡忡。他跟着延总做事已经好几年了，最近延总的精神状况越来越差，晚上迟迟睡不着，好不容易睡着了，又整夜整夜做乱七八糟的梦，连医生也说不出是什么原因。今年年初开始就更严重了，经常一个晃眼就看到他已经睡着，本来叫一声就能把他叫醒，今天却……

肖秘书心里七上八下，但做事还是非常麻利，将一杯新泡好的咖啡递过去，延卮言头也没抬地接过，一只手在鼻梁上烦躁地捏着，从微蹙的眉头和抿成一条直线的嘴角看得出他内心的焦躁……

肖秘书张了张嘴，突然有个迷信的想法——不会是，惹上脏东西了吧……

延卮言挥了挥手示意肖秘书出去，等到门关上后，他整个人陷进皮椅里，浑身上下泛起一阵酸痛，右手撑着脑袋，视线顺着拉开的百叶窗望出去……

他，就像是正在锈蚀的齿轮，随着时间的累积日渐笨拙，不知道什么时候会报废。

延卮言恨不得将大脑撬开细细筛选一遍，看看到底是哪个部分出了错。他不是没看过医生，可是医生一通检查下来只告诉他身体机能一切正常，建议他调整作息时间，然后开了一堆没用的药片。

都是那些该死的梦！

办公室的门被"嘭"的一声推开，詹知夏大剌剌的声音传了进来："哥！哥！"

肖秘书束手无措地跟在詹知夏身后，苦着脸："延总……"

"没事，你先出去吧。"

詹知夏跑到延卮言的办公桌边，看延卮言不善的脸色，乖觉地收住姿态："延总。"

延卮言从小就拿自己这个跳脱的堂妹没办法。詹知夏是他二姨家娇养着长大的女儿，念书的时候就是个十足的惹祸精，大学就更离谱，放着好好的金融不学，瞒着家里转了美术系，被发现后家里一通鸡飞狗跳，偏生她自己没什么事，他们这些帮忙瞒着的堂兄弟倒是遭了大殃！首当其冲是他，被他妈指着鼻子骂带坏了妹妹，谁让他就是美术出身，就连公司都是专营漫画出版。

"又有什么事？"延卮言头疼极了，当初二姨拜托他照顾她的时候，就应该狠狠地拒绝。

詹知夏扁扁嘴："你上次不是说，我如果能把漫岛平台的项目浏览提高10%，就资助我去塞舌尔玩？"

"哦？"延卮言一挑眉，没想到她还记着，提高10%可不是说着玩的。

果然，詹知夏立马嘚瑟起来，将手里的文件夹摊开："喏——这是这个月的数据。"

延卮言扫了几眼，手指点在一个名字上，眼神凌厉："这个拾叁，是那个恐怖式言情的画手？"

詹知夏心里一"咯噔"，没想到她哥还知道这个，顿时有些心虚"是啊，我把她挖过来费了不少工夫呢！你看我都有黑眼圈了……"说着，指着眼眶凑近延卮言。延卮言嫌弃地伸手抵住她的额头，嘴角却不禁弯起一个不易察觉的弧度。

詹知夏见他似笑非笑地望着自己，恶向胆边生："哥，你可不能不讲信用啊……"大有你不答应我我就去告状的意思。

延卮言手上操作打开漫岛的网页，也不管詹知夏在耳边碎碎念。

说起拾叁这个画手，算得上近几年新锐画手里实力比较突出的，从她的作品里就看得出美术功底不错，画风细腻，非常迎合现下的读者。当然，她也有一个非常严重的短板——在她的故事里男女主角的感情线堪比车祸现场，但是偏偏就是这样诡异的风格，招揽了为数可观的读者，新入坑的读者内心无一不是满屏的"什么鬼"！而死忠粉已经习惯她的画作特点，一边呐喊着"恳请大大手下留情"，一边死活赖在坑里不愿出去。

延卮言调出最近的新番，源源不断的弹幕闪现。

——这些马好生臃肿。

——我做错了什么要让我承受这些！

——所以这章主诉两匹马的感情线？

——我的天，我家大大已经放弃了吗？

……

一个标红的 ID 悠悠划过。

拾叁：为什么你们的关注点这么奇怪？没人看见旁边谈恋爱的男女主角吗？[抓狂]

——大大的故事里居然还有男女主角这个玩意儿！[惊恐]

——啪啪打脸！

——[微笑]

……

延卮言看着互动区的热闹，也忍俊不禁，詹知夏一直有眼色地观察他的表情，看见他嘴角的笑意吁了长长一口气："哥？"

"这是你挖来的画手？"延卮言知道自家表妹，于是语气更加意味深长。

整个编辑部都知道，詹知夏的市场敏锐度数一数二，但是说起挖掘画手，呵呵，那不是去谈合作，而是去结仇的。

詹知夏小胸脯一挺："那是当然！我可是……"

"好啦好啦，"詹知夏看着自家堂哥心里发毛，干脆挥着小白旗投降了，"她是我大学闺蜜，我跟她打包票拿到天倪的全套漫画特签……"詹知夏的声音越来越小，不是自己不道义，实在是敌人太强悍。

"哦？"延卮言瞥她一眼，她脑后一紧头皮发麻，果然听到她哥语气不善道，"拿我做筷子，还要我赞助你旅游？全套特签？"

"天倪"是延卮言曾经的笔名，知道这个内情的，原画圈里没几个人。

詹知夏的脸立马垮了："哥，哥！你就算不可怜我，也可怜可怜忠心耿耿的粉丝吧！"她可是向柒柒发了誓的，也不知道柒柒怎么这么迷这个没有人情味的家伙。

"行了，出去吧，我要工作了。"延卮言面上一派淡然，心里也暗暗吃惊。当初因缘际会曾和这个拾叁稍有交集，时至今日，他已经退出这个圈子好几年，笔名都已经渐渐被人淡忘，没想到她还记得。

这种感觉，其实……还不错。

詹知夏嘴一撇，踱着步不愿意走，但看延卮言明显懒得搭理她的模样，恨恨走了出去，心里恨骂："吸血鬼！延扒皮！"

门关上的前一秒，延卮言做了一个妥协："自己去找肖秘书安排假期航班。"

詹知夏闻言一把推开门，冲过来："哥！我太爱你了！"

延卮言被她吓了一跳，装模作样地瞪了她一眼。

詹知夏讪讪地吐了吐舌头，脸上喜色不减。

"自己安排好手上的工作，别到时候又有人……"延卮言嘱咐道，眼睛扫过电脑屏幕，视线就像卡住了一般停在了屏幕上。

詹知夏好奇地顺着他的视线看过去，是柒柒最近的新作，还在连载中，正好是她负责编辑。

被放大的图片上是一栋古色古香的建筑，红墙绿瓦，画得很细致，屋顶上瓦片压得密如鱼鳞，泛黄的木质栏杆沟壑纵横，门廊雕金绘漆的牌匾边悬着两盏红纱灯，连同底下长短不一的穗子被风吹得摇晃。

有什么不对吗？詹知夏正在心里嘀咕，就听到延卮言小声喃喃道："浮生梦……"

知夏一惊，仔细看了眼，画上的牌匾里模糊成一片，看不清名字，但是熟悉的画面感令她的记忆回笼，她想起大学时陆柒给她看过与这个格局别无二致的建筑，当时陆柒还说过，这是她老家那边的一家店铺，名字就叫"浮生梦"。

"嗯？哥，你怎么知道浮生梦的？"

"你知道？"延卮言诧异。

"这是柒柒，哦，就是拾叁，她说那是她老家的一家店铺……"

店铺？这明明是他梦里经常闪现的画面！

"在哪里？"

知夏被他的急切吓了一跳，捏着手半天才想起来："好像是，风颂镇。"

（五）

悬聚在桌沿的水滴不堪重负坠落，砸在坑坑洼洼的画纸上。

"吧嗒——吧嗒——"水迹顺着纸张的纹路，氤氲开浅红色痕迹，丝丝缕缕。

趴在桌面上的陆柒不安稳地皱着眉，嘴里喃喃着什么，额头上一片汗水，捏成拳的手不安分地在桌面上划动，撞倒桌边的瓷质笔筒。笔筒骨碌碌顺着桌面向外滚动，笔直坠落——一只骨瘦如柴的手立马接住，将笔筒搁回桌面，然后将手背回身后。

楼婆婆走到不远处破旧的矮柜边，上面放置着一个打开盖子的八音盒，漆脱落得斑驳的手柄兀自嘎吱转着，却没有发出声音。

楼婆婆枯瘦的手指在深褐色的纹路上轻轻抚摸，扭头看了眼呼吸渐渐急促的陆柒，混浊的眼里闪过一眸忧色。

在陆柒的梦里，昏暗的天空，连光线都是灰蒙蒙的，压得让人透不过气。人们都聚在大榕树下神情激动地讨论什么，一个小孩急切地跑向他们。

"不好啦！不好啦！钟伯刚刚晕倒之后就发梦话，嚷嚷着在被火烧，疼……"

一个胖女人闻言顿时呼天抢地："天煞的一定是那个丫头用那个盒子施了什么妖法，我男人怎么这么可怜啊！我该怎么办哪！"

远处的巷子里，一个身材佝偻的老婆婆从房里走出来，就听见身后稚嫩的声音困惑问："为什么他们要打死我？"

婆婆转过身，看着瘦巴巴的小女孩抱着个八音盒，她费力地弯下腰，摸摸小女孩还沾着灰的额角："他们只是太害怕了。"

"可是我什么都没有做，他们为什么要害怕？"

"人们会害怕超出常理的事情，你不要在他们面前打开这个盒子。"

"为什么？"

"这个盒子里有八风之音，普通人听不见，但是夜深人静的时候，他们会看到前世今生。"

"叮——"的一声，就像平静的水面被搅乱。

陆柒趴在桌案上，白净的额上布满了汗水，压在脸下的手不自觉地紧紧攥住，嘴里急切地喃喃："关上……不能打开，关上，关上……"

楼婆婆轻声叹一口气，走过去将八音盒的盖子盖上，佝偻着背推开斑驳的窗户，用锈蚀的铁钩钩住，霎时阳光充盈满室。

陆柒眉间渐渐舒展。

桌面上零乱的画稿上云雾缭绕，雕栏玉砌，庄严圣洁，一片瑶池仙境之感，远处有衣袂飘飘的女官翩翩起舞，还有丝竹管弦的乐声交织在一起，席间一片祥和。

画的右侧大团大团的芙蓉花簇拥着，披散着头发的男人散乱着外袍醉卧花间，千金万重的繁复发冠随手丢在地上，他面前的玉桌上，银壶翻倒，酒液潺潺流出，涓涓汇聚在桌沿滴落……

楼婆婆的视线凝在画上被男人的衣角覆盖了一半的物件上，那是一面镜子，镜子顶端镶嵌着一颗光华璀璨的夜明珠。

干涩的嗓音就像老旧的木门嘎吱嘎吱，楼婆婆一边绕过书桌一边缓缓开口："镜花水月，竹篮打水。"

说着，慢慢向屋外走去。

第二章

大叔，你要和我一起吗？

（一）

延卮言盯着坐姿规矩得像小学生的陆柒，手指在桌沿上一下一下地敲着。

说实话，她的履历很简单，但是资料里附带了许多往期作品节选。

那些纸张在面试官手中轮流传阅一遍，象征性地问了几个问题，互相不着痕迹地点了点头。

而延卮言自始至终保持着沉默，他将几张古风作品并排摆在桌上，半晌，他漫不经心地看着陆柒："你的创作灵感源自何处？"

陆柒愣住了，稍加思索，试探性地答道："我的梦境。"

延卮言嘴角一僵，脸色变得更加沉重。

陆柒看见他表情的变化，心一悬：不好，是不是这个说法太不靠谱了？

于是，她赶紧补充道："我是说有时候，我的梦里会出现一些片段，我会将这些当作我作品的素材取鉴，丰富我的作品。"

这番说辞后，延卮言沉默着，直到边上的面试官忍不住出来打圆场："那，面试就到这里？"说着看了一眼延卮言。

延卮言微微颔首。

陆柒目光顺着飘过去时，延卮言刚刚抬起头，两个人目光对视，却又很自然地移开了眼睛。

面试结束后，陆柒还有些摸不着头脑，站在索式影业办公楼下，回头看了一眼面试场地所在的楼层，总觉得自己遗漏了什么重要的东西。

但很快，她的注意力被一阵飘然而来的香味吸引，眼睛瞬间亮起来——包子！

天津的狗不理包子被誉为"津门三绝"，来天津一趟，不吃那不是亏了！

转瞬间，陆柒就把面试的郁闷抛在脑后。

延启言从地下停车场出来就看到这样一幕，路边的小凉亭里，女孩捧着包子一脸满足，咬一口，大概是被烫到，皱着脸吐舌头不停哈气。

车子快速驶过，这一幕也就几秒钟。

而那个笑容却实实在在停在了脑海里，延启言失笑，还真是个没心没肺的小丫头。

车子马上就要拐弯，他鬼使神差地看了一眼后视镜，女孩的身影渐渐模糊，脑海中突然响起堂妹曾说过的话："其实拾叁不是考上的大学，她是特招生，是当时一个教授在外采风，途经她家乡，发现了她的绝对色感。"

当时他不过是抱着对拥有绝对色感的人的好奇心，将她拉进自己所在的原画群。

当时，她的笔触还十分稚嫩……

没想到短短几年，已经成长为原画圈里的中坚力量。

延启言眼神一暗，嘴边浮起一丝笑容。

陆柒坐在凉亭里，两条腿一晃一晃，看得出心情不错。

一辆黑色的车突然停在面前的马路边，车窗慢慢放下来，露出不久之前才见过的脸。

陆柒鼓着半边脸，吃惊地看着延卮言。

"上车。"言简意赅。

陆柒心中警铃大作，同时也有些蒙。

这是要秋后算账？

"快点，这里不能停车。"延卮言望一眼后视镜，不耐烦地催促道。

陆柒手忙脚乱地收拾东西，拎着一堆塑料袋小跑过去，上车的时候因为紧张，被车门绊了一跤。

延卮言这才看清她手里那些乱七八糟的东西。

麻花、炸糕……应有尽有。

这是一日游来了？

陆柒注意到他的视线，愣愣地将手送了过去："要吃吗？"面试那么久，应该……是饿了吧？

延卮言收回视线，一言不发地开车。

行驶途中，气氛一度尴尬。

就在陆柒思索着要不要装睡时，对方先开了口："我看你的画作风格有点像天倪？"

这句话就像兴奋剂，陆柒立刻精神振奋："你也看天倪的作品啊？"

延卮言瞥她一眼。

陆柒微赧："也是，他那么有名，你看过也很正常。"

像是打开了话匣子，陆柒有说不完的话："我确实有段时间在模仿他的，他是我的偶像，也是我绘画生涯中的良师益友。"

"哦？"

"我刚刚进入这个圈子的时候……技术很一般，当时的前辈们大概顾及我是个女生，一般也是提出我的优势借以鼓励我。"说到这里，陆柒不太好意思，当时的作品她都有保存，每次回头去看，都会发现许多"致命"的缺陷——最基础的笔触边缘也不够柔和，设计出来的场景、形象都很单一……

"那时，学校不教这些，从没有人指导过我该怎么做，我只是囫囵地将我脑海中的画面画出来，就像现在，我视线的焦点落在你身上，我的着重点就在你身上，就会忽略整体的关系……"

延卮言听得很认真，即便这些过程是当初他一眼就看出来的。

他的指尖在方向盘上敲击，只在她看过来的时候微微点头，示意自己在听。

"那时我知道自己的技巧存在问题，却没有方向。这时候是天倪点醒我的。"陆柒托着腮，回忆道，"一味追求细节，忽略整体关系的把控，这不就是舍本逐末？生命与生命之间，是有牵连的。"

"当时他是这样说的。"她记得很清楚，几乎是一字不差。

延卮言不禁侧目。

"我思考了很久这句话，那段时间我在网上找到他的作品，越看越佩服他。也渐渐明白他所说的生命之间的牵连，那时候我才真正明白了绘画的美妙……你将你脑海中的山、水、缥缈的雾气一一付诸笔下，它们各自存活，但是整体的画面里，你能感受到生命的循环，生生不息。"

她抬眸，双眼熠熠生辉。

"你的作品里有生命力。"延卮言轻声说，如果詹知夏在这儿，一定会惊呼出声。

因为他此刻的表情，是那么温柔。

陆柒忽然不说话了，刚好是个十字路口，红灯。延卮言侧目，少女满脸失落，贝齿轻咬着嘴唇，半晌，低声喃喃："可惜他现在……失踪了，我都联系不上他，也不知道我现在的成绩，在他眼里算不算是合格。"

延卮言定定地看着她，几年前自己从繁忙的绘画之余，挤出时间指导这个有些笨拙的女孩，她不算聪明，常常一个要点要说许多遍，除此之外，她还要私下里温习几天。

有一次，屡次犯同一个错误后，她在他不耐烦的语气下，低落而又羞愧地道歉："明明已经学了好多天，可还是做不好，对不起。"

那时候他才注意到她的情绪不是很好。

那段时间原画圈青黄不接，各种弊病层出不穷，抄袭、热点题材带来的蝗虫效应等等，都让他在这个圈子里挣扎到筋疲力尽。

某次，在他批评堂妹潦草的作业时，不经意提起拾叁，詹知夏头摇得像拨浪鼓："拾叁那家伙简直不要命，半夜三点还在雕刻软件上雕塑，我有自知之明，我做不到！"

那段时间，自己将她的人物造型批评得一无是处……

第二天，照例是检查作品，她的期待都快溢出来了。

有人对你的肯定抱以期待，并为之努力。

那种感觉……

就像是迷途的船只，忽然寻找到灯塔的方向。

绿灯亮起。

延卮言没有动，有些恍惚："不仅仅是合格，天倪会为你骄傲。"

陆柒闻言看向他，湿漉漉的眼睛里雾气横生，好像在说：真的吗？

"你已经做得很好了。"延卮言郑重道。

陆柒声若蚊蚋地"嗯"了一声，扭过头去笑得傻气横生。

转瞬又像想起什么，陆柒扭过头讨好地笑着："那我的面试过了吧？"

延卮言瞥她，眼神凛冽："听天由命吧。"

感动什么的，果然是不靠谱的吧……

"哦。"陆柒鼓鼓脸，不敢再多说。

一路上没有再停，直到驶进酒店，陆柒才意识到：他怎么知道我住在这儿！

上电梯的时候，陆柒不时将怀疑的视线投向他。延卮言敛着眉眼，棱角分明的侧脸冷厉，即便陆柒没见过大世面，用她短短二十年的阅历来说，她的确是没有见过比延卮言长得更好看的男人。

直到电梯里按下楼层，陆柒忍不住了，试探道："你还不回去啊？"

延卮言用看到一个大傻子般的目光看向她："回哪儿去？"

陆柒急了，再淡定不了了："我告诉你，不要以为夸了我几句就、就……就能为所欲为！我……我是正经人！"

端的是义正词严。

延卮言低沉地笑了起来，挑眉，他退后一步上下打量了一下她，就像是在鉴定一般扫描。陆柒给他臊得脸腾地红了，抱着胸直往后退。

延卮言觉得有趣，迈开长腿一步步走向她。

陆柒背靠着轿厢壁，冰凉的金属触感令她浑身一颤，延卮言还在靠近，侵略感十足。

延卮言停住了，险些贴上她。陆柒咬紧牙关，脊背上汗毛直竖，一双受惊的眼睛防备地看向延卮言，心里打定了主意，要是他敢有什么动作自己就咬死他！

在她胡思乱想的时候，延卮言弯下腰凑近她，戏谑道："为所欲为？"

磁性的声音，话尾语调上扬，像钩子一样钩住了她的心弦。

鬼使神差，有片刻的迟疑，甚至在怀疑，自己是否该在"誓死不屈"和"愿者上钩"间徘徊一下？

她没留意到，延卮言不知道什么时候从她口袋里掏出了一颗珠子。

面试的时候延卮言就留意到，她总是有意无意地盖住膝盖边的口袋，在车上也是，明显是在心虚，却还自以为掩饰得很好。

延卮言直起身，看着还没回过神的某人，将珠子送到她面前。

陆柒一惊，伸手就要抢，延卮言眼疾手快地缩回来。

延卮言玩味地看向她，语带嘲弄："有傍身手艺的正经人？"

陆柒脑子轰地炸开了，立刻就明白了刚才一系列举动的用意。

她难堪地转了个身，双手捂着脸，脑门抵在墙上，恨不得挖个地洞钻进去。

"叮——"

电梯门开了。

延卮言看了看仿佛扎根在电梯墙壁上的姑娘，好笑地抓住她捂在脸上的手腕，半拖着将她拉了出来。

走廊上空无一人，延卮言低声取笑："没脸见人了？羞愤欲绝？"

陆柒破罐子破摔般的把手甩开，恨恨咬牙："我脸皮薄。"话毕，她瞪他一眼，而下一秒，她只想赶紧溜回自己的房间。

技不如人，甘拜下风。

他低沉的笑声自身后响起，陆柒深吸一口气，加快脚步。

延卮言几步追上她，在她开口前，抢先将珠子塞回她手里："我住在你的隔壁。"

陆柒看着他指了指面前一间，疑惑油然而生，然而不等她发问，延卮言斜睨着她："你以为我会让你侮辱我的清白？"

还没等她反应过来，一只大手压上她的头顶："早点睡吧，小丫头。"

关门声很轻，却将陆柒震醒过来，咬牙切齿："谁侮辱你清白了！"

陆柒气哼哼地冲回自己的房间，在洗漱的时候，想起自己好像忘了什么。

却怎么也想不起来。

（二）

清晨，陆柒从房间里出来，抬头就看见迎面走过来的延卮言，他穿着一身运动服，额上还挂着密密的汗珠，应该是刚从楼下的健身房回来。

最近两人皆是早出晚归，很少碰上面。

陆柒更是抱着旅游册，将附近的景点都玩了个遍。

"又要去哪里？"延卮言用雪白的毛巾抹了把汗，先开口问道。

"去这家面馆，百年老字号，天津旅游必达景点。"陆柒扬起手中的旅游册，"要一起去吗？"

问完之后，陆柒又咬牙在心里骂自己多嘴，尴尬一笑："我就是随口一问……"

"好啊，你等等，我换件衣服。"

陆柒坐在沙发上，还在懊恼。

延卮言换好衣服出来正好看见她歪着头自言自语。

"你嘀嘀咕咕说什么呢？"延卮言从抽屉里挑出一块手表，套上手腕，"咔嗒"一声扣上。

"没、没什么。"陆柒赶紧转移话题，"你今天不用去做面试官吗？"

"昨天就弄完了，后续的事情就不用我去了。"延卮言走到窗前，试了试温度，走到陆柒身边上下打量。她穿着半袖，套了件浅色牛仔背带裤。

现在是秋季，傍晚温度会降下来。

这么想，延卮言又从衣柜里拿了件外套。

陆柒看他拿在手里的外套，欲言又止。

"怎么？"

陆柒赶紧摇头。

他拿的正好是一件牛仔薄外套，颜色和她的很接近，如果穿上……
就很像情侣衫。

延卮言皱皱眉头："你今天很奇怪。"

"胡……胡说八道。"陆柒眨着眼，欲盖弥彰留下一句，"赶紧走了，
那家店很有名的，到时候面汤都吃不上"，便脚底生风往外跑。

坐上延卮言的车，陆柒摸着皮椅感叹："你在外地还特地买辆
车啊？真是奢侈！"

"不是买的，暂借的。"延卮言想起上次在机场陆柒是见过索琳
琅的，索性就直接解释，"就是上次来接机的索小姐，她是这次古风
动画的接洽人。"

提到索琳琅，陆柒原本雀跃的心没来由地一凉。

这是怎么了？延卮言察觉到她低落的情绪，不明所以。

直到临近目的地，她才重新雀跃起来，明显坐不住了，脑后的呆
毛都虎虎生风。

延卮言在心底松了一口气，暗暗吐槽：还真是六月天，孩儿面。

还真像个小孩一样。

面馆就叫刘家面馆，匾额正中央用行草游龙走凤地书着"刘家面
馆"四个大字，边框上漆了金色的漆，雕着繁复花纹，恢宏又大气。

店内都是复古的装潢，就连柜台都是旧式，账本、算盘一应俱全，
就连电脑都是在桌面上隔着玻璃藏在下头。

"哇，这家店的装潢好别致啊。"

陆柒在门口就蹦蹦跳跳，东张西望。

门槛稍微高起来一截，延卮言见她只顾抬头张望，拉了一把："小
心一点，这有个坎。"

"跨过这个坎儿，鸿运滚滚来。"门口一身短打的服务员精乖地接口。

"多谢。"陆柒怪莫怪样地作了一个揖。

宽松的上衣因为这个动作略下滑，延卮言有点不自然："女孩子别毛毛糙糙的。"

"知道了啦，大叔！"陆柒朝他做鬼脸，顺着他的视线看过来，瞥见肩膀上的浅色细肩带，脸色涨红，"流氓！"

延卮言无言，上上下下打量陆柒。

陆柒后退两步："干……干吗？说你流氓你还真要做流氓啊？"

延卮言直视她的眼睛，直到陆柒都有些撑不住，然后极为认真地在她耳边道："没什么好耍流氓的地方啊。"说完向店内走去。

陆柒目瞪口呆，气得皱了脸，盯着延卮言的背影，这算是调戏吧！

她恨恨捏拳："浑蛋！"

"嗬，两位第一次来吧？"老板穿着一身藏蓝色改良唐装。

"有包间吗？"延卮言问。

"包间在楼上，您跟我来。"

陆柒追上去："去包间干吗，我觉得这下头环境挺好的！"

老板笑眯眯的，极有眼色地顺着陆柒的话，带着两人向里走，引至双人座前，将茶杯倒正过来。

陆柒先在延卮言对面落座。

"嗬，两位要吃点什么？"

延卮言拿起菜单点单，不时咨询老板几句。

"要不来一份我们店的招牌炸酱面？嗬，那可是民国年间传下来的老配方了……"老板三四十岁，看起来十分平易近人，说话的时候总是喜欢带个"嗬"字。

陆柒想：真是奇怪的口头禅。

"那小姑娘你要吃点什么？"店老板看过来，视线和陆柒撞上，陆柒赫然挠挠后脑勺，乱糟糟的短发在后脑勺支棱起来几根。

"和他一样就好！"

面很快就吃完，饭后提供一盅青梅酒。

"这是小店自酿的青梅酒，嗬，免费请两位，可以尝尝。"见两人吃完，店老板将小酒壶提上来。

浅色的酒液潺潺地顺着壶嘴淌进杯底，倒梯形的酒杯上烧着青梅的花样，倒也小巧别致。

延卮言先抿了一口，梅子的清香回味在舌尖上，酒的辛辣反而被带得有些酸甜，于是也没有阻止陆柒的动作。

"好喝！酸酸的跟果汁一样。"陆柒咂咂舌，赞道。

"嗬，那是，我们家酿酒的手艺和做面的手艺那可都是祖传的，少说也有百来年了，经得住客人们细品。"老板笑得眼睛都眯缝了。

陆柒又倒了一杯，悄悄靠近延卮言，犹犹豫豫地问："你说，吃面送酒，真的不会亏本吗？"难怪做了一百来年还是一家小店。

延卮言端着酒杯的手一滞："你当别人都和你一样傻啊……"

延卮言摩挲手里的酒杯，看了两眼店里的桌椅板凳，就连刚才的菜单，皆是仿民国年间的样式。

"酒香不怕巷子深。"延卮言在陆柒快要爹毛前说道。

"嗬，正是这个道理！"

陆柒扫了眼菜单，也不计较这个问题，转而有兴致地问："老板你这店真开了一百年了啊？"

"嗬，那可不，祖上传下来的。一开始也就是路边上赶集的面摊子，祖上攒了点钱就在港口边开了家小店。您二位看看这边，这可都是当时流传下来的老照片了。"店老板指着店里一面墙，墙上贴了满满的旧式黑白照。陆柒惊喜地凑过去，隔着防尘玻璃细细打量，许多照片都已经泛黄，甚至起了毛边。

戴着金丝眼镜、穿着旧式西装的年轻人，着长衫、马褂的憨实男人，花枝招展掩唇而笑的太太小姐……在一张张黑白底色的照片上百花齐放。

"这些都是我爷爷的珍藏了。嘀，那会我真佩服他啊，只要上过一次门的客人下回他都能认出来，我小时候还听他讲过这些照片里头的客人……"店老板一只手覆在玻璃上，眼睛定定地盯着，摇首悠悠感叹。

（三）

照片墙上有一张照片特别显眼，陆柒眼睛都挪不开。

"大叔。"陆柒喊了一声延卮言，视线却一直停在照片上。

"怎么了？"延卮言走过去，想将她在身后挥舞的胳膊压下去，却被她反手抓住。

陆柒抓着他的胳膊将慢吞吞的延卮言拖到身边："你看这张照片真有意思。"

延卮言顺着她的手指方向看过去，那是一张黑白的老式旧照，因为年岁久远，有些地方都开始发黄。

照片中的男女隔着桌，女人一身旧式素色连襟袄裙，梳着未出阁女子的双重髻，鬓发低垂斜插一支素色的珠花簪。

男人拾掇得非常利落，一身暗纹西装，扣子解开，露出里头的马甲。

"新旧两个时代的碰撞，真是不可思议的年代。"陆柒摸着下巴低喃。

延卮言垂首，意味深长地瞥了抱着自己胳膊的陆柒一眼。

陆柒恍然未觉，兀自冲他笑了一下："他们看起来感情真好。"

语气中含着一丝不易察觉的羡慕。

　　的确。

　　照片上，男人正给女人斟酒，嘴角挂着不羁的浅笑，风流无边，眼睛却眨也不眨地含笑望着女人，温柔缱绻。

　　女人坐在那儿，像一株初生于柔风细雨里的杨树，含蓄地提着手帕掩在嘴边，似乎是不好意思，含蓄里带着些大家闺秀的娇怯。

　　明明看起来像是两个时代，不同的衣着、思想、社会地位，就像是历史洪流中两条永不交界的平行线，但那眼角眉梢的互动分明像是在细细诉说着掩不住的情意。

　　"不知道他们后来怎么样了，真希望他们可以一辈子在一起……"陆柒低声说。

　　在看到那个女人的时候，陆柒总有一种说不出的感觉，脑海里也会出现一些奇怪的画面，就像是坐在飘摇的船只上，漂泊不定。

　　她好像能对照片里的那个女人感同身受一般，莫名地，她感觉自己眼前正盖着一块红绸，方方正正的小窗口透着外头刺眼的日光，视线下移，盖头的流苏随着清风微微卷动，水泻流光的红绸裙裾映入眼帘，逶迤的绣凤嫁衣不染尘埃，红得炙热，纤巧的手上抱着个暗色的八音盒……

　　好熟悉的感觉……

　　延卮言收回视线，眼中露出一点笑意，见她似在出神，弹了她的额头一下："胡思乱想。"

　　陆柒被打断，回过神，抱着额头恼怒地看他："这怎么是胡思乱想？相爱的人就应当在一起，哪怕阴阳相隔，心里想的也总会是下辈子的相守。"

　　延卮言一愣，近距离看，陆柒的眉眼称得上精致柔和，此刻，她浑身散发出一种哀怆又偏执的气息，而她在说"阴阳相隔"的那一瞬，延卮言在她的眼神中捕捉到与她平时的乐观截然相反的情绪——深沉而沧桑。

就像是历尽沧桑的大悲大切后会有的沉痛情绪。

"你……"等延卮言想仔细确认，那些诡异的情绪又消弭无踪。

"嗬，说起来，这其中还有段故事呢。"老板见他们起了争执，趁机打圆场。

陆柒马上被吸引过去："哦？故事？我最喜欢听故事！老板说来听听啊。"

老板笑呵呵地摸了摸下巴："我也是听我爷爷提起过，这照片上是杜家少爷和索家二小姐，杜少爷曾是店里的常客了。"

老板思忖片刻，招来一边的伙计，嘱咐他仔细看店，然后招呼两人在桌前坐下，大有好好说道的架势。

想来平时听老板讲述这段风流韵事的客人也不少，伙计从善如流地去了。

老板接着细细说了一场民国年间的天津卫，人人津津乐道的风流韵事。

老板一边说，一边摇头晃脑地呷酒，似乎觉得青梅酒不够劲，叫来伙计倒来一杯烧刀子。

"后来呢？"陆柒追问。

店老板舀了温好的酒壶，悬着空灌了酒杯，飞溅的酒液洒了几滴在延卮言的手背上，温热的，带着一丝灼人的气息……

"哎哟，不好意思啊……"店老板歉意地起身，从边上的纸篓里拿了张纸巾，大概是起得太急，身体不自觉晃了两晃，一个客人正好路过，顺手扶了一把。

老板眼神恍惚一瞬，道谢后，将纸巾递给延卮言："真是对不住，擦擦吧。"

"没关系。"延卮言抿了抿嘴角。

陆柒因为故事被打断，不悦地瞪延卮言，延卮言却像没看见，突然问道："那索二小姐后来怎么样了？"

"死了。"店老板垂眼，添了杯酒。

"死了？"陆柒睁圆了眼，"您刚不是说……"

"是的。"店老板一改之前笑呵呵的表情，面上沉沉，"死了，去往上海的路上在花轿里咽了气。"

正过来添酒的伙计闻言咻地抬头，骨碌碌的大眼珠子在桌上几人身上滚过一圈，欲言又止。

"怎么了？"店老板敲敲桌子，瞥他一眼，眼神凌厉暗含警告之色。

"没事，没事。"伙计心中一凛，心想：老板这是怎么了？

伙计挠挠头，提了酒壶往回走。延卮言听他路过身边时，小声嘟囔了一句："老板平日说的不是这么回事啊，是不是醉了发酒疯呢，人都变了个……"

延卮言闻言，眉头微微蹙起。老板端坐在凳子上，无端有种不可言说的贵气，半张脸藏在昏暗的灯光里，晦涩难辨，在这逼仄小店里有说不出的诡异。

桌上其他人好似都没听见伙计的话，陆柒还兴致勃勃地攀在桌沿追问："那杜少爷呢？他有没有发现？"

店老板头也没抬，手指搭在酒杯边缘慢慢摩挲，音色有些干哑："杜家少爷那晚一掀盖头就发现新娘错了，当时就气急攻心，撕了龙凤喜帐，砸了合卺酒，红鸾花烛趁势将喜房烧了起来，丫鬟婆子急得大叫，后来人是救出来了，但是杜家东厢烧没了大半边。乱事平息下来，下人们才发现，杜少爷早已不知所终。"

"啊？他去哪儿了？"陆柒心跟着悬起来，就好像亲眼瞧见了那一片红光映天，眼底光芒涌动。

"没人知道，就连见过他最后一面的大小姐也疯了，花着脸说胡话，然后就成了天津卫里的一桩悬案，只当杜家少爷死在火海里，烧成了灰烬。"

"你是怎么知道得这么清楚的？"

延卮言不发一言，静默地在一边听着，不知为何，他总觉得这个刘老板透着古怪，一个人的惯性动作是不会骗人的，自从刚才那个年轻人扶他一把之后……

那个年轻人！

延卮言咻地扭头，那人站在柜台前结账，不经意向这边一瞥。延卮言有种错觉，那人脸上像是浮着一层雾气，蒙蒙眬眬，看不清楚。

延卮言的思绪有些凌乱，一阵焦虑感缓缓爬上心头。

陆柒见他表情瞬息万变，皱着眉问："你怎么了？"

他低头随口应付一句："没事，大概……是酒喝多了。"

陆柒刚想取笑，想说"就你这酒量，连我都不如"，低头瞧见他眉头都皱在一块，神色痛苦，右手捂在胸口的位置，大口喘气，才这一会儿工夫，额头上就盈满细密的汗珠。

"延卮言？"陆柒急了，连声叫他的名字，立刻弯腰挽住他的胳膊。

延卮言此刻根本分不出精力来感知外界发生了什么，只觉得有一股庞大的、陌生的情绪渐渐摄住他的心脏，来势汹汹，从头到脚的肌肉一瞬间绷得紧紧的，严阵以待。

而一个思绪占据他的大脑："错了，有什么错了！"

他们在慌乱之下都没留意到，店老板端坐在他们对面，眼神淡漠地呷一口酒，而店里来来往往的人，也对这桌的混乱恍然未觉。

"咔嗒——"

酒碗的碗底磕在桌面的声音。

像极了命运回归原位时，齿轮扣合发出的轻响。

（四）

消毒水的味道盈满鼻尖，延卮言睁开眼看见满目洁白时还有些愣怔。

这是……医院？

他的回忆还停留在刘家面馆，他只记得他们在听面馆老板讲故事，至于后来发生了什么，他已经记不清了，只记得那种难以忍受的阵痛。

延卮言蹙眉，微微侧头，看见埋头在一边不知在捣鼓什么的陆柒，丰沛的阳光洒在她的侧脸，浅色的发梢胡乱翘在盈润饱满的额头上，鼻梁挺巧，浅色的唇瓣微微张开。

陆柒皱了皱眉，好像碰到什么难题，小巧的贝齿咬在下唇。

延卮言一眨不眨，连呼吸都不自觉放轻，看得有些呆了，不小心岔了气，咳出声来。

陆柒立马扭头，将手上的东西往桌上一丢，惊喜道："你醒啦！"

延卮言顺了两口气，坐起来，望向桌上："你刚才在做什么？"

"哦，刚才啊。"陆柒转身回桌上拿了东西又回到病床边，"喏，鲜花赠美人。"

延卮言仔细一看，原来陆柒在苹果上雕了一片蔷薇花，每一朵花都是截然不同的姿态。

延卮言想起自己曾训斥过她画的花束毫无变化，不禁失笑。

"谢谢。"他的喉咙有些干涩，声音沙哑。

"不客气。"陆柒摸摸鼻子，非常不客气地接受了她的感谢，好像根本不记得苹果是索琳琅来探望时买的，而且，除了苹果之外的其他水果，基本都进了她自己的肚子。

陆柒将瑞士军刀擦干净收回去，玩笑道："谁让我是个老实本分的手艺人呢。"

延卮言问起在刘家面馆后来发生了什么，自己怎么会进了医院。

"啊，大叔你都不记得了啊？"陆柒瞪大眼睛，见他嘴唇有些发白，忙跑去给他兑了一杯温水，又滴溜溜跑回来，将水递给他。

陆柒乖巧地坐在一边的椅子上："大叔，你知道你是操劳过度才晕倒的吗？"

陆柒踢了踢床头柜，咳咳嗓子，伸手将自己脸上的表情揉下去，学着医生苦大仇深的口吻："你们这些年轻人啊，就是不知道保养自己的身体，年纪轻轻的就操劳过度，真当自己是钢铁侠啊，以为自己还是十六七岁的小伙子天不怕地不怕吧！一天睡几个小时吧！现在好了吧！住院调养吧！"

延卮言看她鬼灵精的模样，没撑住笑出声来。

"大叔你还笑，你倒是好，躺在床上万事不愁，我被医生念得可惨了！"陆柒瘪嘴，将委屈演了个淋漓尽致。

延卮言拿她没办法，伸手在她额头上拍了一把。陆柒演不下去，嘻嘻哈哈笑起来。

笑完之后，陆柒又吁了口气："不过啊，还好你没事，醒了就好。"

"担心我？"延卮言微微愣了一下，支起胳膊，定定地看着眼前的小姑娘。

"我都快吓死了好不好。"陆柒心有余悸地拍拍胸口。

延卮言嘴角弯了弯，眼角眉梢全是温柔的笑意。

陆柒气道："你还笑。"

"我这是开心。"

"大叔，人不是机器可以没日没夜地工作，要给自己留下一个喘息的空间，没有健康，一切都是空谈。"她说得认真，巴掌大的脸上是少有的严肃神情。

延卮言朝她的脸侧伸手，心里有许许多多的话想对她说，突然很想——抱抱她。

这时，他的脑海里忽然响起另一个陌生的声音，也曾说过类似的关心的话语。

笑容滞在嘴角，延卮言捏着苹果的指尖发白，心底无端地抽了一下。

也就是这一下，他硬生生地截住心底的渴望，只是在她的额发上扫了扫。

这是什么意思？陆柒的脸腾地红了，她怎么觉得，刚才他的手，是冲着自己的脸去的？

延卮言闭上眼，掩盖住眼神中的复杂："我知道了。"

不是他不愿意休息，而是……他觉得自己就好像是活在两个平行世界。清醒的时候，他是延卮言；一旦沉沉睡去后，就会控制不住自己的眼睛、耳朵，还有身体，好像他身体里住着另一个人，那些零碎的画面是"他"的一生。

延卮言看向陆柒，望着发白的指尖，忽然就很厌倦现在这样的状态。

在陆柒不赞同的目光中，延卮言毅然地决定提前出院。

延卮言一边开车，一边好笑地看着陆柒鼓着脸坐在副驾驶上生气。

"小丫头，老是生气会长皱纹。"

陆柒斜他："大叔你很懂哦。"

延卮言低笑："我有个堂妹，年纪和你差不多，整天念叨这些。"

见她还是怏怏的，延卮言提议："听说为了切合这次古风动画电影制作，索氏在展厅有古董藏品的展览会，要不要去看看，找找灵感……"

陆柒撇嘴："我才不用靠这些找灵感。"

延卮言好笑："那你靠什么找灵感？"

"做梦。"

"做梦？"延卮言一愣，差点以为她是在骂人。

陆柒点点头，有些犹豫："我的梦里，会出现一些很真实的记忆。"她说着笑了笑，有些腼腆，"我刚刚完稿的《大梁》，就是根据梦境改编的……你应该还没看过，我的编辑说现在还没有上市。"

延卮言将车驶进地下停车场，正在找停车位，随口接一句："说来听听？"

"嗯……说的是一个小公主……"她捏着下巴回忆。

她说得轻松，全然未曾发觉，延卮言随着她所说的内容，心里掀起惊涛骇浪。

——这个故事，曾完整地出现在他的梦境里。

随着车灯落下，延卮言眼前陷入一片灰暗，又闪烁着一些光。

陆柒脆生生的声线，慢慢变得飘忽不定，就像是一缕青烟消散在天空。在那稀薄的声音里，掺进另一道低声的哽咽："你可以保住梁国的，对不对？"

谁的声音？

延卮言有些恍惚，眼前浮现出一张熟悉又陌生的脸。

蓦地又被一直在眼前晃着的虚影打断。

"大叔你怎么了？"陆柒的声音。

延卮言陡然转醒，远处驶过来一辆车，顺着惨白的灯光，他在后视镜里看见自己满头大汗。

"大叔？"

延后言下意识道："我好像……做了一个梦……"他靠在椅背上，大口大口地喘气，胸口被一股汹涌的情绪占据，心脏就像被紧紧攥住。

"你刚刚做了个梦？"陆柒怀疑地看向他，"你别逗了，你是不是被大灯晃花了脑子！"

延后言沉默一瞬，捏了捏眉心："可能是这样，下车吧。"

坐在座椅上抹了把脸，他才感受到手心的濡湿潮意。

陆柒已经站在车前："大叔你还在干吗，快下来啊！"

延后言扯着嘴角笑了下，把心内的疑惑压下，拉开车门，却看见玻璃在反光的一瞬，刚才沉浸在脑海中的面容，慢慢地，与陆柒的笑靥重合。

第三章
风颂镇的来历

（一）

直到在会场里，延卮言的脑子里还是一团糨糊。

他的眼睛一眨不眨地看着前面没心没肺的女孩，她穿梭在各个展架间，显得兴致勃勃。

他兀自在心底盘算，发生在自己身边这些奇奇怪怪的事情，一直像一团乱麻纠结在一起，他一直都想不通。直到碰到了陆柒，就好像终于找到一个中心点，有了一丝丝方向。

这到底是怎么回事？

就在他蹙眉沉思之际，陆柒却和一个玻璃展架前的工作人员争执起来，延卮言迅速走过去。

"小姐，真的不能取出来。"

陆柒脸色不太好，咬着嘴唇，眼睛里有种莫名的执拗："但是这块玉佩……"

延卮言问："怎么了？"

工作人员苦着脸将陆柒执意要取下玉佩观看的事情说了一遍。

延卮言往那块玉佩上扫了一眼，蓦地就移不开眼。

那是一块圆形的玉佩，以镂空的形式勾勒出两个蓬头笑面的赤脚小孩，一个手里拿着一朵盛开的荷花，一个手里捧着个圆盒，大约是因为年代久远，玉料有些微微发黄，荷花图案处还有些隐隐的暗红色裂纹。

"这是神话故事中的和合二仙，民间素以和合为掌管姻缘的喜神，这玉佩上荷花与宝盒，便是谐和合之美意……"

脑海中咻地闪过这样一句，那话音里温柔的吴侬软语，令延卮言心头发软，更有一阵潮水般的情愫涌了上来。

"延卮言，你跟他们说，这块玉佩是我的！"陆柒用力地揪着他的衣袖，捏在金属袖口上的手指因为过于用力而发白。

延卮言猛然清醒过来，环顾四周，大约是方才陆柒与工作人员争执的动静太大，场馆内的视线都若有若无地注视着这边。延卮言长眉微蹙，拉着陆柒的手将魂不守舍的她拉到一边的角落里。

遮挡住那些探究的视线，他才问："你怎么了？"

陆柒斥白着一张脸，眼睛依旧执着地望着玉佩的方向，喃喃道"玉佩……和合二仙玉佩是我的，你不要被他们骗……"说着说着，她的眼底泛起一阵雾气。延卮言愣了一愣，隔着那朦胧，他窥见了她的慌张与无措。

陆柒现在处于一种完全失控的情绪，延卮言捏捏眉心，他也不知该怎么和她解释。

他拍拍她的肩膀想安慰她，余光却看见有人靠近。他下意识将陆柒往身边拉了拉，抬眼看向来人："索小姐。"

索琳琅在注意到两人牵在一起的手时，愣了一愣，听着延卮言疏离的语气时，心脏像是被什么用力攥住，心里不由得就对他身边低垂着头的女孩不喜起来："我听说，这位小姐对我的玉佩有兴趣。"

她将"我的"两个字咬得很重，延卮言立马皱起眉头。

陆柒则是呆滞地盯着索琳琅手中的玉佩。

"请问索小姐，这块玉佩是从何处所得？"延卮言问。

"是祖上流传下来的。"

延卮言心里疑惑，那为什么陆柒一直说玉佩是她的？

"那……"延卮言有些犹豫，"我想买下这块玉佩，不知……"

陆柒闻言眼睛咻地亮了，攥着延卮言的手不自觉用力，延卮言安抚地捏了捏她的手心。

"既然是家中祖传的玉佩，又怎么会轻易卖给别人？"

陆柒抢道："不管多少钱我都买！"

"这位小姐，我并不缺钱。"索琳琅带着笑意，语气倨傲又讥诮。

"可……"陆柒还想说什么，延卮言将她拉到身后："不好意思，是我们唐突了。"

说完，他转向陆柒："柒柒，我们回去吧。"

索琳琅笑容僵在脸上，捏着玉佩，心有不甘："等等，也不是不可以……"

陆柒旋身，看见索琳琅的目光紧紧地凝在延卮言的身上，原本喧嚣的情绪就像被浇了一瓢冰水。

她心里一急，拉住延卮言，赶紧道："我不要了，玉佩不要了，我们回酒店吧！"

延卮言虽然不明白她倏然转变的态度，但是望见她恳求的目光，还是打算顺着她的意思。

索琳琅看着两个人渐渐走远的背影，捏着玉佩的手不自觉用力，玉佩的边缘大约是有裂痕，刮破了她的掌心，丝丝血迹顺着裂痕往玉质深处浸透，慢慢汇聚成暗红色的纹路。

身后有一只手，捏住她的手腕，掰开她的掌心。

索琳琅扭头看一眼，男人正拿着一方素白色的手帕擦拭她的掌心，一向漫不经心的狭长双眸此刻满是专注，耳畔的黑曜石在阳光下折射出冷冰冰的光。

"你来干什么？"

"我来看看你啊，顺便拿回这块玉佩。"

索琳琅皱起好看的眉，几个月前，这个神神秘秘的男人不知道从哪里得知她手里有这块玉佩，缠着她说不论出多少钱都要买下它。

"我记得我说过我不卖。"

"但是你刚才打算把它卖给延先生。"他洞悉一切的眼神令索琳琅有几分恼怒。

"但是我现在又不打算卖了。"索琳琅睨他一眼，抽回手，并不打算和他多说。

男人也不恼，只是在她转身后幽幽道："你相不相信前世今生？"

"你什么意思？"索琳琅转过身。

男人不答反问："你知道，这世间什么样的记忆不会被时间湮灭？

"每个灵魂的降世，都拥有三次享受人生的权利，而在这过程中产生的执念，会依附某种媒介存在这世间，如果有机会，记忆会找到他们的主人。"

男人的眼睛有一种蛊惑人心的意味，他紧紧地盯着她，令她毛骨悚然。

索琳琅就像被魇住一般，喃喃道："什么样的执念？"

"达不到的期许、完不成的愿望、不得圆满的爱恨……还有附骨之疽一般的愧疚。"男人深深地看她一眼，"你有没有过那种感受？你以为是荒诞的梦境，其实那是漂泊的记忆。"

索琳琅心神一晃，耳边突然涌动起嘈杂的声音，纷至沓来的脚步伴随着人们的惊呼，她看见炙热的火舌舐舐着空气，满目疮痍让她浑身忽冷忽热。她蓦地捂住胸口，心脏就像是被人狠狠地攥住，憋闷的感觉令她倏然回神，刚才的画面烟消云散，只有男人静静地站在面前凝视着她。

"你在说故事吗？"索琳琅觉得诡异。

"你觉得是，就是吧。"男人又恢复他一贯漫不经心的语调，半晌又戏谑道，"你跟这块玉佩，没有缘。"

他的眼睛就像深不见底的寒潭，令索琳琅浑身遍布寒意："你究竟是什么人？"

"我经营一家古董铺子，替人保管生命中最重要的物件，偶尔也会替人寻找遗失的东西。"男人轻笑着走向她，在经过她身边时微微低头，在她耳畔轻声道，"我姓楼。"

索琳琅看着男人渐行渐远，良久才回过神，看向手里捏着的一方丝帕，帕角上用黑色的线，针脚密实地勾勒了一个篆体的小字，隐约看得出是个"楼"字。

而此刻，延卮言和陆柒已经回到酒店。

电梯里的气氛有些闷。

延卮言思索了一路，还是决定将心底的疑惑问出来："那块玉佩……你为什么会觉得是你的？"

陆柒盯着脚尖，闷声道："那本来就是我的！"

"但是，索小姐说那是她家祖传下来的，你……"

陆柒说不出的心头愤恨："那明明就是我的东西！"

"柒柒，不是你说是你的就是你的，就像那颗珠子，总有个来历。只是两块差不多的玉佩，你记错了也说不定。像今天这样，我如果不在你要怎么收场？人家只会觉得你很奇怪，把你当成一个疯子。"

"你是不是不相信我？"陆柒莫名地执拗起来。

她自己也说不出来为什么，只是今天在看到玉佩的第一眼，就有一种灵魂中的熟悉感，那上面的每一块纹路，每一丝裂痕，她闭着眼睛都能清晰地浮现在脑海，她甚至能感受到那种温润的触感，就好像多次握在手心把玩。

她相信那一定不是错觉。

延卮言感觉到头疼，身边发生太多诡异的事情，甚至连陆柒这个人的出现，都让他有种理所当然的错觉。他甚至觉得自己似乎一直在等待着一些事情发生，那些梦，那种时不时涌现出的熟悉感，那些忽然回旋在耳畔的声音……

他几乎分辨不出真实和梦境，或许是因为那些他以为是错觉的片段都太过于真实……

他相信陆柒，即便他的理智一次次地悖驳，告诉他这不可能，但是内心深处总有一种声音告诉他：她说的都是真的。

延卮言的沉默令陆柒陷入一种深深的失望里。

陆柒浑身止不住地颤抖，她眼眶发红，胸口剧烈地起伏，脑海里浮现起刚才进退得宜的索琳琅，还有刚刚坐在车上不停迅速向后倒退的景色，与一些支离破碎的片段交织在一起，火红的花轿，漫天飞扬的鞭炮纸皮，欢天喜地簇拥着的队伍……

一切的一切，使得她像是溺在深海之中，那种窒息的感觉，像是嫉妒，又像是绝望。

"明明我先遇到，为什么又要来抢？我已经让过一次，为什么还叫我让！"

延卮言被她吼得一怔，心头闪电般的窜过一个念头，但是来不及等他去捕捉，就见她冲出缓缓打开的电梯门跑回房间。

"柒柒……"延卮言来不及细想，立马跟上，房间的门在他面前用力关上，落锁的声音穿过厚厚的门板。

"柒柒！"

没有人回应。

延卮言在门口等了一会儿，拧着眉垂头走回了自己的房间，疲惫感就像潮水涌动在黑暗里，他叹了口气，想明天再找陆柒好好谈谈，却没想到等到第二天，陆柒已经不见了。

（二）

楼婆婆蹒跚着步子靠近埋头在书桌前苦思冥想的女孩。

陆柒察觉到脚步声，回过头："婆婆。"

楼婆婆沟壑纵横的脸上牵起一丝笑容，伸出骨瘦如柴的手拍拍她的肩膀，又用手指遥遥向上斜指着一个方向，殷切地看着她。

她指的是后山的方向，古德寺就在那个上面。

陆柒很快就明白她的意思："我知道了，我明天会去寺里。"

明天是她的生日，他们这里的人，生日的时候是必须要去古德寺里走一遭的。

楼婆婆满意地点点头，然后往西边的空屋子走，从屋子里抱出一床被子，费劲地铺在枝干密实的结香矮树上。

陆柒赶紧跑过去帮忙，细碎的棉絮洋洋洒洒地飘荡在浅金色的阳光里。

回头看一眼西屋，这栋古旧的宅子里有许多空房间，但是居住在此的人只有她和楼婆婆两个，除了常用的房间，其他的都许久没有人住，陆柒偶尔会去打扫，每次都是积灰深重。

而此刻，房间拾掇得一尘不染。

"婆婆，有人要来吗？"

楼婆婆皮包骨的手细细地抚摸着枝头丰盈的花苞。

结香花开，客自远方来。

楼婆婆眯着眼睛，想起二十年前，结香花一夜之间挂满枝，她打开门，门口就多了个抱着八音盒、怯生生的女娃娃，骨碌碌的大眼睛，就像躲在清晨迷雾后的初生幼鹿。

风颂镇外，棘刺丛生的隐秘小路上传来窸窸窣窣的声音，延卮言小心地别开挡在眼前的藤条，踩着有点松动的青石板，四下环顾一圈。按照刚才那个大叔的指引，应该马上就到了。

他仰着头望了眼将要到顶的日光，额头上已经出现了一层雾汗，饶是他平时没少锻炼，现在也是气喘吁吁。

他暗自咋舌，想起知夏说过，风颂镇是一个鲜为人知的隐秘村落。又想起半个月前不告而别的丫头，好气又好笑。

那天晚上陆柒的异状，实在是吓到他了，不知道为什么，自那天后，他的心就没有安定过。

并且，他的心底一直有个声音告诉他：一定要去风颂镇。

大概也和那些莫名的梦有关。

他许下了很多好处贿赂詹知夏，才套出详细地址。

他叹口气，也不知道自己找对地方没有。

延卮言又走了十来分钟，才看到几栋错落的房屋，房屋中间空出很大一块平地，一棵高大的榕树拔地而起，看起来像是有百来年的树龄了，枝干舒展，叶片柔软，阳光洒在油亮亮的树冠上，繁茂的气根向下延伸扎进土壤里。

他缓步走到树下的竹桌边，拉过东倒西歪的竹椅，浑身散架一样瘫在椅子上。

延卮言打量这个全然陌生的地方，路过的人都用诧异的眼神回望他。

令他惊奇的是，生活在这个地方的，好像都是老人和小孩，青壮年一个都没有见到。

他微微扬起头，密密匝匝的树冠有碎光闪烁，微风拂过，层层的树叶抖动着，好像一个个生命在颤动。

这时，身后传来一阵悠扬的乐声，他扭头，一个老大爷闭着眼拉着一把破二胡。

延卮言拖着竹椅往那边靠近几步，试探地问："大爷？"

老大爷依旧拉着二胡。

延卮言干脆开门见山："老爷子，这里是不是风颂镇？"

大概是离得近了，二胡声嘎吱嘎吱的，老大爷拉得陶醉。

"大爷，我是来找人的！请问你们这有没有一个二十来岁的女孩，叫陆柒！"

大爷眼皮都没有掀动一下，延卮言泄气，垂首掏出裤兜里的手机，屏幕刚亮又闪烁两下直接黑屏。

延卮言强忍住暴躁，后脖颈上有什么毛茸茸的东西窜过，伸手一摸，捉住一把一条条的须状物，正要挥开，一股突兀的拉扯感从手心传来。

延卮言心里一惊，连忙放手，从椅子上弹了起来，倒退着往树冠里看。

一把须根大幅度地晃荡着。

老榕树成精了？

就在延卮言惊疑不定时，树上传来一阵小孩的笑声。延卮言站在原地，眼睁睁看着一个七八岁大小的男孩从树上哧溜下来。

"你……"延卮言指着他。

男孩朝他嘿嘿一笑："我叫榕生。"

"你怎么在树上？"延卮言不知道该怎么说，他刚才吓得够呛。

"我姥姥说我娘是绊着树根才生的我，我跟这棵树有缘。"榕生一点都不怕生，踩着榕树根跳到延卮言面前仰着头问，"你是找鬼婆家的鬼丫头吗？"

"鬼丫头？"延卮言皱眉。

榕生指着在一边拉二胡的老大爷："是呀，我刚才听到你问陆伯，陆伯耳朵不好。"

延卮言眼角一抽，觉得自己刚才的行为有些傻。

榕生人小鬼大，咬着手指摇头晃脑道："你是找鬼丫头吧？我们这二十来岁的女娃娃只有鬼丫头一个。"

延卮言也不确定他口中的鬼丫头是不是陆柒："那你能带我过去找……鬼丫头吗？"

榕生闻言却退后一小步："不行，大家都说，鬼丫头会勾魂，十几二十年前，她刚来我们这的时候怀里抱着个盒子，别人都打不开，只有她可以。"

延卮言嗤道："说得这么头头是道，十几二十年前你都还没出生吧。"

"大家都是这么传的！"榕生理直气壮，想了想又补充道，"前月赵婶子摘豆角的时候还在说呢，她小孙子就是听到那个盒子发出的声音，痛苦得直冒汗，李叔也因为鬼丫头的盒子病得下不了地，姥姥说那就跟鬼差手里的勾魂索一样……"

延卮言无语扶额，这小孩，成天都听了些什么，经过他的口，陆柒整个就变成一牛鬼蛇神！

"小鬼，我告诉你，有空多读书多看报，成天听别人瞎叨叨，以后就变成跟他们一样的长舌妇！"延卮言用力在他头上敲了一下，看榕生敢怒不敢言地抱着脑袋，满意极了，"现在带我去陆柒家！"

"不行！姥姥不准我靠近鬼丫头，被她晓得要打断我的腿！"榕生困扰地挠了挠头，"叔叔，你是城里来的吧？你能不能告诉我，到底啥是勾魂啊？为啥村里人都不许跟鬼丫头说话？她以前还偷偷塞给我糖哩！被我娘晓得了把我好一顿打，说那是要害我！"

延卮言眼角直抽，陆柒从小就生活在这样的地方……

他许久没有说话，半晌后，弯下腰揉了揉男孩的脑袋："那你知道她家在什么方向。"

"知道。"榕生脆生生地答道，胖嘟嘟的手指指着路尽头的方向，"往前头一直走，到最后一户绕过右边的石墙，门口挂着红灯笼的就是。"

　　"谢谢你。"延卮言顺着他指的方向往前走，刚走了几米，又回头看了一眼，榕生又麻溜地爬上了树。

　　延卮言环视一眼四周，古朴的村子、警惕着向这边张望的人，确实与开朗阳光的陆柒格格不入……

　　此时此刻，陆柒丝毫不知延卮言即将抵达她的"老巢"，因为她现在被另外一件事情分走了全部心神。

　　陆柒手足无措地看着矮几上的八音盒，手柄骨碌碌地转着，发出一种特殊的乐声，好像有鼓、埙、琴，还有一些叫不出名字的乐器，悠扬绵长。

　　可她没有心思欣赏，又惊又怒，从小到大，这个破盒子一出声准没好事！

　　要不是婆婆说她是抱着这个盒子出现在她家门口，说不定可以靠它找到自己的亲生父母，不然她早丢了这个祸害！

　　"千万别被人听到啊！"陆柒揭开棉被正要盖住八音盒，乐声突然停了。

　　陆柒愣愣的，这节奏不对啊，以前八音盒一响，不闹出点幺蛾子就不消停，这次怎么这么老实？

　　还没等她想出个答案，大门就被敲响了。

　　"有人在吗？"

　　这熟悉的声音……幺蛾子来了……

　　陆柒一下就认出了这是延卮言的声音，但是她还没想好怎么解释那天的失态，好像不管怎么解释，都会被当成一个妖怪的样子。陆柒只要一想到延卮言会像风颂镇上的人那样对她避之不及，她的眼神一下就暗下去。

　　延卮言在门口拍了半天门都没有人响应，终于怒了，干脆放声大喊

"陆柒，你别以为我不知道你在里面，赶紧给我开门！"

陆柒："……"

（三）

第二天一大清早，陆柒就起来了，看一眼紧闭的西屋大门，才恍惚意识到昨天延卮言是真的来了。

她长长地叹了口气，想到昨天和延卮言照面时，他一脸戏谑地叫了一声"鬼丫头"，她整个人都不好了。

第一次觉得这个称呼，尴尬而又无所适从。

然而，当她目光扫到院子里一夜之间盛开的结香花树时，顿时惊了。

要知道，这棵在楼婆婆口中的"报信树"，她从没见过它开花好嘛！

"喔！开花了啊！"她摸着昨晚赌气在花苞上打的结惊叹。

这时身后传来延卮言的声音，懒洋洋的，由远及近："我以前在鄂西地区采风时，当地的女孩都把这种花叫梦花，她们喜欢把枝条打结后许愿，以许愿找到梦中情人。"

还能这样？

陆柒脑子还没有清醒，脑袋歪向一边，脸上一副懵懂的表情。

太可爱了吧！延卮言心里惊呼，嘴上却坏笑道："你不会也有这种少女情怀吧！老实交代，你打结的时候想着谁！"

陆柒听他说梦中情人，想起昨晚自己打结的时候是在咒骂面前这个浑蛋没错，这两条信息交织在一起，脑回路突然错位，脸噌地红了："你、你胡说八道什么！"手一用力，掐下一把花蕾。

延卮言惊奇地看着她，围着她转了一圈："啧啧啧，我就随口一说，你心虚啦？"

陆柒看天看地就是不看他。

"脸红成这样，不会想的真是我吧？"延卮言故作惊讶地捂嘴，"陆柒，你不会喜欢上我了吧！"

胡说八道！谁会喜欢你啊！这么恶劣！陆柒翻着白眼瞪他。

延卮言面不改色地夺下她手里的花，故作犹豫："那真不好办啊，你脾气这么坏，时不时还犯一下毛病，话不说清楚就玩失踪……"延卮言虽然没有追究那天她的不辞而别，但是心里始终没有忘记这一茬，"你知不知道，你这样会找不到对象的！"

陆柒忍无可忍："滚！"这人忒讨厌！

直到吃过午饭，陆柒还是不理延卮言。

午后，陆柒突然说："婆婆，我上寺里了。"

楼婆婆只是看她一眼，陆柒不知为何突然低下头半阖着眼，一副抗拒的模样。

倒是延卮言，立马丢下手里破破烂烂的画册："你去哪儿啊？"

"……"要你管！陆柒没好气。

顺着一块块青石板铺成的简易阶梯往山上爬，延卮言笑眯眯地跟在她身后："陆柒，你不是还在生气吧？"

陆柒当他不存在。

"你别那么小气，不就是跟你开个玩笑！"

谁跟你开玩笑啊！

"你这样找不到对象哦！"

还提！

"啧，好吧好吧，算我怕了你了！"延卮言举手投降，挡在陆柒面前，"看在你这么有诚意的分上，我也不好太不给面子，勉强答应你吧！"

延卮言一脸"你看我这么包容你，你就不要闹小脾气了"的大度表情，险些没把陆柒气得从石板上滚下去。

她狠狠地踹一脚他的小腿，延卮言"啧"了一声，看到她气呼呼地皱着脸，旋即又笑起来。

不要脸！陆柒在心里骂道。

"好了好了，不闹你了，咱们这是要去哪儿啊？"延卮言转过身，小心地一节一节慢慢倒着走。

谁跟你"咱们"了？

"看来你想继续刚才那个话题，正好我也……"

"古德寺！"陆柒真是怕了他了，"马上到了！"

就像响应她的话，空气中飘荡来一股浅淡的檀香味。

跟着陆柒绕过一条窄缝，眼前山洞从顶端的开口泄露下来的浅金色阳光，就像聚光灯一样洋洋洒洒地投在青瓦红墙的古旧庙宇上。

延卮言咋舌："藏得好深啊！昨天我好像还从旁边那条小路路过这里，都没想到这里还有个庙！"

他跟着陆柒走进朱红色的大门，天花板上向上隆起的圆形藻井，大概是年久失修，雕刻和彩绘有些斑驳。

"可惜了。"

陆柒顺着他的目光向上看，赞同地点点头："听说这个寺庙有几百年的历史了，但是前段时间在山脚下发现了一个古国遗迹，有考古队来说要返修，但是不知道后来发生了什么，又不了了之了。"

"是吗？"延卮言环视一圈。

庙里只有一个穿着青色僧衣的清癯老者，眼睛眯成一条缝坐在供桌后面，从他们进来到现在就没搭理过他们。

陆柒虔诚地望着正堂上那尊慈悲的佛陀，心底没来由地生出一股悲天悯人之感。

延卮言有模有样地学着她拜了一拜，在她将线香插进香炉后，凑近她小声问道："你刚刚在想什么？"

延卮言没有说，刚才那一个瞬间陆柒给他的感觉很奇怪，就好像忽然变了一个人似的。

陆柒半阖着眼："死生、命运、慈悲，还有十二因缘和三世因果。"

延卮言皱了下眉："你……"不知是不是错觉，眼前这个陆柒，突然变得好陌生。

陆柒仿佛没有听到他的声音，她兀自走到一动不动的老人面前，双手合十鞠了一躬，老僧叹息一声，从抽屉里拿出一张黄纸，还有一盏……呃，荷花灯？

延卮言惊疑不定地看向陆柒，陆柒一脸淡定："我们走吧。"

延卮言几步一回头，他觉得自从进入风颂镇，他的三观一直在被刷新，到现在已经有隐隐崩坏的趋势。他想，不论之后再出现什么离奇的状况，他大概都能淡定面对了吧！

是吧？

延卮言跟着她从另一边的出口出去，这不是下山的路。

他淡定地抹了把脸："咱们现在去哪儿啊？"

"梁河。"

两人来到她口中的河边，在山脚下。

"这就是你口中的梁河？"延卮言指着蜿蜒着的一条小溪流。

延卮言觉得陆柒可能对河有什么误解。

"以前是。"可是天长日久，现在只剩长满枯草的干枯河床，还有一些原本封存在河底的沉船、蚌类的壳和鱼的枯骨。

延卮言沉默一瞬，陆柒从口袋里拿出刚才从老僧那里拿来的黄纸。

"这是什么？"

"命签。"陆柒淡淡道。

延卮言留意到她自始至终没有打开命签看一眼。

"命签？"

"对。"她从口袋里掏出另一张纸，小心翼翼地打开，上面用蝇头小楷写着"永世安宁、福寿绵长"几个字。

"这是婆婆写的。"陆柒将两张纸一块对折，压在荷花灯里，低声解释，"我们这里的人，每年生辰时，都要去古德寺里求一支签，还有家人的祝愿一起放在河灯里，顺着梁河放走，老一辈的人相信，人一生中的艰险苦难还有执念，都会因此随着这条河远走。"陆柒将手中的河灯送进梁河，晃晃荡荡的水面波光粼粼。

延卮言在她身边蹲下，看着她半边脸庞映衬在暖色烛火光芒中，温暖而又迷离。

荷花灯跌跌撞撞地顺着水流向前，延卮言问："今天是你生日啊？"

"不算吧。"陆柒淡淡地低笑了一声，才道，"我也不知道，婆婆是在二十年前的这一天收养我的，也算是重获新生吧。"

延卮言愣了愣，不太高明地转移话题："你不看看命签上写的什么吗？"

"没什么好看的，如果它说我命好，那我一点都不信，命不好，那更没什么好看的了。"她的脸上露出一丝苦笑，"你应该听说了这里的人是怎么看待我的吧？"陆柒目光灼灼，从昨天他那句"鬼丫头"就猜到了，有一丝难言的窘迫静静地浮在两人中间。

延卮言哑然，想了想，问道："为什么？"

"听说，我出现在风颂镇的时候，手里抱着个八音盒，就是摆在我床头那个……"陆柒记得昨天延卮言"登堂入室"时，还用一种鉴宝的口吻，兴致勃勃地说，"嗬，这还有个古董啊！"

延卮言下意识地抿紧唇。

陆柒接着说："刚开始的时候，他们还很热情，说'真可怜哦，哪个天杀的这么狠心，丢小姑娘一个人，一定会遭报应的'这样的话。

后来他们发现我抱着的八音盒，也有人说是古董，就抢了过去，但是没一个人打得开。直到有一天，我在那棵榕树下打开了八音盒，那天在场的很多人都做了噩梦，梦里是一些很不好的事情，整夜说一些不着边际的梦话……那种经历，用他们的话说，就像是真实地死过一次。"她的语气始终淡淡的，好像假装那不是切身发生在自己身上的事情，就像一个旁观者，这样就不会那么难过。

"后来，大家发现，发梦的都是那天在场并且听见了奇怪的乐声的人，他们不信邪，堵着我又让我打开一次。"她低低地笑了，"实践出真知，自此以后，流言就像瘟疫一样。"

延卮言捏紧手心，不敢置信："就因为一个梦？"他觉得有些滑稽，他自己也做过荒诞的梦，一度影响他的生活，却从来没有过这样怪力乱神的想法。

"就是这样一个原因，我成了风颂镇上，除了婆婆，没人喜欢的鬼丫头。"

延卮言低头就看到她睁圆了眼望着自己，眼底有倔强，还有一丝不易察觉的委屈。

远处有悠悠钟声响起，好似撞在延卮言的心上。

"不。"他面无表情，"除了婆婆，还有人喜欢你，我喜欢你！"

（四）

脱口而出的话，延卮言自己也惊呆了。

就像惊雷，炸响在两人中间。

陆柒呆了一瞬，立马站起身往回走，随着她的动作，延卮言的表情变得诡异起来，有些懊恼，又似是茅塞顿开，见她一言不发转身就走，又变得恼怒。

于是，他赶紧跟上去，亦步亦趋："哎，我都深情表白了，你这是什么反应啊！"

Lianai De
Renjian

263

"……"

延卮言不高兴了，拉住她的手臂，不让她往前冲。

"你倒是……"话还没说完，就看见陆柒涨红着一张脸，不敢看他。

"陆柒，花是你给我的，我也向你表白了，那就是两情相悦！"延卮言笃定拍板，"从今天开始，你就是我的人！我数到三，不吭声就是同意了！"

"……"陆柒盯着脚尖，这个人还敢再无耻一点吗！

"三！"

陆柒瞪大了眼睛，延卮言用实际行动告诉了她，他能！

延卮言就像看懂了他眼神的含义，清了清嗓子，斜睨着她，好像在说：无耻又怎么样，你以后就是我的人了！

他一转身，顺势握住了她的手，义正词严："抓着我，你这么笨，我怕你直接滚到山脚下去！"

陆柒盯着他的后背，没有错过他上扬的嘴角，不知为何，心就像身后的梁河水，突然变得温柔但是又冰冷。

延卮言捏着手心软软的小手，内心沾沾自喜，网上那些人说：看上了就是要出手如闪电！

学到了！学到了！

走到那栋熟悉的小院门口，陆柒忽然拖住紧紧握着自己的那只手。

延卮言不明所以。

陆柒低低地垂着头："那你会因为一个梦爱上或者恨一个人吗？"

延卮言以为她还在担心八音盒的事，于是宽慰一笑。门口悬挂的红纱灯里，柔和的光投在他棱角分明的脸上，明明是一个骄傲的男人，笑起来的时候居然像少年一样，有些调皮。

红纱灯下长短不一的穗子随风晃动，就像她左右摇摆的心。

陆柒牵起嘴角，想笑。

突然，一阵熟悉的乐声传来，她瞪大眼睛，推开房门快步往自己房里走去，意识到延卮言还跟在身后，丢下一句："你别跟着我！"

陆柒狠狠关上房门，朦胧的光影里，往桌上一看，八音盒手柄悠悠转起来，她伸手想要制止，猛地心口一悸，浑身失去力气一般。

八音盒从手中顺势滑落。

"嘭"的一声，盒盖被摔成两半，声音却没有停下来。

陆柒恨恨地盯着脚边的八音盒，神色忽然狠厉起来，她猛地蹲下身捡起八音盒，毫无预兆地用力将它砸向墙角。

延卮言早就察觉到今晚的陆柒不对劲，听到响声急忙跑了进来，一靠近屋子，脑袋就又胀又疼，耳朵也开始不自然地嗡鸣，还有一种古怪的乐器交响声……

突然，脑海里闪过很多声音和画面，快得他来不及捕捉。

但是那种熟悉感，深深地烙印在灵魂之中，在哪里听到过？

来不及深究，延卮言快步来到房门前，刚一推开门，就看见八音盒砸在书桌上，"喤啷"一声，瞬间四分五裂。

"就因为我曾骗过你，就要我入轮回，生生世世受尽爱不得、生别离之苦！我受够了！"陆柒站在阴影里，延卮言却看见她双眼发红，浑身笼罩着磅礴的悲哀和盛大的怒火。

明明他们之间的距离不过几步，延卮言却觉得迈开脚步好难……

与此同时，桌面上的纸张就像倾泻的水流，和细碎的零件一起散落在地面。

一张画稿掉在他的脚边。

画稿上云雾缭绕，雕栏玉砌，一个男人醉卧在花团锦簇之间，广袖里露出半面黑色的镜子，顶端镶着颗光华璀璨的明珠。

骨碌骨碌——

那颗珠子像第一次在机场那样滚落至他的脚下，他颤抖着指尖弯下腰，捡起那颗珠子，指尖骤然发出炫目的光芒。

延卮言面色一沉，脑海中不停闪现的片段，好像终于找到了钥匙。

他清楚地看见那一幕，就在他伸手去够桌面上的酒壶时，镜子从广袖中滑落下去，穿过层层云雾，直飞下界。

——青冥镜。

尘封许久的记忆一下破土而出！

像海啸一般汹涌着冲进他的脑海。

陆柒走到那一堆破碎的零件中挑挑拣拣，终于在机芯上找到一块拳头大的玄铁。

延卮言眼神一凛，看着她跌坐在地上，颤抖着双肩，分辨不出到底在笑还是在哭，但是紧绷的面部肌肉和僵硬的表情，都不及她的眼神矛盾。

"我就说，为什么每次八音盒响都是那么古怪的响声，为什么即使那么讨厌小时候的经历，心里却还是舍不得真正地丢掉这个八音盒。"陆柒嗓音压得很低，她摇摇晃晃站起来，"你想起来了吧？扶风山特有的八风之音……"

看着延卮言眼中熟悉又陌生的冷厉眼神，一如那天，他恢复记忆后掐住她的脖子时，无情又冰冷。

陆柒摸着自己的脖颈，冷哼道："逐闻神君……别来无恙。"

门口悬挂的红纱灯中，火光骤亮，屋顶上密实的铺灰瓦片，渐渐退去厚重的尘埃，高悬着的牌匾上隐隐有金线流动，"浮生梦"三个字若隐若现。

不知是不是错觉，几个房间里，一些随意摆放的物件纷纷泛起浅浅的光芒，楼婆婆枯瘦的手指拂过一支掐丝暗八仙银簪，簪子上的光芒骤然加剧，属于这把簪子的记忆，就像老式放映机在脑海中开始播放点点滴滴……

　　而另一边还在对峙的两人，陆柒将手里的玄铁递过去，声音很平静："该还给你的都还给你了，我不欠你什么了吧？"

　　延卮言张了张嘴，晦涩的情绪堵在他的胸口："是……"

　　陆柒歪着头，黝黑的眸子干净彻底，没有缱绻、没有惯见的古灵精怪，只剩下平静："那你为什么还要缠着我呢？"

　　"你不是说过，你不是青冥镜，你是我的……"

　　陆柒没给他说完的机会，好像突然想起什么，笑了起来，像个调皮的孩子："说起来你还欠我一条命呢。"

　　延卮言大脑有一瞬间空白，心却仿佛被一只手捏紧！

　　眼前的人就像海平面上虚幻的泡沫，一碰就碎，让他连喘息都不得不小心翼翼。

　　他想叫她的名字，但是又恍惚想到，不知道该叫哪个名字好。

　　"你恨我吗？"

　　"不恨。"她答得很快。

　　"说谎。"延卮言的身上没了那股凌厉的气势，"青冥镜不恨我，红扶不恨我，霁月和孙蓬没有恨我，但是陆柒你恨我，我说得对不对？"

　　陆柒咬咬牙，她现在自己也分不清自己到底是谁："对，青冥镜是个物件没得选择，红扶是个傻子，霁月和孙蓬也从来不曾怨过你，但是你呢？你又是谁？你有没有爱过我？还是只是可怜我？"

　　"我是延卮言，我爱！"延卮言掷地有声。

　　"说谎！"陆柒扭头，紧咬贝齿，"你也是逐闻……逐闻根本就……"她说不下去。恢复记忆后，在有完整的神志之下，她清楚地看到，逐闻神君根本就不爱她！

这一刻，延卮言心乱如麻！他抿了抿唇，下意识要反驳，却被一个声音打断："你还是一点长进都没有。"

两个人同时看过去，一个人影背着光站在门口。

"谁在那儿？"延卮言下意识把陆柒挡在身后。

慢慢地，裹在迷雾中的人渐渐显露出来。

"楼婆婆？"延卮言惊呼。

一团谜雾从他的脚下升腾起来，佝偻的身影渐渐变得高大，那是一个男人的影子。

"是你？"

"楼玥。"

两个人同时道。

陆柒记得这个几次三番找上自己的男人，更让她难以接受的是，从小养育自己长大的老人，实际上是个男人！

楼玥笑眯眯地看向延卮言："把她借给我几分钟。"

延卮言蹙眉，没来得及反驳，眼前就陷入了一片黑暗。

第四章

原来我们早就相爱了

（一）

"你知道这是哪里吗？"

"风颂。"

"很久很久以前，这里叫扶风，千百年过去了，是你自己来找的我，你明不明白？"

陆柒眼前一片漆黑，却听见许多纷杂的声音，根本没办法分辨是谁在说些什么，很吵，脑海中一幅幅画面闪现，令人头痛欲裂。

其中有这样一幕，一身喜袍的男人颓丧地坐在地上，双眼失焦地问着面前的男人："她去哪儿了？"

"不知道，可能就此飞灰湮灭了吧。"

男人捂着胸口，感受那种针刺一般的心悸："有没有可能……找到她，我答应过她的，我还没有做到。"

他全想起来了，在大火缭绕中，他好像又看见满山枫火荻花中，有一个女子被蝴蝶包裹着起舞，就像是火焰一样耀眼。

"有一个办法……"楼玥犹豫着开口。

"我要怎么做？"

……

自此后，古德寺里多了个守寺人，每年只会下山一次。

"从前还在天上，曾听闻，只要诚心祈愿，再将愿望放下天河，天长日久，愿望就会顺着水流到达彼岸。"浅灰色的僧衣包裹下，浑身清冷落寞，男人眼角却荡起一丝笑纹，修长的手指将签纸送进河灯。

——如果有下辈子，愿你永世安宁、福寿绵长。

……

不知过去多长时间，陆柒喘着气回到现实，额头上浮现出一层薄汗，她捂着躁动不安的胸口，脑海中却回荡着那句：用我的仙籍和毕生修为换她下一个转世轮回。

"这些……是什么？"

"是他的记忆。"

陆柒得到确定的答案，确认了心中的猜测，却陷入了沉默。

楼玥问："你的心里有隔阂，你觉得怎么样，才能让你消除隔阂？"

依旧是沉默，楼玥叹了口气，一挥衣袖，时空顿时扭曲起来，浓重的烟雾淹没她的视线。

一种不安摄取她的身心，她想阻止，但是发现自己浑身无法动弹，她惊惧地看着面色冷凝的楼玥："你要做什么？"

"像你说的，一命抵一命。"

一阵炫目的光芒笼罩在室内，陆柒难耐地闭上眼。

"如果我告诉你，她的心在这个八音盒里。"

陆柒听到声音睁开眼，环视四周，发现周身是一个个摆满东西的博古架。

不远处楼玥背对着她，浑身包裹在云雾里，手上是一个八音盒，八风之音缓缓流泻在室内。

她想过去，但是发现不管怎么绕，都还是在原地。

"是那块玄铁？"

是延卮言的声音，陆柒这才发现他就站在楼玥的对面。

"没错。"楼玥嘴角勾起一抹邪性的笑容，"所以她现在根本不能明白你的感情，而且她也因此渐渐失去五感……"

延卮言瞳孔骤缩，毫不犹豫："我要怎么做？"

陆柒看着楼玥的手在虚空中缓缓抬起，最终遥遥指向延卮言的心脏。

"不要！"陆柒想要冲过去，空气中有什么坚定地阻拦着她的脚步，就连声音都不泄露分毫。

而延卮言得到答案后只是低头笑了笑，目光瞥向一边的架子，上面有一把流苏佩饰弯刀。他一步步走过去，就在他的手指要触碰上的一瞬，楼玥歪着头问："你不怕死吗？你可知道这一刀下去，你可能真的就消湮在天地之间，就像红扶那时候一样。"

延卮言却像听见什么好笑的话，轻声呵笑一声："怕吗？如果有机会，我也好想问一次，她那时候怕不怕。"

"所以？"

延卮言摇摇头："我一点都不害怕死亡，我只是担心她，她太善良、单纯、温柔，比谁都心软，比这个世界上任何一个人都关心我，可我好像除了明白她所期待的那种感情，什么都不能为她做。"延卮言苦笑一声，"如果知道我从这个世界上消失，那个傻瓜会不会自责，能不能好好生活下去？"

楼玥嗤笑一声："你别想太多，她是一个法器，会习惯性地依恋主人，这没有什么不对，别搞错了她对你抱有的感情，而且你又怎么确定自己对她的就是她希望的感情呢？"

延卮言突然握紧银刀转过身："喜欢、习惯、依恋、爱！"

楼玥看到他脸上有一种近乎偏执的坚定，他看着自己的双手，眼神里慢慢流露出一种悲哀："我用一世懂得后悔、用一世学会思念，再一世明白爱，三辈子啊，真是愚蠢。"

楼玥不知该说什么才好，延卮言微微勾唇，笃定道："可是我对她的感情不是这种虚无缥缈的东西，我的灵魂身心都因为她而存在，我只有在她面前，才能看到自己。"

他笑起来时，凌乱的短发下，那双眼睛熠熠生辉，有一种说不出的魅力，尤其当静静凝视你的时候，你就会不由自主地相信，他可以为你做任何事情。

"所以我怕什么？"说完，他坚定地举起刀。

"不要！"陆柒突然上前一步，可面前的两个人，根本看不到她、听不到她的声音，她听见"扑哧"一声，紧随着一声痛苦的闷哼。

"求你，不要这样！"陆柒丝毫不敢向那边看，纷乱的泪水夺眶而出，她把脸埋在手掌中，感觉心里仿佛有个东西狠狠摔碎了，再也拼凑不起来……

手指插入自己的头发蹲了下来，她语速混乱只能喃喃着"不要"两个字。

"为什么不要？"楼玥走过去，"这难道不是你想要的结局吗？"

她声音沙哑，红着眼："不，不是这样的！"

楼玥笑着问："不是吗？你不是恨他？他这样做，你心里的隔阂现在消了吗？"

不是这样的，她没有要他死……她只是……只是有点介意，还有点自卑，那种自卑让她不敢相信他的真心，她害怕他是因为同情或者是愧疚，而舍弃修为，堕入轮回。

可是现在……

陆柒觉得内心的所有挣扎和踌躇，都像冰雕被层层粉碎，化为无数冰碴。

她放声痛哭，瘫坐在地上，就好像孩子一样无助！

"楼玥，这一切都是假的，对不对？延卮言没有死，这一切都是幻觉，对不对？"

楼玥遗憾地摇了摇头。

陆柒觉得自己一定是疯了，产生了幻觉、幻听，现在所发生的一切是臆想出来的："他是九天战神，三界之内无人可及！他不会死的！"

"你觉得这一切是假的？"楼玥的笑容渐渐淡下去，"他现在不过一介凡人，肉体凡胎，他和你一样，有七情六欲，血管里也是滚烫的血液，需要去摸摸他的尸体吗？现在应该还是热的。"

"不！"陆柒突然站起来，冲上去揪着楼玥的衣领，满眼猩红，眼神近乎疯魔！

楼玥沉声道："你冷静一点，一命抵一命，这就是宿命。"

她白着一张脸，晶莹的泪水不停地滴落，语气近乎哀求："求求你，告诉我这一切都是假的，是骗我的可不可以，求你……"

楼玥遗憾地摇摇头。

陆柒的眼泪落得更狠了！

她的心口就像破了一个无法填补的大洞，泪水模糊了视线，泣不成声："你救救他，我们好不容易才有机会再在一起，都是我的错，不管怎么样，不论要付出什么代价，我、我……"

楼玥静静地看着她，无措、悔恨、痛苦，她紧紧抓着胸口仿佛要窒息。

楼玥将手放在她的肩膀上，就像包容一个任性的孩子，看着她的眼睛问："所以现在，你放下了吗？你现在能不能告诉我，你心里最真实的感受。"

像抓住最后的救命稻草，陆柒抓住楼玥的手臂，想都不想地脱口道"我不能失去他，我爱他！"

她的泪水顺着脸庞滴落。

"噼啪！"

就像什么破碎了，周遭的一切就像镜子龟裂出蛛网状的裂痕，慢慢破碎。

楼玥就像是被风吹散的青烟，陆柒慌乱地站起身，回身去看延卮言倒地的方向，空无一人。

"柒柒——"随着这一声呼喊，陆柒被大力地拉扯进一个温暖的怀抱，她先是愣了一下，闻着那股熟悉的冷香，她不由自主地伸出手臂，紧紧环抱住那精瘦的腰。

"柒柒，我再也不要离开你。"延卮言在她的发顶用力地吻了一下。

"延卮言——"陆柒带着哭腔，"你吓死我了！"

（二）

再次踏上风颂的土地，不管是陆柒还是延卮言都感慨颇多，风颂的居民还是一样排外，看见陆柒犹如洪水猛兽，但是陆柒已经不会再因此而难过。

路过那棵百年榕树的时候，陆柒停住脚步，延卮言揉了揉她的头。

"你知道有个小孩总待在那棵树上。"陆柒仰头朝他笑了笑。

"你是说榕生？"

"你怎么知道？"

"我第一次来风颂，就是他给我指的路，鬼丫头。"

陆柒"扑哧"一笑："他啊，总会让我想到一个人。"

"是谁？"

"小曲儿。"

延卮言回忆了一下，想起那个古灵精怪的小孩，确实挺像。

陆柒叹了口气："也不知道楼玥去哪儿了。"

延卮言一顿，没有告诉她，楼玥前段时间联系他，让他们来风颂镇"救济"他的事。

"哎，想到他帮了我们这么多，还没有好好谢谢他。不是都说一个人只有三生三世吗？他是怎么做到的，会不会对他有影响啊？"陆柒很担心。

延卮言心里一软："傻丫头。"他没有告诉她，她所担心的那个人，正在浮生梦等着他们。

陆柒做了个鬼脸："说起来，我还挺想他的，毕竟是我这辈子的衣食父母……"

"……"

延卮言脸一僵，往浮生梦走的脚步顿时停下来，拖着陆柒往反方向走。

"哎？我们去哪儿啊？"陆柒措手不及。

"知夏上午打电话过来，《浮生梦》的印刷出了点问题，我们得回去处理一下。"延卮言面不改色。

至于楼玥什么的，自生自灭吧！

而在浮生梦田螺姑娘一样辛勤打扫，立志要抱紧延卮言这条金大腿的楼玥，丝毫不知道自己因为一句话被迁怒，已经徘徊在往来黑名单的这一事实。

（三）

说起《浮生梦》这部漫画，陆柒是在延卮言提出，以他们两人的故事为蓝本，一起制作一部漫画时，才知道天倪就是延卮言！

想起自己曾在延卮言面前对天倪大夸特夸，她的脸噌地就红透了。

看着延卮言笑眯眯的模样，陆柒心中恨恨：这家伙当时心里一定得意死了吧！

而当天倪的漫迷们得知男神即将复出，和新锐画手拾叁合体制作的消息时，网络上简直炸开了锅，两人齐齐登上热搜几天都没有下来。

顺应漫迷们的呼喊，《浮生梦》除了在网上连载，还发行了限量版的精装单行本。

"嘿！你们搞创作的不都要求实事求是吗？"楼玥甩着手里刚刚上市的漫画，"你们的故事里难道没有我的一席之地吗？"

延卮言斜睨他一眼，凉凉问："我们的故事里，为什么要有你？"

那意味深长的语气，直把楼玥问得后脊发凉。

楼玥瞬间老实了："您开心就好！"

陆柒则始终对第四世的由来耿耿于怀。

当陆柒再次问起，楼玥整个人都发散着"看我"的气息。

延卮言掀起眼皮，看了靠在沙发上凹造型、刷存在感的楼玥一眼："说不定是因为我们感动上苍，精诚所至？"

"求求你下回转成琼瑶风的时候通知我一声！"陆柒捂着胸口，压下那股深深的不适感。

缩回沙发上尽量缩小存在感的楼玥：逐闻神君这一世变得好可怕！

陆柒整日里最大的乐趣就是在网上刷《浮生梦》的留言。

——天哪，我家大大居然成功谱写了一段可歌可泣的爱情故事！天倪男神简直鬼斧神工！［感动］

——逐闻神君简直是个大猪蹄子！

——神仙不懂凡人的爱，论身份不同如何谈恋爱。

……

陆柒一脸傻笑地抱着 iPad，刷着刷着笑容就僵在脸上。

——奇幻古风动画电影已经投入市场……

陆柒盯着采访里索琳琅的面孔，眉眼处总有说不出的熟悉感，会不自觉地想起另一张脸。

陆柒放下 iPad，扭头问坐在一边的楼玥："她到底是不是索真？"

说实话，陆柒现在的感情有点复杂。

"我怎么知道？"楼玥漫不经心地玩着《植物大战僵尸》，陆柒眼睁睁看着他将一颗太阳种在土豆前面，还没来得及提醒他这样很容易死，就看见他"哎呀哎呀"地手忙脚乱炸僵尸。

"你怎么能不知道！你是活了这么久的云雾精！"陆柒理所当然，"想当年，我为了救你自己被天雷劈得稀碎，早知道你没用，我就不舍己为人了！"

楼玥惊奇地看着她："前世今生这种东西，需要耗费很大的精力推演才能找得准的！再说了，索琳琅、索真，听名字就有血缘关系好不好！你真是，自己傻就算了，还人身攻击我！"他一分神，僵尸已经吃掉它最后一棵植物，他气得口不择言，"我守你们俩这段孽缘几千年，还不算报恩！不然还能怎么办！以身相许吗？"

陆柒："……"

这话算是摸准了延卮言的逆鳞，眼刀子一甩，直看得楼玥头皮发麻。

"不是……"楼玥一下就尿了，搓着手解释，"我的意思是，一命抵一命……"

陆柒看着他的尿样，撑不住捂着嘴笑了，凑近他小声问："哎，延卮言都是一个凡人了，你怎么还是这么怕他啊？"

楼玥没好气地横她一眼，你以为我想啊！要不是你们前三世那点破事还没拉扯清楚，我犯得着用一身修为换你们第四世吗！一句谢谢都没有就算了，现在还嫌弃我！要知道你相公现在是我的衣食父母好不好！

陆柒却好似犹嫌不够，又补了一刀："还有还有，你为什么活了这么久，怎么还是个穷光蛋啊？"

"你以为我想啊！"楼玥吐槽道，"二十几年前，我也没想到还会有为黄白之物操心的一天好吧！我又要操心你们的东西，又要操心古德寺的维护……"还不是因为你们这两个祖宗！

陆柒为了满足自己的好奇心，继续盘问："那你不是有那么大一家古董店吗？"

楼玥知道她指的是浮生梦，无力扶额辩解："那不是古董店……"

"我知道，那是记忆嘛！"陆柒坏笑一下，"那你帮那些物件找主人的时候，总不是无偿送到他们手上的啊！总可以开个什么拍卖会啊！"

"你以为谁都跟你相公一样有钱啊！"楼玥没好气，实在是有些东西上辈子的主人都是小人物，所以寄存的也是一些不值钱的小物件，机缘巧合之下能够安全送到人家手里，都算是烧了高香了！

但是陆柒永远抓不到正确的点，一句"你家相公"堵得她满脸绯红，眼神晃晃悠悠就往办公桌后的延卮言身上看去。

"在单身时间长达历史书厚度的人面前禁止虐狗啊！"楼玥简直服了，自打两个人没羞没臊地好上以后，简直恨不得把前三世没有秀出来的恩爱秀完，那杀伤力……

楼玥表示：一对狗男女！

延卮言嘴角噙着一丝笑意，掀起眼皮看了眼逗着楼玥打发时间的陆柒。

陆柒也不好意思，扭扭捏捏地憋出一句："没想到你也很有职业道德啊！"

延卮言见状，文件也不看了，直接站起来，朝陆柒招招手。陆柒眼睛霎时亮了，屁颠颠地跑过去，抱着他的手臂，软软地问了句："我们去哪儿啊？"

"你想去哪儿？"

"都可以！"

延卮言满意地揉揉她的头发，一脸宠溺地拉开门。

正要推门进来的詹知夏闻言，狠狠地抖了一抖，只觉得浑身的鸡皮疙瘩都起来了。

她站在门口愣愣地看着那恨不得黏在一起、相携离开的两人，只觉得世界玄幻了。

"回神了啊。"楼玥扶额从办公室里走出来。

詹知夏拉拉楼玥的袖子："我堂哥是不是吃错药了？你们那风什么镇太邪门了吧！怎么一回来画风全变了！大伯母要是知道是因为我，全家都会想杀了我的！"

楼玥：我怎么知道！我还想问当初那道雷怎么没干脆把我劈死？

全文完

本书由闻人可轻、晚乔、野桐、南风北至委托长沙大鱼文化传媒有限公司正式授权中国致公出版社，在中国大陆地区独家出版中文简体版本。未经书面同意，本书的任何部分不得以图表、电子、影印、缩拍、录音和其他任何手段进行复制和转载，违者必究。